Bernd Desinger

ZZZ

Zeltstadt Zeche Zollverein
Zukunftsroman

Grupello

Das Auge liest mit. Schöne Bücher für kluge Leser.
www.grupello.de

Bernd Desinger, geboren 1962 in Oberhausen, Studium der deutschen Sprache und Literatur, Geschichte, Psychologie und Film. Er war lange Zeit für das Goethe-Institut (u. a. in Toronto und Los Angeles) tätig und ist seit 2009 Leiter des Filmmuseums Düsseldorf. Als Schriftsteller veröffentlichte er mehrere Romane sowie eine Auswahl seiner Rocklyrik und Gedichte. Daneben ist er Herausgeber und Co-Autor verschiedener Sachbücher.

1. Auflage 2015

© by Grupello Verlag
Schwerinstr. 55 · 40476 Düsseldorf
Tel.: 0211-498 10 10 · E-Mail: grupello@grupello.de
Druck: CPI books GmbH, Leck
Alle Rechte vorbehalten

ISBN 978-3-89978-244-8

Ein verstörendes Verbrechen

Wieso es ausgerechnet in Essen zu diesem grauenhaften Verbrechen, oder wie man gelegentlich auch lesen konnte, zu dieser »unvorstellbaren Grenzüberschreitung« gekommen war, konnte niemand sagen. Und dies mit Recht, denn landauf, landab, insbesondere aber in den großen Städten, lebte ein überwiegender Teil der älteren Bevölkerung seit Jahren in immer katastrophaleren Umständen. Dies war alles andere als eine plötzliche Entwicklung. Schon in den frühen zehner Jahren hatte sich abgezeichnet, daß man auf eine flächendeckende Altersarmut zusteuern würde. Daß es so kommen sollte, war alles andere als zwangsläufig. Nicht, daß es zu wenig Geld im Lande gegeben hätte, um dies zu verhindern. Milliarden um Milliarden waren ausgegeben worden, nicht nur um heimische Großbanken zu retten, die in ihrem ungezügelten Gewinnstreben jedes Augenmaß und jedes Bewußtsein für ihre gesellschaftliche Rolle verloren hatten. Durch ihr Scheitern waren die Wirtschaftskrisen überhaupt erst ausgelöst worden. Auch Banken anderer Staaten hatte man freigekauft, ja, man war bereit gewesen, ganze Länder mit unvorstellbaren Summen vor dem Untergang zu retten.

Genutzt hatte dies freilich nichts. Am Ende war alles Geld verloren, und Europa als politische Union hatte aufgehört zu existieren. Heute war es nurmehr ein Flickenteppich von Nationalstaaten, die mehr oder minder erfolgreich um ihr Überleben kämpften. Manche hielten sich auf schlechtem Niveau, andere waren zu Armenhäusern abgerutscht. So war es zu neuen Migrationsströmen mit oft überraschenden Richtungen gekommen.

Die Tat hatte sich am späten Vormittag eines milden Novembertags im Jahre 2032 zugetragen. Milde Novembertage waren indes nichts Außergewöhnliches mehr, seit vielen Jahren war es im Herbst und selbst im Winter frühlingshaft warm, Schnee kannten die meisten Kinder nur aus den Erzählungen ihrer Eltern und Großeltern. Oft wehte allerdings ein böiger Wind, Wolken und Sonne hielten sich dafür die Waage. Hauptkommissar Milan Dragovich schaute kurz aus dem Fenster seines Büros im Polizeipräsidium an der Büscherstraße, sein klarer Blick folgte einem von einer Windhose vorbeigetriebenen Wirbel aus Laub und Abfall. Dann konzentrierte er sich wieder. Trotz seiner Betroffenheit – das Verbrechen hatte selbst ihm als erfahrenen Ermittler stark zugesetzt – bemühte er sich für seinen ersten Berichtsentwurf um eine möglichst nüchterne Darstellung der Fakten.

Gegen 10:45 Uhr war der dringend Tatverdächtige wie üblich zum Leergutsammeln an einem Abfallbehälter in der Hollestraße in unmittelbarer Nähe des Hauptbahnhofs erschienen, auf den er offenbar persönlichen Anspruch erhob. Das spätere Opfer, Stanislaus Krowka, habe sich zu diesem Zeitpunkt bereits an dem Behälter zu schaffen gemacht und sei gerade im Begriff gewesen, eine leere Pfandflasche aus diesem herauszuziehen. Sofort sei es zu einem lauten, aber zunächst nur verbal geführten Streit zwischen den beiden gekommen.

Auseinandersetzungen älterer Menschen an Mülltonnen und Abfallbehältern waren für Dragovich nichts Neues. Fast täglich hatte man damit zu tun, denn nicht selten flogen die Fäuste, wurden mitunter gar Messer gezückt. Die Altenkriminalität war seit vielen Jahren stark im Anstieg begriffen, nach 2025 gewissermaßen sprunghaft. Dies hatte bald zur Einrichtung des Kommissariats »Altenkriminalität« geführt, mit dessen Leitung Dragovich beauftragt war. Genauer gesagt hatte man wie in vielen anderen Städten auch die ehemaligen Abteilungen für Jugendkriminalität einfach umetikettiert. Da immer weniger Kinder in Deutschland geboren wurden, hatten folglich auch immer weniger Jugendliche Verbrechen begehen können. Außerdem gab es schon seit geraumer Zeit mehr Ausbildungsplätze und später auch offene Stellen als Bewerber, so daß die Jugendarbeitslosigkeit als einer der großen Faktoren für die Bildung krimineller Energie faktisch bedeutungslos wurde. Migrantenfamilien, in denen die Kinderzahl die der deutschen Familien im Durchschnitt weit überstieg, hatten Deutschland in großer Zahl wieder den Rücken gekehrt, nachdem es sich angesichts des allgemeinen Niedergangs in der alten Heimat häufig besser leben ließ als hier. Viele fürchteten um ihre Zukunft, und glaubten durch den höheren Respekt vor dem Alter in ihren traditionellen Gesellschaften besser geschützt zu sein.

Arme, Alte, Kriminelle

Die Verbrechen der Alten ähnelten in vielerlei Hinsicht denen der früher überwiegend von Jugendlichen verübten Taten. Ladendiebstahl, einfacher Einbruch, Autoaufbruch, Nötigung und Drogenvergehen. Immer häufiger kam auch bewaffneter Raub hinzu. Bei letzterem ging es um Bargeld, Kreditkarten, Schmuck, aber auch tragbare Unterhaltungselektronik. Es war gerade bei jüngeren Menschen deshalb immer beliebter geworden, sich einen Musikchip unter die Kopfhaut implantieren zu lassen, der in einer mittlerweile ungefährlichen Prozedur direkt mit dem Hörnerv verbunden werden konnte. Der Chip war nicht einmal einen halben Quadratzentimeter groß und konnte vom Computer oder dem EDPP, dem Extra-DimensionPhonePad, aus programmiert werden. Draußen konnte man bei Bedarf mit einem einfachen Steuergerät die Lieder auch direkt auswählen, bei einem Überfall war dieses rasch in einen Busch zu werfen oder einfach abzugeben, denn es war praktisch wertlos. Attacken auf eingepflanzte Chips lohnten sich nicht, weil diese sich bei gewaltsamer Entnahme selbst zerstörten. Obwohl ihnen nicht ganz wohl dabei war, ließen viele besorgte Eltern diese Operation auch bei ihren minderjährigen Kindern durchführen. Wie oft war in den Nachrichten davon zu hören, daß Alte Kinder und Jugendliche drangsaliert, manchmal zu mehreren mit ihren Rollatoren und hochgehaltenen Stöcken in eine Ecke gedrängt und zur Herausgabe von Musik-Abspielgeräten und Bargeld gezwungen hatten. Häufig blieb es nicht nur bei Bedrohungen, sondern kam zu Tätlichkeiten.

Viele Delikte gehörten zur allgemeinen Beschaffungskriminalität, so auch die Prostitution. Auf den ersten Blick mochte sich »Seniorenprostitution« unwahrscheinlich anhören, doch die Gründe dafür waren mehr als nachvollziehbar. Alte mußten sich natürlich sehr viel billiger anbieten als Junge, bei der desolaten Wirtschaftslage waren sie damit dann generell erfolgreich. Viele Alte hatten in jüngeren Jahren auch intensive Körperpflege und Fitneßtraining betrieben, so daß sie durchaus noch optisch passabel, ja, in gewisser Weise attraktiv waren. Das größte Kundensegment waren erwartbar andere Alte. Und hier war der Bedarf nicht nur parallel zur gleichsam natürlichen Entwicklung der Scheidungsquoten seit dem Ende des letzten Jahrtausends entstanden, sondern vor allem durch die soziale Verelendung der Alten, die zu einer extrem hohen Zahl von beendeten Beziehungen geführt hatte und führte. So war der weit überwiegende Teil der Alten alleinstehend. Und da »Sex im Alter« schon seit Dekaden selbstverständlich geworden war, gab es natürlich überall das Verlangen nach körperlicher Liebe.

Wie viele seiner Kolleginnen und Kollegen war auch Dragovich in seiner Anfangszeit für Delikte Jugendlicher und Heranwachsender zuständig gewesen. Obwohl seine jetzige Zielgruppe die gleichen oder ähnlichen Verbrechen beging wie seine ehemalige, hatte er seine Kenntnisse und Erfahrungen kaum übertragen können. Allein aufgrund ihrer Lebenserfahrung stellten sich die Alten regelmäßig geschickter an, zogen bei geplanten Taten mehrere mögliche Ausgänge in Erwägung und versuchten die Untersuchungsansätze der Ermittler vorauszudenken. Sie brachten Fahnder auf falsche Fährten und wußten persönliche Eigenschaften wie Redseligkeit oder Zurückhaltung jeweils zu perfektionieren. Befragte man sie nur als Zeuge, oder mußten sie davon ausgehen, daß gar ein Anfangsverdacht gegen sie vorlag, gingen sie mit großer List vor. Ihre grundsätzlichen Rechte waren ihnen bekannt aus der Zeit, als die meisten von ihnen noch einen Fernseher besessen und entsprechende Gerichtsshows und Kriminalserien gesehen hatten. Wer ein EDPP sein eigen nannte, konnte diese Sendungen natürlich auch heute noch verfolgen. Natürlich hatten die meisten auch fast ein Leben lang Zeitung gelesen, zumindest solange es diese noch in Druck gegeben hatte, später auch in Online-Versionen. Viel seltener als die jugendlichen Delinquenten vor einigen Jahrzehnten verhedderten sie sich in Widersprüche. Dies mochte allein schon daran liegen, daß sie viel weniger bereitwillig Auskunft zu irgendwelchen Vorgängen gaben. Hatte man es geschafft, sie in ein Verhör zu bekommen, redeten sie entweder über alles Mögliche oder schwiegen mit stoischer Ruhe. Äußerst beliebt war das Vortäuschen eines medizinischen Notfalls, zumindest eines plötzlichen Herausbrechens der Symptome einer langwierigen Krankheit. So schwer sich dies auch immer aufrechterhalten ließ, noch herrschte Rechtstaatlichkeit. Wie lange noch konnte natürlich niemand sagen.

Jetzt aber war es so, daß wenn ein alter Mann oder eine Frau sich in die Herzgegend griffen, aufstöhnten, den Kopf auf den Verhörtisch sinken ließen, oder gar vom Stuhl zu Boden glitten, die Interrogation sofort beendet werden mußte, in nicht seltenen Fällen gar eine Fahrt zum Krankenhaus anstand. Dort wurde der Verdächtige medizinisch betreut, bekam drei Mahlzeiten am Tag, konnte sich duschen oder zumindest in einem hygienischen Umfeld waschen. Diese Ausgaben wollte der Stadtrat unter allen Umständen vermeiden. Dabei fungierte er ohnehin nur noch als Berater für den Finanzbeauftragten der zuständigen NRW-Bezirksregierung in Düsseldorf, die faktisch seit 20 Jahren den Haushalt führte. Das

Land trudelte natürlich selbst auch; zunächst hatte der Bund versucht, dessen Haushalt wie auch den der anderen Länder unter seine Kontrolle zu stellen, sich damit aber politisch nicht durchsetzen können. War es doch der Bund, der vor allem die Kommunen in diese dramatische Lage überhaupt erst gebracht hatte. Und in der Folge eben auch die Länder, die sich stolz gegen den Eingriff in ihre Regierung wehrten.

Im Gegensatz zu den Jugendlichen damals konnte man auf die Alten auch nicht einwirken mit Sprüchen wie »Willst Du denn dein Leben versauen?« oder »Denk' doch einmal an deine Zukunft! – Wenn Du jetzt kooperierst, können wir dir vielleicht helfen … « Die meisten Alten lachten bei solchen Bemerkungen kurz auf, nicht selten hämisch. Ihr Leben war bereits endgültig versaut, und eine Zukunft gab es nicht mehr für sie. Kam es wirklich einmal zu Geständnissen, dann nur aus dem einzigen Grund, daß die Betreffenden regelrecht verurteilt und ins Gefängnis geschickt werden wollten. Denn dort war es geheizt, man hatte ein Dach über dem Kopf, es gab eben mehrere kostenlose Mahlzeiten (sogar wenigstens eine warme täglich), Gemeinschaftsräume für Sport und Spiel, fließend warmes und kaltes Wasser und eine Bibliothek mit freiem Zugang zu EDPPs. Nicht zu unterschätzen die bestimmte Sicherheit durch das anwesende Wachpersonal. Völligen Schutz vor Übergriffen Mitgefangener gab es natürlich nicht, aber das Aggressionspotential im Gefängnis war insgesamt geringer. Da sahen die Verhältnisse in der gewaltigen Zeltstadt auf dem weiträumigen Gelände um die Zeche Zollverein radikal anders aus. Man hatte sie für die zahllosen Alten errichtet, die in keiner Weise mehr in der Lage waren, selbst in vormaligen Brennpunkten liegenden Wohnraum zu bezahlen.

Schon vor mehr als 20 Jahren war abzusehen gewesen, daß die für einen großen Teil der Senioren auf Sozialhilfeniveau oder nur wenig darüber liegenden Renten nicht im Ansatz dazu ausreichen würden, die völlig überzogenen Miet- und Mietnebenkosten aufbringen zu können. Obwohl niemand darüber gesprochen hatte, war man davon ausgegangen, daß angesichts der Heerschar zahlungsunfähiger älterer Menschen die Wohnkosten dementsprechend deutlich nach unten korrigiert würden. Dem war aber nicht so. Durch die extremen Gewinne, die Wohnungsgesellschaften oder vermögende Privatleute über Dekaden hatten anhäufen können, gab es noch keine Notwendigkeit, Wohnraum unter ihren Preisvorstellungen freizugeben. Zwar hatte es gelegentlich Hausbesetzungen durch Gruppen von Alten gegeben, die meisten waren jedoch bald kläglich gescheitert. Überhaupt war es viel schwieriger geworden, Häuser zu besetzen als in den siebziger oder achtziger Jahren des letzten Jahrhunderts. Häuser und Wohnungen hatten erheblich bessere Türschlösser, die allenfalls von professionellen Einbrechern, und selbst dann nicht immer geknackt werden konnten. Die Tür alternativ zu zerstören war sinnlos; die Besetzer wären dann anderen Eindringlingen gegenüber schutzlos gewesen. War tatsächlich eine Wohnung besetzt, konnte man dort nur während der Sommermonate leben, da die Heizungen abgestellt waren. Fließendes Wasser, erst recht warmes, war genauso wie Strom das ganze Jahr über nicht zu beziehen. Vielfach waren die gesamten Versorgungsanlagen computergesteuert und konnten nicht individuell manipuliert werden. Dennoch gelang es einigen wenigen Alten, meist mit Hilfe ehemaliger Spezialisten in diesen Bereichen, die Sperrmechanismen zu umgehen. Wurde die illegale Versorgung mit Elektrizität und Wasser entdeckt, was aufgrund von computergestützten Überwachungssystemen über kurz oder lang geschah, war ein Polizeieinsatz die schnelle und natürliche Folge. So blieben Hausbesetzungen insgesamt seltene Vorkommnisse, die den Behörden keine großen Kopfschmerzen bereiteten.

Das hieß nun nicht, daß sich die Alten in der Zeltstadt um die Zeche Zollverein, im Polizei-Jargon kurz ZZZ genannt, besonders wohl gefühlt hätten. Das einzig Positive war, daß die Zelte durch ein System von Rohrleitungen minimal beheizt wurden, und es einmal am Tag eine warme Mahlzeit gab

– übrigens eine auffällige Ähnlichkeit zum Gefängnis. Hier allerdings nicht umsonst. Grundsätzlich handelte es sich dabei um eine Suppe auf Kartoffel-, Nudel- und Gemüse-Basis mit geringfügiger Wursteinlage. Es gab dafür Marken, deren Gegenwert dann allerdings von der Sozialhilfe oder Rente abgezogen wurde. Wenigstens bestand eine Entscheidungsfreiheit. Raucher und Trinker, von denen es unter den Alten relativ viele gab, entschieden sich meist dagegen, die anderen dafür. Aber auch manche Nichtraucher und Nichttrinker verweigerten sich der ewigen Wiederkehr des immer gleichen Angebots der Suppenküche, die in der einstmaligen Zechenkaue untergebracht war. Die meisten konnten sich gar nicht mehr an deren vorübergehende Nutzung als Tanzzentrum des Landes erinnern, und ärgerten sich allenfalls über die dann doch sehr langen Schlangen vor den Ausgabetrögen.

Kultur katastrophal

Schon 2022 hatten alle Städte an Rhein und Ruhr mit Ausnahme von Köln und Düsseldorf ihre gesamte Kulturfinanzierung eingestellt. Aber selbst in den beiden Rheinmetropolen gab es nur noch ein rudimentäres Programm. Die meisten Museen waren geschlossen oder zusammengelegt worden. So gab es in Köln das Museum für germanisch-römische Kultur, moderne Kunst und Schokolade, um gleich eines der immer noch erfolgreichsten zu nennen. Mit massiver Unterstützung des Landes Nordrhein-Westfalen wurden in Düsseldorf noch Oper und Schauspielhaus betrieben, die jetzt als »Zentraltheater NRW« im monatlichen Wechsel je eine Aufführung anboten. Hinter dem Begriff »Zentraltheater« verbarg sich, daß im gesamten Rest des Landes keine weiteren Musik- oder Sprechtheater mehr existierten.

Die Zeche Zollverein stand wie ein gewaltiges Mahnmal des kulturellen und wirtschaftlichen Niedergangs der einst stärksten Region Deutschlands inmitten der Zeltstadt. Das hier ehemals untergebrachte Ruhrmuseum, im Jahre 2010, als das Ruhrgebiet – aus verschiedenen Gründen schon damals nur bedingt nachvollziehbar – zur Kulturhauptstadt Europas deklariert worden war, pompös eröffnet und in die Medien gebracht, war längst geschlossen. Wertvolle Objekte, so hieß es, seien nach China verkauft worden. Es ging aber auch das Gerücht um, daß der damalige Museumsleiter in einer Nacht- und Nebelaktion einige Gegenstände und Dokumente von überragendem kulturellen Wert aus der Sammlung entnommen und in einem unbekannten stillgelegten Bergwerksschacht deponiert haben sollte. Vollständig nachzuweisen war ihm dies indes nicht – er hatte sich außerdem ins Ausland abgesetzt. Gelegentlich hörte man von anderen Museumsleitern, die vor der Schließung ihrer Häuser noch einige Objekte von herausragender Bedeutung vor dem Verkauf retten wollten, doch handelte es sich angesichts der drakonischen Strafe nur um eine Minderheit. Bei einer Verurteilung wegen Diebstahls öffentlichen Eigentums wurde ihre Pension bis auf die Grundsicherung heruntergekürzt, was für die Betroffenen dann auch den Umzug in eine Zeltstadt bedeutete. Heute standen im ehemaligen Ruhrmuseum nur noch Relikte aus der tatsächlichen Zechenzeit, wie schwere Loren und dergleichen. Der Eingangsbereich am oberen Ende der seit der Schließung stillstehenden Rolltreppe war allabendlicher Treffpunkt für die an Vergnügen und Geselligkeit Interessierten. Eine Bar im eigentlichen Sinne gab es angeblich nicht, jeder brachte seine eigenen Getränke mit. Die Preise für Bier und auch hochprozentigen Alkohol waren bei den Discountern auf ein Rekordtief gefallen. Man munkelte, daß die tiefen Preise künstlich durch staatliche Intervention ermöglicht wurden. Wenn die Alten ihren Unmut, ihr Hungern und Frieren, die desaströsen hygienischen Verhältnisse, die gesamte soziale Verelendung und die damit verbundene Gesamtfrustration jeden Abend im Alkohol ertränkten, verhinderte dies den offenen Aufstand eines großen Teils der Gesellschaft. Immer wieder hatten vereinzelte Anschläge und Attentatsversuche durch Aktionsgruppen von

Alten für Beunruhigung gesorgt. Das letzte, was man sich wünschte, waren bürgerkriegsähnliche Zustände. Aber auch selbst wenn alles friedlich blieb, war die flächendeckende Subvention von Alkohol erheblich kostengünstiger als die Finanzierung menschenwürdiger Renten.

Lausiges Lagerleben

Sicher wiesen die Zeltstädte, insbesondere das ZZZ, Parallelen zu Flüchtlingslagern auf, wie man sie aus der Tagesschau vor allem der zehner Jahre kannte. In jenen Camps hatte man zunächst überwiegend untere Einkommens- und Bildungsschichten angetroffen, die in ihren jeweiligen Herkunftsländern meist die Mehrheit der Bevölkerung stellten. Durch den kriegsbedingten massenhaften Exodus aus den Krisenregionen des Nahen Ostens änderte sich dies später graduell, vor allem für Notaufnahmelager auf europäischem Boden. Der Anteil von Menschen, die aufgrund eines gewissen gehobenen Hintergrundes eher in der Lage gewesen waren, mit ihren Familien den Greueln in der Heimat zu entfliehen, war hier entsprechend höher gewesen.

Längst war dies Vergangenheit. In den deutschen Zeltstädten trafen heute Sozialhilfeempfänger – sowohl solche, die unverschuldet in diese Situation gekommen waren, als auch solche, die ihr ganzes Leben bewußt aufs Arbeiten verzichtet hatten – zusammen mit Angehörigen des ehemaligen Mittelstandes, die vielfach eine akademische Ausbildung genossen und einstmals über ein durchaus ausreichendes Gehalt verfügt hatten. Allein dies trug sozialen Sprengstoff in sich. Der Platz in einem Zelt war begrenzt und bot dennoch Schlafstellen für mehrere Bewohner, die manchmal miteinander verwandt waren, aber längst nicht immer. Auch hier war Konfliktpotential gegeben. Streitigkeiten über den persönlichen Besitz der Bewohner gab es hingegen selten. Allein deshalb, weil es wenig gab, das sich anzueignen gelohnt hätte. Die Sozialhilfeempfänger brachten ohnehin wenig in die Zeltstadt und auch bei den ehemaligen Mittelständlern sah dies kaum anders aus. Hatten jene durch Verkauf ihrer sämtlichen Wertgegenstände doch versucht, die Aufgabe ihrer einstigen Wohnungen und den Umzug in die Zeltstadt solange wie möglich hinauszuzögern. So brachten sie meist nur wertlose digitale Fototräger mit, eine Minderzahl sogar noch Alben mit entwickelten beziehungsweise gedruckten Fotos. Dazu kamen einige wenige Bücher, die ihnen aber auch von niemandem streitig gemacht wurden. Wertvolle Uhren oder Schmuck besaß niemand mehr, der in die Zeltstadt zog. So beschränkten sich Diebstähle, damit verbundene Anschuldigungen, Auseinandersetzungen und Streitigkeiten bis aufs Blut meist auf Mikro-PCs, EDPPs und Unterhaltungselektronik. Entlang der Heizungsrohre waren Stromleitungen verlegt und in jedem Zelt gab es vier Steckdosen zum Betrieb und Aufladen von Geräten. Im ganzen Gelände wurde kostenloser Netzzugang zur Verfügung gestellt. Scheinbar kostenlos, weil ein monatlicher Betrag für die Gebühreneinzugszentrale bereits von der Grundsicherung einbehalten wurde. Jene Anstalt, die sich schon vor 20 Jahren in »Beitragsservice« umbenannt hatte, zockte immer dreister ab. Nach Beschwerden prekärer Haushalte und der wenigen in Deutschland verbliebenen Studenten darüber, daß sie im Gegensatz zu Sozialhilfeempfängern für Programme bezahlen sollten, die niemand sehen wollte, hatte man eine Ungleichbehandlung eingeräumt. Allerdings nicht etwa den Beschwerdeführern etwas erlassen, sondern die diskutierte Gruppe auch zur Kasse gebeten. Was die ZZZ und ähnliche Orte anging, hatte man zunächst nur eine Gebühr pro Zelt verlangt, dies aber wegen des angeblichen Verwaltungsaufwandes schnell fallen lassen. Vier Personen in einem Zelt, das bedeute auch vier verschiedene Programmvorlieben, so daß in jedem Fall Beiträge individuell erhoben werden müßten. Daß die Neigungen der Zeltstadtbewohner gar nicht bei den öffentlich-rechtlichen Angeboten lagen, spielte dabei keine Rolle.

Fernsehen wurde hier mittlerweile fast nur noch über EDPPs verschiedener Größen geschaut, allerdings gab es an einigen zentralen Stellen im Zeltlager überdachte Groß-TV-

Geräte, auf denen Fußballspiele, Autorennen und beliebte Soaps übertragen wurden. Natürlich auch die Weihnachtsansprache der Kanzlerin sowie die Neujahrsworte der Bundespräsidentin. Die Regierung war sich der Bedeutung des gemeinschaftlichen Erlebens bewußt. Der ständige Netzzugang sollte ebenso wie der subventionierte Alkohol dazu beitragen, die Bewohner der Zeltstädte ruhigzustellen. In Umfragen kam nämlich immer wieder heraus, wie sehr die Menschen unter dem dichten Zusammenleben litten, das ihnen im Wohnumfeld wenig persönliche Bewegungsfreiheit ließ. Auch wurden immer wieder die hygienischen Umstände beklagt. Für jeweils 120 Menschen stand nur eine bewegliche Waschraumeinheit zur Verfügung. Dazu gab es eine Anzahl von Dixie-Toiletten, die aber ständig überfüllt und verschmutzt waren, kurzum ein erschreckendes Gesamtbild boten. Ein weiteres großes Problem der Zeltstadt war das grassierende Glückspiel. Daß ein immer größerer Teil gerade der einkommensschwachen Bevölkerung dem Glückspiel verfiel, war ebenfalls bereits seit der Jahrtausendwende zu beobachten gewesen. Allüberall waren in den Städten Wettsalons und Glückspiellokale entstanden, ohne daß die Politik etwas dagegen unternommen hätte. In manchen Straßen reihte sich Glückspielraum an Glückspielraum. Diese Orte wurden auch heute noch häufig von den Bewohnern der Zeltstadt besucht, darüber hinaus gab es aber eben illegale Karten-, Würfel- und andere Glücksspiele innerhalb der Zelte. Bei unregelmäßigen Kontrollen flogen jeweils nur wenige Spieler oder Spielveranstalter auf, zu gut funktionierte das Frühwarnsystem. Prostitution innerhalb der Zeltstadt war noch schwerer zu verfolgen. Als Freier getarnte jüngere Polizisten wären natürlich sofort aufgefallen. Griffen Behördenvertreter in ein offensichtliches Anbahnungsgespräch ein, waren Prostituierte und Kunden nicht darum verlegen, sofort eine persönliche Beziehung zu behaupten und auf ihr Recht auf Privatleben zu verweisen. Wegen der regelmäßigen Erfolglosigkeit wurde diesem Deliktfeld so gut wie gar nicht mehr nachgegangen.

Als einzig effektive Möglichkeit, den Straftaten einzelner Alter beizukommen, hatte sich der Einsatz von Spitzeln erwiesen. Von Vorteil für die Behörden war es, daß unter den Alten keine große Solidarität herrschte. Von der Generation ihrer eigenen Eltern fühlten sie sich verraten und verkauft. Den Alten vor ihnen hatten sie zahllose Kuren, Vorruhestand und den meisten einen Lebensabend in sorglosem Wohlstand ermöglicht. Jener Generation war durch die Arbeit der nachfolgenden dazu verholfen worden, ein voll durch Leistungen des Staates oder der Versicherungen finanziertes abenteuerliches Rentnerdasein zu führen mit vielen Urlaubsreisen, bei denen besonders Kreuzfahrten hoch im Kurs standen. Diese solchermaßen komplett unterhaltende Generation hatte ihnen zum Dank gewissermaßen vom Kreuzfahrtschiff aus zugerufen, sie könne nun nicht immer nur auf staatliche Leistungen hoffen, sondern müsse ihre Vorsorge in die eigene Hand nehmen. Viele der jetzigen Alten hatten als junge Menschen darauf verschreckt reagiert und zusätzlich zu den höchsten Sozialabgaben, die je eine Generation zu entrichten hatte, noch in private Vorsorge investiert. Der Wert dieser Anlagen entsprach jedoch nicht im Ansatz den Versprechungen der Politiker und Versicherungsgesellschaften, wenn einmal die Renteneintrittsgrenze von 71 Jahren erreicht war. Kräftemäßig schafften es natürlich viele Menschen nicht, bis zu diesem Alter zu arbeiten. Man konnte theoretisch schon mit 66 aufhören, was aber Abschläge von über 50 Prozent der Einkünfte und einen annähernden Totalverlust der Anlagen bei Zusatzversicherungen bedeutete.

Dragovichs Dilemma

Als Leiter des Kommissariats »Altenkriminalität« war Dragovich direkt für den Bereich Gewaltdelikte zuständig. Bei tödich verlaufenden Bluttaten mußte er natürlich mit der Mordkommission zusammenarbeiten, die Hauptkommissar

Thorsten Fellmich unterstand. Fellmich und er kannten sich schon seit ihrer Ausbildungszeit, sie waren im gleichen Jahrgang. Zum Glück kamen sie gut miteinander zurecht, trafen sich gelegentlich auch privat auf ein Bier. Nachdem der dringend Tatverdächtige praktisch widerstandslos festgenommen und anschließend abgeführt worden war, hatten sie sich noch über eine Stunde am Tatort aufgehalten. Wie sie selbst waren auch der Rechtsmediziner und sein Team schockiert, so daß es eine geraume Weile dauerte, bis sich alle wieder auf ihre Arbeit konzentrieren konnten. Noch befand sich der Tatverdächtige im Polizeigewahrsam; um 15:00 Uhr wollte er gemeinsam mit Fellmich ein erstes Verhör durchführen, um 17:30 Uhr war die Vorstellung beim Haftrichter anberaumt. Er lehnte sich zurück, nahm den Bericht hoch und überflog ihn noch einmal.

Die Personalienfeststellung hatte ergeben, daß es sich bei dem Tatverdächtigen um Michael Kraft handelte, 70 Jahre alt und wohnhaft in der ZZZ. Ob unbescholten oder nicht, war nicht festzustellen, jedenfalls war er bislang nicht auffällig gewesen oder gar rechtskräftig verurteilt worden.

Stück für Stück rekapitulierte Dragovich die grausigen Details der Tat. Er dachte an andere Gewalttaten, mit denen er sich im Laufe der letzten Jahre hatte auseinandersetzen müssen. Bei den Alten waren die Muster schon etwas anders als bei den Jugendlichen, die zu Anfang seiner Karriere noch Probleme bereitet hatten. Exzessive Ausbrüche wie das Zusammenschlagen und Zusammentreten wehrloser Opfer, sehr gerne in Bahnhöfen oder anderen Haltepunkten öffentlicher Verkehrsmittel, waren selten. Alkohol oder Drogen waren oft ein Faktor, aber längst nicht immer. Die damaligen Straftaten Junger waren oft spontan geschehen, dies kam trotz steigender Tendenz bei den Alten immer noch vergleichsweise selten vor. Die Alten planten ihre Taten oft relativ lange im Voraus, spielten sie erst intensiv im Kopf durch, ehe sie sie umsetzten. Treibende Kraft war der Wunsch, etwas zu besitzen, auf das man ein legitimes Recht zu haben glaubte, welches einem aber durch die Gesellschaft entzogen worden war. Insofern gab es ein mangelndes Rechtsbewußtsein, und entsprechend selten wurde Reue gezeigt. Zumal man hier jegliche Form von Habgier weit von sich wies. Selbstverständlich gab es im Bereich der Gewaltkriminalität wie von alters her die Eifersucht als Auslöser. Bei immer mehr Fällen jedoch konnte als Motiv eine tiefe Verbitterung über die eigene Entrechtung, verstärkt über viele Jahre, konstatiert werden.

Was konnte, mußte mit Michael Kraft geschehen sein, daß er sein Opfer nicht nur auf entsetzliche Art und Weise tötete, sondern sich daran in schockierender Weise verging? Wie auch immer einem die Gesellschaft mitgespielt haben mochte, gab einem dies keinerlei Berechtigung zu einer derart unaussprechlichen Tat. Das erste Verhör gemeinsam mit Fellmich von der Mordkommission brachte keinen großen Erkenntnisgewinn. So schockierend die Details, hatte Dragovich dennoch kein Monster erwartet. »Monster« war eben ein Begriff, den die Medien bildeten, vor allen Dingen die Boulevardpresse war damit schnell bei der Hand und bediente ihn sogleich auch in diesem Fall. Einen Moment dachte er an die großen, ehrwürdigen überregionalen Tages- und Wochenzeitungen, die er als junger Mensch in den Händen gehalten hatte. Mit Freude hatte er in ihnen hin- und hergeblättert, mal einen Artikel aus der Weltpolitik, dann aus der Wirtschaft, dann aus der Kultur gelesen. Die Zeitung irgendwo abgelegt und später vielleicht wieder aufgenommen, um die Lektüre an etwas fortzusetzen, oder um sich einen interessanten Artikel noch einmal intensiver anzuschauen. Die meisten seiner Freunde und Seminarkollegen hatten seine Begeisterung für gedruckte Blätter damals mit spöttischen Bemerkungen kommentiert. Später hatten auch sie bedauert, sie in den Aushängen der Kioske nicht mehr vorzufinden. Dort gab es heute außer wenigen bunten Magazinen, die überwiegend paradoxerweise der Computerwelt und ansonsten dem Sport gewidmet waren, ausschließlich Boulevardpresse. Jungen Menschen war überhaupt nicht bewußt, daß es einmal auch ganz andere

Zeitungen gegeben hatte. Selbst Online-Formate der ehemaligen Tages- und Wochenzeitungen hatten meist nicht überlebt. Der Informationsbedarf wurde im wesentlichen von den Nachrichtenportalen der großen Internet-Anbieter abgedeckt. Selbstverständlich hatten auch die Regenbogenmedien seit der ersten Stunde einen parallelen Auftritt im Netz.

Dragovich aber wollte nicht in Sentimentalität verfallen. Der Boulevardpresse war schließlich auch Positives abzugewinnen. Man mußte ihr lassen, daß sie wie vor vielen Jahrzehnten, ja in der zweiten Hälfte des letzten Jahrhunderts – noch vor der flächendeckenden Einführung des Internets – stets erstaunlich gut informiert war, insbesondere was Verbrechen und ihre Begleitumstände anging. Wie oft hatte er von wichtigen Hinweisen, Hintergründen und Details schneller von seinen Kontakten dort als von den eigenen Kollegen erfahren.

Ein Lehrer als Mörder?

Sie waren von gegenüberliegenden Seiten auf den Verhörraum zugekommen. Michael Kraft, in Handschellen, wurde von zwei Polizeibeamten geführt. Er trug ihm vom Zellenbereich übergebene blaue Bekleidung, seine eigene blutverschmutzte befand sich bei der kriminaltechnischen Untersuchung. Auch neue Schuhe hatte er bekommen, aufgrund der am Tatort sowohl in einer Blutlache als auch in einem Hundekothaufen hinterlassenen Sohlenabdrücke. Nach Blutentnahme, Abstrich aus dem Mundraum und Sicherstellung von Ablagerungen unter den Fingernägeln hatte er unter Aufsicht duschen dürfen, danach war die erkennungsdienstliche Behandlung fortgesetzt worden. Dazu gehörte, neben Photographien sowie der Erfassung von Größe und Gewicht, natürlich die Abnahme der Fingerabdrücke.

Jetzt machte er insgesamt einen gepflegten Eindruck. Kraft war ein schlanker, für sein Alter noch jung wirkender Mann mit vollem, allerdings silbergrauem Haar. Fast hätte man dem

Gesicht eine Grundfreundlichkeit unterstellen können, wären nicht die Mundwinkel von einer Verhärmung geprägt gewesen. Er ging erhobenen Hauptes, fast schien es als bewegte er sich bewußt aufrechter als es normalerweise seine Art war. Er nickte Dragovich und Fellmich mit klarem Blick leicht zu, wie man es bei der Begrüßung von Bekannten zu tun pflegt. An der Tür blieben alle einen Moment stehen. Während Fellmich dann die Klinke drückte und sie öffnete, trafen sich die Blicke des Tatverdächtigen und des Kriminalhauptkommissars. Nicht zufällig, eindeutig suchte Kraft den direkten Blickkontakt zu Dragovich, und dieser gab ihm statt. Die Farbe der Augen war von einem seltenen dunklen Blauton. Dragovich erinnerte es kurz an das Wasser eines von ihm vor Jahren im Urlaub mehrfach besuchten Bergsees, das immer in den späten Nachmittagstunden ähnlich erschienen war.

Man wollte zunächst mit den Angaben zur Person beginnen und dies mit einem kurzen biographischen Abriß beziehungsweise einer Darstellung seiner Lebensumstände fortsetzen, bevor man sich mit den Umständen des Tatablaufs beschäftigen wollte. Gerade am mittleren Teil, nämlich den Ausführungen zur Lebensgeschichte, hatten sowohl Fellmich als auch Dragovich nur ein geringes Interesse. Zu groß waren die Parallelen und Wiederholungen bei den von ihnen verhörten Personen. Letztendlich gab es nur Angehörige zweier Hauptgruppen: Jene, die schon seit Jahrzehnten in prekären Umständen ihr Dasein fristeten und die, die erst vor relativ kurzer Zeit aus bis dato »ordentlichen Verhältnissen« gewissermaßen im freien Fall in die Altersarmut abgestürzt waren. In der letzteren Gruppe gab es ein Heer von ehemaligen Floristinnen, Friseusen, Verkäuferinnen, Gärtnern und Busfahrern. Zynisch gesehen, so dachten sowohl der Mann von der Mordkommission als auch der Spezialist für Altenkriminalität, war dies ja auch zu erwarten gewesen. Überraschender aber war, daß in dieser Gruppe die Zahl der Facharbeiter und mittleren Angestellten sowohl aus der Privatwirtschaft wie aus dem öffentlichen

Dienst um ein Vielfaches größer war. Bei genauer Betrachtung wäre natürlich auch dies erwartbar gewesen, aber weder hatte es die Gesellschaft, noch insbesondere die betroffene Gruppe selbst wahrhaben wollen. Daß immer weniger Junge für immer mehr Alte hätten sorgen müssen war auch kein Geheimnis. Daß das System aber so kollabieren würde, daß man als einzige Lösung die Schaffung riesiger Zelt-Ghettos sah, hatte natürlich niemand voraussehen wollen.

Michael Kraft gehörte als ehemaliger Lehrer – allerdings war er schon nicht mehr als Beamter eingestellt worden, sondern nur noch als Angestellter – mit einem Einkommen im leicht gehobenen Bereich eigentlich zu keiner der beiden Hauptgruppen. Er gehörte vielmehr zu denen, die es noch hätten schaffen können. Kraft schaffte es jedoch deshalb nicht, weil er sich nach zwölf Ehejahren von seiner Frau getrennt hatte. Beziehungsweise seine Frau sich von ihm. Dies sei aber unerheblich, meinte er. Niemand habe dem anderen etwas vorzuwerfen, es hätte sich einfach so ergeben. Eigentlich hätte es auch kein böses Blut zwischen ihnen gegeben, wäre er nicht durch Scheidung und sukzessive Unterhaltszahlungen sehr bald auf ein Niveau gerutscht, das auch ihm keinerlei Perspektive mehr gelassen hätte. Auf einen Wohnberechtigungsschein habe er keinerlei Anspruch gehabt, und selbst wenn, hätte er sich nicht mit den Zehntausenden und aber Zehntausenden von Bewerbern um eine weit unter seinen Vorstellungen liegende Wohnung in einem der Brennpunktviertel der Stadt schlagen wollen.

Fellmich zwang sich zur Ruhe und eröffnete die Vernehmung: »Ihnen wird zur Last gelegt, am heutigen Vormittag gegen 10:45 Uhr Herrn Stanislaus Krowka auf brutale Weise getötet zu haben. Sie müssen sich zur Sache nicht äußern und haben das Recht, einen Anwalt Ihrer Wahl hinzuzuziehen. Wir weisen Sie darauf hin, daß von Ihnen hier gemachte Aussagen vor Gericht gegen Sie verwendet werden können.«

Der Tatverdächtige hörte konzentriert zu und nickte dann. »Ich brauche keinen Anwalt.«

Fellmich schaute ihn an. »Gut. Ihnen wird später aber ein Pflichtverteidiger zugewiesen, dies nur zu Ihrer Kenntnis. Wir beginnen nun mit der Information zu Ihrer Person. Würden Sie sich bitte kurz vorstellen?«

Der Vernommene nahm nun auch im Sitzen eine überakzentuiert aufrechte Haltung ein. »Mein Name ist Michael Kraft. Geboren am 5. Januar 1962 in Bochum. Ich bin also 70 Jahre alt, die letzten 42 davon habe ich in Essen verbracht. Seit September 2029 wohne ich in der Zeltstadt Zeche Zollverein. Ich bin geschieden und habe keine Kinder.«

Dragovich schaltete sich ein: »Welchen Beruf üben Sie aus oder haben Sie ausgeübt, beziehungsweise welcher Tätigkeit gehen Sie aktuell nach, oder wovon bestreiten Sie Ihren Lebensunterhalt?«

Die Mundwinkel des Tatverdächtigen zuckten. »Ich war bis zu meiner vorzeitigen Verrentung Lehrer für Englisch und Geschichte im Angestelltenverhältnis. Durch die Unterhaltszahlungen an meine geschiedene Frau bin ich schon da nicht mehr wirklich über die Runden gekommen und habe bereits in meinem letzten Jahr an der Schule damit begonnen, Leergut zu sammeln. Natürlich nur nachts. Ich wußte, daß mir dies ohnehin bevorstehen würde und wollte mich darauf vorbereiten, um einen plötzlichen Schock zu vermeiden. Daß mir keine Grundsicherung oder irgendeine Art von Aufstockung zustehen würde, war ja klar.«

Dragovich fragte betont sachlich nach: »Wann wurde Ihre Ehe geschieden?«

»Das war vor 12 Jahren, fast auf den Tag genau. Also Ende Oktober 2020.«

Fellmich nickte kaum merklich, diese Information stand ja bereits in seinen Unterlagen. »Hatten Sie danach noch Kontakt zu Ihrer Ex-Frau Anita Cervinski?«

Michael Kraft atmete hörbar tief durch die Nase ein und langsam wieder aus. »Nur für relativ kurze Zeit. Eigentlich war ich ihr ja nicht böse, wir hatten uns nun mal wirklich auseinandergelebt. Schuldlos, kann man sagen.«

»Sie hatte bald einen anderen.«

Kraft nickte. »Mm – das war zu erwarten. Aber das war nicht der Hauptgrund.«

Fellmich schaute den Tatverdächtigen klar an. »Was dann?«

»Anita hatte kein eigenes Einkommen, beziehungsweise immer nur Minijobs, von denen sie keine Sozialsicherung aufbauen konnte. Ich mußte eine Unterhaltszahlung aufbringen, die mich sofort abrutschen ließ.«

Dragovich setzte nach: »Können Sie das konkretisieren?«

»Na, gleich aus dem Reihenhaus raus und in eine Dreizimmerwohnung. Ein halbes Jahr später das Auto verkauft. Das heißt, gegen einen Elektro-Kleinwagen getauscht. Nach zwei weiteren Jahren Umzug in eine Zweizimmerwohnung in Katernberg. Zu dem Zeitpunkt hatte ich natürlich bereits einen großen Teil meiner persönlichen Habe über Internetforen verkauft. Dabei belasse ich es erst mal.«

Vermeintliche Fortschritte

Dragovichs Gedanken schweiften kurz ab. Auch er besaß einen Elektro-Kleinwagen. Im Rahmen der zweiten großen Abwrackprämien-Aktion vor sechs Jahren hatte er sich von dem Volvo-Kombi seines Vaters getrennt. Eine Entscheidung, die ihm sehr schwer gefallen war. Doch der Betrieb jenes Fahrzeugs war zuletzt der reine Luxus gewesen, die Benzinpreise waren nach der Wiedereinführung der D-Mark ins Absurde gestiegen und hatten selbst die indiskutablen Bahnpreise im Fernverkehr noch deutlich übertroffen. Dem Ganzen lag natürlich politisches Kalkül zugrunde. Er erinnerte sich daran, wie zunächst ganze Teile Schleswig-Holsteins in Windparks umgewandelt worden waren. Anlagen enormer Ausdehnung hatte man auch in der Kieler sowie der Mecklenburger Bucht unter dem Motto »Wir machen Wind« installiert. Zuletzt

waren noch ganze Gebirgszüge im Sauerland, im Weserberg-
land, auch im Taunus und Spessart mit Windmühlen bedeckt
worden. Zum Transport des Stroms waren gewaltige neue
Überlandleitungen geschaffen worden. Eine sensationelle Ver-
schandelung der Natur, die das in den siebziger Jahren des
letzten Jahrhunderts so beliebte Einbetonieren von Flüssen
bei weitem in den Schatten stellte. Die Investitionskosten in
schwindelerregender Milliardenhöhe waren nur schwerlich
wieder hereinzubekommen, entgegen optimistischer Annahmen der deutschen Stromerzeuger interessierte sich das Ausland nicht für ihr »grünes« Produkt und setzte weiterhin auf
vergleichsweise billigen Atomstrom. Die Franzosen dachten
nicht daran, auf ihre Kraftwerke entlang des Rheins zu verzichten, die Briten hatten gar Mitte der zehner Jahre mit chinesischer Unterstützung neue Nuklear-Reaktoren gebaut. So
mußte man die eigene Bevölkerung mit allen erdenklichen
Mitteln dazu zwingen, die Überproduktion abzunehmen.
Den Löwenanteil der Kosten für die Energiewende hatte man
zudem schon vorher den Privatverbraucher zahlen lassen, wohingegen die Unternehmen von entsprechenden Aufpreisen
befreit worden waren.

Als Kind hatte Dragovich davon geträumt, sich als Erwach-
sener einmal in Schwebe-Fahrzeugen fortzubewegen, so wie
man sie aus Science-Fiction-Filmen kannte. Das einzige, was
man indessen hinbekommen hatte, war eine mittlerweile halbwegs anständige Ladekapazität, mit der 350 Kilometer am
Stück möglich waren. Mit dem Volvo hatte er damals ohne
Aufzutanken fast das Doppelte geschafft. Die Elektroautos
waren so leise geworden, daß nicht einmal mehr junge Menschen ihr Herannahen bemerkten und es entsprechend ständig
Unfälle mit schweren Personenschäden (so pflegten die Behörden sich auszudrücken) gab. Um dies zu verhindern waren
die neueren Modelle mit Modulen ausgestattet, die die Geräu-
sche von herkömmlichen Verbrennungsmotoren simulierten.
Man konnte dabei aus einer ganzen Palette von Benzinern
oder Dieselfahrzeugen vergangener Tage wählen, zu seiner

Freude war auch ein Volvo mit dabei, den er entsprechend ein-
programmierte. Überwiegend wählten die Leute ehemals
deutsche Oberklasselimousinen oder italienische Rennwagen.
Schloß man an belebten Plätzen die Augen, so konnte man
sich an der Düsseldorfer Königsallee oder der Münchner Ma-
ximilianstraße um die Jahrtausendwende wähnen, wahlweise
auch an einer Rennstrecke wie Monza oder dem längst stillgelegten Nürburgring. Öffnete man sie, sah man ein Heer von
kleinen Plastikkarossen herumflitzen, die mit peinlich bemüh-
tem Design versuchten, sich irgendwie wichtig zu gebärden.

Michael Kraft führte mit ruhiger Stimme aus, wie es ihm bald
immer schwerer gefallen sei, seinen Beruf als Lehrer auszu-
üben. Der soziale Abstieg sei vor seinen Schülern nicht zu verbergen gewesen, oft hatte er mitbekommen, wie man hinter
seinem Rücken höhnische Bemerkungen machte. Dazu hatte
ja generell der Respekt vor Lehrkräften derart extrem nach-
gelassen, daß er eigentlich nicht mehr vorhanden war. Die Eltern hätten dazu nicht unwesentlich beigetragen. Habe er
genau wie Mutter und Vater als Schüler noch Angst vor El-
ternsprechtagen gehabt, seien es ja seit langem die Lehrer, die
sich heute vor keinem anderen Tag des Jahres so sehr fürchteten wie vor diesem. Jegliches Versagen der Schüler würde von
den Eltern auf sie selbst projiziert, bei schlechter Leistung und
entsprechender Benotung würde nicht nur mit Gerichtsver-
fahren gedroht, sondern diese auch regelmäßig tatsächlich eingeleitet. Er selbst habe durch intensivste Beschäftigung mit
der Weiterentwicklung elektronischer Medien und Anwen-
dungen versucht, mit dem Denken und Verhalten der jungen
Leute Schritt zu halten. Am Anfang habe er sich sogar noch
Spielkonsolen gekauft, bis dies finanziell in keiner Weise mehr
drin gewesen sei. Es half natürlich nichts, da er im Gegensatz
zu seinen Schülern zum einen nicht über deren schier unbe-
grenztes Zeitpotential verfügte, zum anderen aber auch einfach noch »analog«, wie er sich ausdrückte, aufgewachsen sei.
Beim besten Willen wäre man da nur ein Fossil, das kaum

ernstgenommen werden könne. Er sage dies alles ohne Bitterkeit, sondern mehr als eine einfache Feststellung, als eine Beobachtung sich verschiebender gesellschaftliche Realitäten. Mit 67 sei er jedenfalls fix und fertig gewesen und habe trotz der bekanntermaßen hohen Abschläge um seine Verrentung bitten müssen. Daß dies den sofortigen Umzug in die Zeltstadt bedeutete, habe er schon vorher gewußt und in Kauf genommen.

Dragovich und Fellmich ertappten sich dabei, wie sie dem Erzählfluß des ehemaligen Lehrers folgend fast vergessen hatten, daß vor ihnen ein einer grausamen Tat Verdächtiger saß. Nun fühlten sie sich unangenehm berührt von dem Umstand, daß jemand, der erst vor wenigen Stunden einen schrecklichen Mord begangen hatte, so ruhig aus seinem Leben erzählen konnte. Fellmich bat Michael Kraft nun, den Tathergang aus seiner Sicht zu schildern, hoffend, daß sein Gegenüber das bislang an den Tag gelegte Redeverhalten fortsetzen möge.

Doch der Tatverdächtige lehnte sich ein Stück zurück, schaute nachdenklich zur Seite und meinte: »Ich glaube, dazu möchte ich jetzt noch nichts sagen.«

»Na, kommen Sie … haben Sie das Opfer, Stanislaus Krowka, vorher persönlich gekannt?«

»Dazu mache ich keine Angaben«, meinte Kraft nach kurzer Pause.

»Also doch!« rief Dragovich.

»Wenn Sie das meinen …«

Fellmich sah, daß man hier im Moment nicht weiterkam und schlug eine andere Richtung ein: »Wie haben Sie sich heute morgen nach dem Aufstehen gefühlt? War irgendetwas anders als sonst?«

Kraft antwortete: »Alles war wie immer. Ich könnte nicht sagen, daß irgendetwas anders gewesen sei als in den letzten zwei Jahren.«

»Heißt das, es war ein ganz normaler Tag, und Sie waren ruhig?« fragte Dragovich scheinbar neutral.

»Das habe ich nicht gesagt!«

»Sehen Sie, wir wollen Ihnen helfen«, bedeutete Fellmich, und begann damit das zwischen ihm und Dragovich seit Jahren eingeübte »Good Cop – Bad Cop«-Spiel. »Wir wollen herausfinden, ob Sie sich schon vorher schlecht gefühlt haben, sich über irgendetwas geärgert haben … Oder ob später der Mann an der Tonne« – Fellmich vermied bewußt die Nennung des Namens des Opfers – »Sie vielleicht in besonderer Weise provoziert hat.«

Michael Kraft schwieg.

»Wenn Sie nicht wollen, daß wir für Sie etwas Entlastendes finden, ist das natürlich Ihre Sache. Sie sollten dann aber wissen, daß alles sich so unangenehm für Sie entwickeln kann, wie Sie sich das im Augenblick überhaupt noch nicht vorstellen können«, meinte Dragovich mit drohendem Unterton.

Jetzt lächelte der Tatverdächtige, so als fühle er sich amüsiert. »Sie wollen doch nur schnell Ihre Einordnung zusammenbekommen. Habe ich im Affekt gehandelt oder lag meiner Aktion eine Planung zu Grunde? Bin ich ausgesprochen grausam vorgegangen? Ist das Merkmal der Heimtücke erfüllt? Kannte ich das Opfer, liegt eine Beziehungstat vor? Liegen niedrige Beweggründe vor? Muß man eine besondere Schwere der Schuld feststellen?«

Es trat eine kleine Pause ein, in der Dragovich und Fellmich, die ebenso frischen wie furchtbaren Bilder vom Tatort vor Augen, sich um Fassung bemühten. »Wir wollen wissen, wie ein offenbar bislang unbescholtener pensionierter Lehrer zu einer Hyäne werden kann.«

»Na, dann finden Sie das einmal heraus! Viel Spaß dabei …«

»So sollten Sie uns nicht kommen, wir wissen ja gar nicht, ob Sie wirklich bislang unbescholten sind, oder ob es doch Überraschungen in Ihrer Biographie gibt!« Dragovich fühlte instinktiv, daß der Tatverdächtige nun »zumachen« würde und unternahm daher diesen letzten Versuch, ihn daran zu hindern und das Gespräch in Gang zu halten. Doch statt einer Antwort lächelte Michael Kraft die Ermittler nur an. Fellmich beugte sich vor und berührte eine Taste des im Tisch eingelassenen Kommunikationsmoduls. »Okay. Abführen!«

Das Reich der Neuen Mitte

Trotz der Zeltstadt Zeche Zollverein, in der die desolate Lage gleichsam kulminierte, war man in Essen stolz darauf, sich noch selbst zu gehören. Zwar überstiegen seit mehr als zwei Jahrzehnten die Schulden das Vermögen der Stadt, genauso lange war der Haushalt faktisch eben von der Bezirksregierung im Wege des Haushalts-Kontrollverfahrens gesteuert worden, und zweifellos lag eine Endzeitstimmung über allem. Doch wenn man nach Duisburg schaute, konnte man sich auf trotzige Art wohlfühlen. Jene Stadt war im Jahre 2025 komplett von den Chinesen gekauft worden. Dabei war die Armutsquote zu jener Zeit dort sogar noch ein wenig höher als in Essen gewesen. Aber die Chinesen hatten auf die strategisch günstige Lage der Stadt und vor allem auf ihren Hafen gesetzt. Duisburg Ruhrort war nach wie vor der größte Binnenhafen Europas, so daß mit dessen alleinigem Besitz sich doch wohl etwas machen lassen sollte. Vorausschauenderweise war bereits zehn Jahre zuvor von hier aus eine regelmäßige Güterzugverbindung nach Chongqing eingerichtet worden. Bald schon rollten dreimal pro Woche zahllose Container über die mehr als 10.000 Kilometer lange Gleisstrecke zwischen Ruhrort und der zentralchinesischen Megalopolis. Der »Yuxinou« genannte Zug folgte im wesentlichen der alten Seidenstraße und bedeutete eine erhebliche Zeitersparnis gegenüber dem Seeweg. Etwa 2014 mußte es gewesen sein, als es sich der damalige chinesische Ministerpräsident nicht hatte nehmen lassen, Duisburg persönlich in Augenschein zu nehmen. Kaum jemand ahnte damals, daß dieser Besuch bereits der Sondierung eines Erwerbs der Stadt diente.

Für die Bürger Duisburgs führte die Übergabe ihrer Heimatstadt an die Chinesen jedoch zu weniger Vorteilen, als sich manche erhofft haben mochten. Die Infrastruktur wurde ausgebaut und modernisiert, tote Areale saniert und mit neuem Leben erfüllt. Viele Einzelhandelsläden, vor allem neu hinzugekommene, standen jedoch nun unter chinesischer Leitung. Zahlreiche Glücksritter waren aus dem Reich der Mitte gekommen, um sich hier in ein Abenteuer neuer Dimension zu stürzen. Für die angestammte Bevölkerung änderte sich bald einiges. Zwar war vertraglich die Weiterzahlung der Grundsicherung für das Viertel der Bevölkerung, die diese bezog, vereinbart worden. Der Anteil der Armen an der Bevölkerung war indes viel größer, da Personen mit geringfügigem Einkommen ja nicht unter Grundsicherung verbucht wurden. Und für diese Gruppe wurde es noch prekärer. Denn unter den Chinesen hatten nur bisherige Bezieher von Grundsicherung eine Bestandsgarantie. Neuanträge konnte man nicht stellen. Wollte man als Betroffener nicht ins Bodenlose stürzen, so mußte man aus Duisburg wegziehen. Faktisch konnten sich jedoch die meisten gar keinen Umzug leisten. Die extrem heraufgesetzte Gebühr für amtliche Abmeldungen schreckte dazu schon im Vorfeld ab. Und ohne amtliche Abmeldung konnte man sich mittlerweile in Deutschland auch nirgendwo anders mehr wieder amtlich anmelden. Einigen wenigen halfen Freunde oder Verwandte, die Abmeldegebühr beizubringen und auch mit einfachsten Mitteln Umzüge der oft nur noch geringen Habe durchzuführen. Wenn dies nicht möglich war, mußte man ausharren, wollte man nicht als Illegaler im eigenen Land leben.

Die Chinesen hatten sich in ihrem Vertrag ausbedungen, daß die Standards deutschen Rechtes und Versicherungsschutzes in Duisburg nur noch für eine kurze Übergangzeit gelten sollten. Sehr bald entstand ein Staat im Staate. Das Grundprinzip hatte man sich schon im Rahmen der Demontage der Kokerei Kaiserstuhl in Dortmund Anfang der 2000er veranschaulichen können. Die damals modernste Kokereianlage der Welt hatte man nach nur achtjährigem Betrieb wegen scheinbar mangelhafter Rentabilität wieder aufgegeben. Ein chinesischer Bergwerkskonzern hatte die Anlage gekauft und komplett demontiert, um sie in der Provinz Shandung wieder aufzubauen. Während der zweijährigen Demontage durch ausnahmslos chinesische Arbeiter war das Gelände hermetisch abgeriegelt und deutsches Recht faktisch außer Kraft gesetzt worden. Die mit ihrer Zentrale in China permanent in Verbindung stehende Geschäftsleitung hatte nach eigenem Gutdünken agieren können. Eine Ironie des Schicksals war es, daß gerade wegen der enormen Zunahme der Stahlproduktion in China der Kokspreis nur kurze Zeit später wieder in ungeahnte Höhen geschossen war. Haareraufend mußte man erkennen, daß ein Erhalt und Weiterbetrieb der Anlage erheblich sinnvoller gewesen wäre.

Was Wirtschaftswege und Geschäftsabwicklungen anging, schien in Duisburg alles offen und dazu professionell gehandhabt. Was die Rechte der Bürger jedoch betraf, wurden diese in beängstigender Geschwindigkeit eingeschränkt. Sämtliche städtischen Behörden hatten eine chinesische Führung bekommen. Diese bestand regelmäßig aus zwei Personen, einer, die quasi als politischer Direktor alles kontrollierte und die faktische Exekutivgewalt innehatte, und einer weiteren, die der fachlich-inhaltliche Leiter war. Das zwischen Duisburg und Essen liegende Oberhausen hatte sich selbst den Chinesen zum Kauf angeboten. Ein Akt reiner Verzweiflung.

Die sich schon seit den frühen zehner Jahren im unaufhaltsamen Sinkflug befindlichen Ruhrgebietsstädte waren in eine absurde Situation getrieben worden. Sie, die früher einmal den Wohlstand des ganzen Landes begründet und von ihrem Vermögen damals armen Regionen wie Bayern abgegeben hatten, waren unter anderem trotz völliger Überschuldung gezwungen worden, weiterhin Mittel in den Solidaritätspakt Ost einzustellen. Kredite in Millionenhöhe mußten dazu aufgenommen werden, die die Schuldenlast weiter vergrößerten. Es war kaum nachzuvollziehen, warum die Habenichtse von Rhein und Ruhr viele mittlere und größere Städte in Ostdeutschland beschenken sollten, denen es nach jahrzehntelangen Transferleistungen in Billionenhöhe nun deutlich besser ging als ihnen selbst und die ganz nebenbei mittlerweile auch optisch viel schmucker daherkamen. Wollten die Ruhrgebietsorte Hilfen aus dem »Stärkungspakt Stadtfinanzen« des Landes Nordrhein-Westfalen erhalten, mußten sie ihre Ausgaben derart absenken, daß dies zu einem völligen Stillstand des öffentlichen Lebens geführt hätte. Der damalige Oberbürgermeister Oberhausens hatte verkündet, daß er sämtliche städtischen Mitarbeiter entlassen müßte, wollte er auch nur annähernd die Forderungen des Landes erfüllen. In letzter Minute war dann ein Kompromiß gefunden worden, der dies noch verhinderte. Doch die Chinesen zeigten kein Interesse an Oberhausen, der Stadt mit der höchsten Pro-Kopf-Verschuldung Deutschlands. Lediglich das seit Jahren defizitär wirtschaftende CentrO, einst das erste heimische Mega-Shopping-Center, kauften sie den Oberhausenern zu einem Schleuderpreis ab. Der Oberbürgermeister hatte dieses Geld dann ebenfalls in die Errichtung von Zeltstädten nach dem Vorbild Essens investiert. Er war bei der nächsten Wahl abgewählt worden, da sich die Oberhausener von ihm verraten und verkauft gefühlt hatten. Sein aktuell amtierender Nachfolger war blaß und machtlos, die Wahlbeteiligung hatte auch nur noch bei 32 Prozent gelegen.

Die Chinesen indes vergrößerten den Shopping-Tempel noch einmal, bauten das CentrO vor allem aber zu einem gewaltigen Amusementpark aus, den sie mit einer großen Zaunanlage sicherten. Dieselbe war von der Innenseite geschickt bepflanzt worden, so daß Besucher des Parks weder den Zaun wirklich wahrnahmen, noch erst recht die hinter ihr liegende Umgebung zur Kenntnis nehmen mußten. Auch entlang des Autobahnzubringers sowie des Weges von der neu eingerichteten Bahnstation »Neue Mitte« waren als Lärmschutzzaun getarnte Wälle hochgezogen worden, die an den Innenseiten allerdings mit Video-Werbeleisten versehen waren. Überhaupt mochten die Chinesen die Bezeichnung des Geländes; sie gaben unumwunden zu, dadurch an die von ihnen als »Reich der Mitte« bezeichnete Heimat erinnert zu werden. Sie fragten sich gar, ob nicht tatsächlich Landsleute einst dem Gebiet den Namen gegeben hatten. Schließlich handele es sich ja um eine ehemalige Kohleregion, und der Bergbau spiele ja zu Hause nach wie vor eine gewichtige Rolle. Unter den zahlreichen Grubenarbeitern, die hier offenbar aus aller Welt hingekommen wären, sei sicher auch der ein oder andere Chinese gewesen.

Unerwartete Unterstützung

Aufgrund von Engpässen im Personalbereich hatte die Vorführrung beim Haftrichter doch nicht wie ursprünglich geplant kurz nach dem Ende der ersten Vernehmung, sondern erst am darauffolgenden Tag stattfinden können. Die Verhandlung war relativ kurz, Michael Kraft hatte keinerlei Einlassung zur Tat gemacht. Er wollte lediglich nicht abstreiten, in das Geschehen in gewisser Weise involviert gewesen zu sein. Da es sich um ein Kapitalverbrechen handelte und aufgrund der Faktenlage sowie der Zeugen am Tatort ein unmittelbarer Tatverdacht bestand, ordnete der Haftrichter sogleich Untersuchungshaft an, Kraft wurde in die JVA in der Krawehlstraße überführt. Luftlinie keine 300 Meter vom Präsidium entfernt. Unerheblich war dabei eine mögliche Fluchtgefahr, die bei jemanden mit, wie es intern hieß, »halbfestem« Wohnsitz durchaus immer gegeben war. Die Stellung einer Kaution wurde gar nicht erst diskutiert, nicht nur, weil eine solche vom Tatverdächtigen unter keinen Umständen je aufzubringen gewesen wäre, sondern auch bei Tötungsdelikten in Deutschland generell nicht gewährt wurde.

Kripochef Netzthal hatte Fellmich und Dragovich zu einem gemeinsamen Gespräch einbestellt, an dem auch Staatsanwalt Gatz teilnahm. Da Michael Kraft in Bezug auf Tathergang, Motiv und Hintergrund stumm wie ein Fisch sei, müsse sofort in seinem direkten Umfeld ermittelt werden. »Rein in die Zeltstadt! – Nehmen Sie die Spur auf: mit wem hatte er auf welche Weise Kontakt? Gibt es irgendeinen Bezugspunkt zum Opfer? Hat sich das Verbrechen irgendwie angekündigt?«

Staatsanwalt Gatz räusperte sich: »Keine Frage, daß wir bei der Anklageerhebung auf Mord gehen wollen. Dafür brauchen wir natürlich eine hieb- und stichfeste Argumentation …«

Dies schien für Netzthal fast einen Schritt zu weit: »Bislang wissen wir fast gar nichts, außer daß Stanislaus Krowka genau wie Kraft in der ZZZ gemeldet war und dort auch gelebt hat. – Meine Herren, Sie haben die heutigen Schlagzeilen der Online-Zeitungen gelesen und wissen, daß wir unter einem enormen Druck stehen, was die Aufklärung der Hintergründe der Tat anbelangt. Es gibt keine Zeit zu verlieren, fangen Sie an!«

Fellmich nickte seufzend und dachte an die vielen anderen Fälle auf seinem Tisch, die längst noch nicht abgeschlossen waren. Aber wenn der Chef hier Priorität anordnete?

Dragovich sah verständnisvoll zu ihm herüber, bei ihm war es immerhin etwas leichter, bestimmte Angelegenheiten etwas weniger intensiv zu verfolgen. »Wir werden auf jeden Fall arbeitsteilig vorgehen und müssen nicht immer zusammen unterwegs sein«, meinte er. »Zumal Ihnen ja auch Frau Flick zur Seite steht!«

Dragovich pfiff durch die Zähne. Die attraktive und stets energieversprühende Deutsch-Türkin war ihm vor einem Jahr schon einmal kurzzeitig als Praktikantin zugeteilt gewesen, er hatte sie danach aber immer wieder in der Kantine getroffen und häufiger gemeinsam mit ihr zu Mittag gegessen. »Aber die ist doch noch Kommissaranwärterin …«

Netzthal grinste: »Nein, sie hat letzte Woche ihre Abschlußprüfung bestanden und ist jetzt waschechte Kommissarin. Bei Ihnen!«

Dragovich stutzte: »Ab wann?«

»Ab sofort!«

Cigdem Flick lernt laufen

»Baby, Baby, Baby!« sagte Cigdem Flick, als sie in Dragovichs Büro trat, schüttelte dabei den Kopf und sah ihn klar an. Es war nicht das erste Mal, daß der Kriminalhauptkommissar diesen Ausruf von ihr hörte. Er konnte Erstaunen oder Ungläubigkeit vermitteln, Respekt bekunden, ein Kompliment bedeuten oder Kommentar zu gesellschaftlichen Entwicklungen oder plötzlichen Ereignissen sein. In diesem konkreten Fall diente er gleichzeitig der Begrüßung ihres neuen Chefs, zum Ausdruck ihrer Fassungslosigkeit angesichts des zu untersuchenden Verbrechens und der, nun, gewissen Freude, gleich im Anschluß an ihre Ausbildung an einem derartig aufsehenerregenden Fall mitarbeiten zu können.

»Setzen Sie sich einen Moment, Frau Flick!« forderte Dragovich sie freundlich auf und gab sich ein wenig amtlicher, als es seine Art war. »Kaffee?« Cigdem Flick nickte und versuchte, möglichst selbstbewußt Platz zu nehmen. Dragovich nahm zwei Becher aus dem Regal und füllte sie. »Zucker oder Milch?« »Nichts für mich. Schwarz wie die Nacht soll er sein!«

Der Spezialist für Altenkriminalität grinste. »Genau wie ich. Das ist ja schon mal kein schlechter Anfang!«

Dragovich führte aus, was er bei Eintreffen am Tatort gesehen und wie sich das Verbrechen wohl abgespielt hatte. Angesichts seiner detailreichen Schilderung biß sich die frisch gebackene Kriminalbeamtin auf die Unterlippe und kniff die Augen zusammen.

»Was kneifen Sie denn die Augen zusammen? Sie haben die Fotos ja noch gar nicht gesehen!« Der erfahrene Ermittler sah sie eindringlich an, so als wolle er prüfen, ob er ihr die grausigen Bilder vorlegen könne.

Als ahne sie dies, sagte Cigdem Flick: »Sicher haben Sie schon die Fotos da. Die muß ich mir ja wohl jetzt anschauen.«

Dragovich nahm ein circa 80 mal 50 cm großes Hyper-Board hoch, das er neben dem Schreibtisch abgestellt hatte und hängte es an eine Vorrichtung in der Wand. Auf dieses HyperBoard hatte er direkt nach Übermittlung durch den Fotografen der KTU eine Zusammenstellung der seiner Ansicht nach wichtigsten Bilder programmiert. Unter die Fotos konnte man vom Computer oder EDPP aus Textinfos senden oder aber auf dem HyperBoard mit einem SensiScribe handschriftliche Eintragungen machen.

Cigdem Flick ließ ihren Blick jeweils recht lange auf den einzelnen Fotos verweilen, so als wolle sie ihrem Chef vermitteln, daß sie auf keinen Fall durch Flüchtigkeit wichtige Dinge übersehen würde.

Dieser merkte jedoch, wie ihr Atem gepreßt ging, und auch wie sie mehrfach etwas gequält schluckte. »Wir werden uns das später noch einmal genauer ansehen und schauen, ob Sie irgendetwas etwas daraus lernen können.«

Sie schwiegen einen kurzen Moment, dann sagte die junge Kommissarin: »Ich gebe zu, daß ich so etwas bislang noch nicht gesehen habe. Entschuldigen Sie also, wenn man mir das ein wenig ansehen mag.«

»Machen Sie sich jetzt erst einmal über die Bilder keine Gedanken mehr. Unser Auftrag ist ein anderer. Wir werden in die Zeltstadt gehen. Sicher waren Sie ja schon einmal dort, oder nicht?«

»Natürlich, während unserer Ausbildung waren wir ein paarmal da. Allerdings nur sporadisch. An einem richtigen Fall war ich ja nicht beteiligt. Einmal ging es um Glücksspiel, und mehrfach um gestohlene EDPPs. Ich meine, das meiste wäre im Sande verlaufen.«

»Also, Sie würden nicht sagen, daß Sie sich in der ZZZ wirklich auskennen?«

Cigdem Flick schüttelte den Kopf.

»Na, da haben Sie was mit mir gemein.« Milan Dragovich war im Gegensatz zu seiner jungen Kollegin allerdings etliche Male in der Zeltstadt gewesen, war diversen Delikten nachgegangen, meistens Diebstahl, aber auch Prostitution und Glücksspiel, sowie mehreren Gewalttaten. Viermal hatte es in der Zeit seiner Zuständigkeit einen Mord gegeben, zwei davon hatten mit Drogengeschichten zu tun gehabt, die anderen beiden waren Eifersuchtsdramen. Ebenfalls viermal einen einfachen Totschlag, drei davon unter Alkoholeinfluß. Für eine Zeltstadt dieser Ausdehnung und Bewohnerzahl hielt sich dies seiner Ansicht nach noch im Rahmen.

Orientierung im Irrgarten

Trotz der schachbrettartigen Anlage schien zumindest ihm die ZZZ alles andere als übersichtlich. Zwar hatten manche der Straßen und Wege einen erstaunlich eigenen Charakter, andere aber sahen sich zum Verwechseln ähnlich. Individualität entstand durch Ketten bunter LED-Leuchten oder durch die bei vielen Alten beliebten Neon-Schriftzüge oder -zeichen. Richtige Neonröhren gab es hingegen nur noch äußerst selten, bei den meisten handelte es sich um allerdings recht gelungene Imitate. Verschiedene Senioren hatten die Frontplanen ihrer Behausungen mit Teilen von Fahrzeugen drapiert, deren stolzer Besitzer sie bis zur zweiten Abwrackprämie gewesen waren. Vor allem Scheinwerfer, Blinker, Kühlergrille, Felgen und Schriftzüge der Markennamen waren zu sehen. Erstaunlicherweise gab es in diesem Bereich relativ wenige Diebstähle. Mit den Autos aus vergangenen Tagen verband sich offenbar ein bestimmter Respekt vor der Erinnerung an Zeiten, in denen man ein selbstbestimmtes Leben geführt hatte. In einigen Straßen hatten sich flohmarktähnliche Verkaufsstände neben den Zelteingängen etabliert, die von den Behörden toleriert wurden. Obwohl die Alten wenig genug besaßen, war es immer wieder erstaunlich, welche betagten und ungewöhnlichen Objekte man hier finden konnte. Letztendlich konnten nur ganz wenige Straßen und Wege über einen längeren Zeitraum ein eigenes Gesicht wahren. Zu groß war die Fluktuation infolge Versterbens, seltener durch Wegzug in andere Lager oder durch Krankenhausaufenthalte und Inhaftierungen.

Eine gewisse Orientierung gaben die Großbildschirme, die auf insgesamt fünf etwas größer gestalteten Kreuzungsplätzen des Geländes positioniert waren. Und natürlich der Förderturm, der tagsüber von überall zu sehen war. Theoretisch jedenfalls, da die Züge der Zelte mit einer lichten Höhe von 2,10 Metern durchaus Schluchten entstehen ließen. Nachts war die Peilung zum Förderturm deutlich schwieriger, da man ihn aus

Kostengründen schon seit 15 Jahren nicht mehr anstrahlte. Es gab lediglich einige rote Signallampen für die Polizeihubschrauber. Angesichts der Lichterketten und Neonzeichen war der Turm im Dunkeln also nur schwer auszumachen, vor allem bei Regen. Das schwierigste für Dragovich war, daß manchmal ganze Abschnitte von Straßen oder Wegen in unregelmäßigen Abständen verschwanden und in anderen Sektionen der ZZZ wieder auftauchten. Noch wußte er nicht, ob sich ein System dahinter verbarg, oder ob es sich um reinen Zufall, vielleicht auch eine Wahrnehmungstäuschung seinerseits handelte. Nein, richtig gut kannte er sich in der Zeltstadt nicht aus.

Viel hatte die erste gemeinsame Begehung der ZZZ noch nicht ergeben. Milan Dragovich stand natürlich unter enormem Druck, gleichzeitig ging es ihm darum, seine junge Kollegin etwas vertrauter mit der Zeltstadt zu machen. Die oberflächlichen Eindrücke aus ihrer Ausbildungszeit könnte sie sicher getrost vergessen.

Wie immer hatte sich der Kriminalhauptkommissar den Schirm seiner stets bei Besuchen des Areals getragenen Ballonmütze tief in die Stirn gedrückt. Die Mütze hatte eine undefinierbare Farbe irgendwo zwischen braun, grau und grün. Diese Kopfbedeckung war besonders bei Männern in der ZZZ sehr beliebt, und zwar vor allem genau in dem gleichen merkwürdigen Ton. Es gab zwar auch Ballonmützen in blau, schwarz und verschiedenen anderen Farben, ja sogar pink und violett kamen vor. Frauen trugen gerne ein schleierhaftes leichtes Tuch wie es bei Schauspielerinnen und weiblichen Berühmtheiten in den fünfziger und sechziger Jahren des letzten Jahrhunderts beliebt gewesen war. Im Gegensatz zu den Männern herrschten hier meist hellere Töne vor. Allerdings schätzten nicht wenige Frauen ebenso wie die Männer Ballonmützen. Mit Ausnahme der in dieser Region recht kurzen warmen Jahreszeit trugen die Männer gern dreiviertel lange Mäntel, die in der Farbgebung meist mit ihren Mützen korrespondierten.

Niemand sollte Dragovich einreden, daß die massenhafte Nutzung von Ballonmützen und Mänteln in überwiegend nur schwer definierbaren Farben einem anderen Zweck diente, als sich generell zu tarnen und vor allem in Untersuchungsfällen rasch unterzutauchen beziehungsweise beim Ergriffenwerden auf Verwechslungen zu pochen. Cigdem Flick hatte für sich ein dunkles Kopftuch gewählt, um nicht über ihre Jugend hinaus sofort optisches Aufsehen zu erregen. Natürlich war Dragovich klar, daß er trotzdem gemeinsam mit seiner neuen Kollegin sofort auffallen würde, und daß die Nachricht von ihrem Eintreffen sich wie ein Lauffeuer über die in allen möglichen Größen verfügbaren EDPPs verbreitete. Egal, das ließ sich wohl nicht vermeiden.

Zielstrebig begaben sie sich zur Kreuzung der H-Straße mit dem Weg 8, wo sich das Zelt von Michael Kraft befand. Die Frontplane war nicht geschlossen und bewegte sich leicht hin und her. Als auf ihr halblautes Rufen niemand reagierte, traten sie ein. Auf den ersten Blick schien es, als ob in diesem Zelt nur drei der vier möglichen Raumteile bewohnt wurden, denn der vierte war bis auf ein Bett und ein Beistelltischchen, auf dem sich eine kleine LED-Standlampe befand, völlig leer. Das Bettzeug war ordentlich gemacht, wie man es in einem gut gepflegten Hotel erwarten würde. Es gab keinen Bildaufsteller, keine Bücher, keinen Koffer, nicht einmal eine Reisetasche oder Rucksack.

»Sucht Ihr ein Plätzchen?«

Milan Dragovich und Cigdem Flick wandten sich um. Im diagonal gegenüberliegenden Zeltteil drehte sich ihnen ein etwas zerzauster und von Restalkohol gezeichneter Mann von seiner Schlafstatt aus zu.

»Für einen von euch stehen da die Chancen nicht schlecht, denn der Bewohner dort drüben hat ja ausgecheckt.«

»Mal sehen«, meinte Dragovich ohne den Mitbewohner Krafts anzuschauen. Er zog die Schublade des Beistelltischchens auf, auch diese leer. Dann hob er die Matratze an, seine junge Kollegin assistierte ihm dabei.

»Läuse und Flöhe gibt es hier nicht. Bei dem schon gar nicht, der hielt ja immer alles tipptopp sauber!« Den Anschein hatte es in der Tat, vor allem angesichts des Zustandes in den anderen drei Raumteilen.

»Vielen Dank für Ihre Zeit! Wir überlegen noch, ob das für einen von uns beiden was wäre«, sagte Dragovich, als sie das Zelt verließen. Der zerzauste Mann war wieder zurückgesunken und hatte die Augen geschlossen, hob nur müde die Hand.

»Das ist doch merkwürdig!« platzte es aus der jungen Kommissarin für Altenkriminalität heraus. »Offenbar ist der Beschuldigte nicht lange vor der Tat hier ausgezogen. Wohin wohl?«

Der ältere Kollege nickte nachdenklich. »Wohin wohl? – Gute Frage.« Nach einer Pause fuhr er fort: »Ich bin mir jedenfalls sicher, daß die KTU hier nichts finden wird, außer ein paar Fingerabdrücken, Haaren oder Hautschuppen vielleicht. Aber die brauchen wir ja nicht.«

Sie überquerten über den Weg 8 zur K-Straße, wo sich etwa 15 Meter nördlich der Kreuzung auf der linken Seite das Zelt von Stanislaus Krowka befand. Hier war der Reißverschluß an der Frontplane heruntergezogen, jedoch kein Schloß angebracht. Sie schlugen mit der flachen Hand gegen die Plane und riefen diesmal etwas lauter. Eine Antwort blieb aus, Dragovich öffnete das Zelt und sie traten ein. Im Inneren gab es eine Aufteilung für drei Personen, die Vorhänge waren beiseite geschlagen, so daß voller Einblick gewährt wurde. Dies war bei vielen Bewohnern der Zeltstadt so üblich, man gab möglichen Dieben durch den freien Einblick gleich zu verstehen, daß es nicht viel zu holen gab. Und wenn etwas geklaut würde, könnte man ohnehin nichts dran ändern. Die mangelnde Privatsphäre war natürlich insgesamt ein Riesenproblem, insbesondere was Intimkontakte anging. Meist trafen die Bewohner einer Einheit Absprachen unter sich, so daß man ungestörte Zeiträume schaffen konnte. Dragovich bedeutete seiner jungen Kollegin, am Eingang stehenzubleiben und die Straße ein wenig im Blick zu behalten. Wie von selbst war er dann auf den rechts liegenden aufgeräumtesten der drei Wohnbereiche zugegangen. Neben der Schlafstatt stand eine große schwarze Reisetasche, der Adressanhänger wies sie als das Eigentum des Stanislaus Krowka aus. Der Hauptkommissar zog Latex-Handschuhe über und öffnete die Tasche, in der sich ordentlich gefaltete Pullover, T-Shirts und weitere Kleidungsgegenstände befanden. Auch eine Kosmetikschatulle und einen Rasierapparat entdeckte er. Er zog die Schublade des Beistelltischchens auf, in der sich Ohrenstöpsel, eine angebrochene und eine verschlossene Packung Aspirin sowie eine fast leere Halbliter-Flasche Wodka befanden. Auf dem Tischchen selbst stand ein nur noch schwach glimmender digitaler Bilderrahmen. Dragovich hob ihn hoch und erkannte den Ermordeten zwischen zwei Jugendlichen, offenbar seinen Kindern. Über der Längsseite des Bettes hatte Krowka ein querformatiges Farbposter mit einer Ansicht des Geländes der Zeche Zollverein angebracht, entstanden offenbar kurz nach Neueinrichtung des Ruhrmuseums und der Öffnung für die Besucher. Der Hauptkommissar schaute auf das eingedruckte Impressum, ja, im Jahre 2010 war das gewesen. Warum hängte sich jemand ein in strahlendem Sonnenlicht aufgenommenes Bild der Anlage auf, die dieselbe – nach Anerkennung als Weltkulturerbe – zum bedeutenden Kulturzentrum gewandelt darstellte? Was mußte in einem Mann vorgehen, der jeden Morgen darunter aufwachte, und sich dann draußen inmitten eines gewaltigen Zelt-Ghettos für arme Alte wiederfand? In der Raummitte stand ein Holzklappstuhl vor einem kleinen runden Tischchen, auf dem sich eine Tasse und ein Glas befanden, beides offenbar unbenutzt. Dann inspizierte Dragovich das Bett, auch dieses Mal hob er die Matratze hoch, darunter standen jedoch lediglich ein abgehalftertes Paar Winterstiefel, ebenso abgenutzte Sportschuhe und ein Paar Filzpantoffeln. Dann zog er sein ElecTrac hervor, mit dem man selbst schwächste Impulse elektrischer Geräte aufspüren konnte. Es zeigte jedoch nur den digitalen Bilderrahmen auf dem Beistelltischchen an. Der Hauptkommissar für Altenkriminalität hatte gehofft, hier im Zelt ein EDPP zu finden, zumal der Ermordete keines bei sich getragen hatte.

Cigdem Flick pfiff leise, offenbar näherte sich jemand. Ihre Silhouette bewegte sich vom Zelt fort. Dragovich richtete sich auf und stand still, bald sah er die Schatten mehrerer Personen vorbeiziehen, die in ein angeregtes aber unverständliches Gespräch vertieft waren.

Bald darauf kehrte die junge Kommissarin zurück und öffnete die Zeltplane. »Puh, nochmal Schwein gehabt! Sind Sie fertig?«

Ihr Kollege nickte und verließ das Zelt, den Reißverschluß wieder herunterziehend.

Sie gingen die K-Straße hinauf bis zu Weg 7, dann nach links bis zur M-Straße, in die sie rechts einbogen.

»Nichts von Wert. Ein sehr ordentlicher Typ allerdings. Die Tasche gepackt wie von einer Hausfrau im letzten Jahrhundert.«

Cigdem Flick runzelte die Stirn. »Die Tasche gepackt … deutet doch irgendwie auf Verreisen hin.«

»Stimmt. Ein bißchen sah das schon so aus. Zumal ich nirgendwo eine Tasche mit Schmutzwäsche gesehen habe. Erwartungsgemäß habe ich leider auch kein EDPP gefunden.«

»Irgendwie sehr seltsam das Ganze«, meinte die junge Kommissarin. »Der mutmaßliche Mörder ist offenbar gerade vor der Tat aus- beziehungsweise umgezogen. Und bei seinem Opfer scheint es, als habe dies unmittelbar vor Antritt einer Reise gestanden.«

Der ältere Kollege nickte. »Hört sich wahrscheinlich sarkastisch an, wenn ich sage, daß der mutmaßliche Täter definitiv jetzt umgezogen ist, und das Opfer auch eine Reise angetreten hat.«

Cigdem Flick warf ihm einen verständnislosen Blick zu.

Dragovich lenkte ab: »So, jetzt zeige ich Ihnen einmal das inoffizielle Clubzentrum der Seniorenanlage!«

Sie waren mittlerweile an der überdachten Rolltreppe zum Eingangsbereich des ehemaligen Ruhrmuseums angelangt.

Deren einstmals schmucke Einfassung aus Plexiglas war zerkratzt, blind, an vielen Stellen brüchig. Auf der Oberseite hatte sich eine Schmutzschicht gebildet, der auch stärkerer Regen nichts mehr anhaben konnte. Die Rolltreppe stand seit vielen Jahren still und starr, man mußte sie wie gewöhnliche Stufen hinaufsteigen, was angesichts der Länge manchmal etwas anstrengend war. Im Dunkeln umso mehr, als es statt vormals breiter Lichtbänder nur noch eine funzelige Notbeleuchtung gab. Oben wurde ihnen gleich ein Wodka angeboten.

Dragovich winkte ab: »Vielen Dank, ist mir aber noch zu früh am Tag.«

Ein Alter lachte: »Der Milan trinkt doch nie im Dienst ...« Es war selten, daß die Alten jüngere Menschen mit »Sie« anredeten. Wer hier lebte, hatte alles verloren und brauchte keine großen Rücksichten mehr zu nehmen. Dabei war das Duzen generell gar nicht böse gemeint, es zeigte allenfalls, daß man im Grunde keinen Respekt mehr vor irgendetwas oder irgendjemanden hatte, schon gar nicht vor Behördenvertretern. Letztendlich war es ja der Staat, der nicht verhindert hatte, daß sie in diese gewaltige Misere geraten waren. Die dicke Nelly, eine der wenigen Prostituierten, von der wirklich jeder wußte, daß sie eine war, winkte freundlich zu Cigdem herüber. Die blondgefärbten Haare wallten über den üppigen Körper. Der Ausschnitt ihres Kleides konnte selbst Frauen irritieren.

»Schau' dich hier einmal in aller Ruhe um, Kleines! Hier kannst Du wirklich noch manches entdecken, von dem Du keine Ahnung hast!«

Dragovich ließ Nelly in Ruhe, da sie ihm schon einige Male wertvolle Tips gegeben hatte. Zuletzt hatte sie sich jedoch erheblich zugeknöpfter gegeben.

Anschließend, es war um die Mittagszeit, hatte man sich in einem günstigen Moment wieder auf den Weg gemacht, sich unter die Menschen in der Essensausgabe gemischt, war danach die F-Straße heruntergegangen bis zum Weg 14 und dann die I wieder herauf. Das Ganze sollte dazu dienen, daß Cigdem Flick ein Gefühl für die ZZZ bekam. Der Hauptkommissar für Altenkriminalität hatte allerdings nicht umsonst auch darauf spekuliert, einige seiner »alten Bekannten« zu treffen und auf den Fall ansprechen zu können. Dragovich hatte ein paar Worte mit Fred Carlsson gewechselt, einem ehemals selbstständigen Grafiker, der sich völlig schockiert über die Tat gab. Später auch mit dem einäugigen Lahrmann, einem ehemaligen Geschichtslehrer, von dem er sich in besonderer Weise Informationen zu Michael Kraft erhoffte. Hatten die beiden doch am gleichen Gymnasium unterrichtet.

»Unter den Blinden ist der Einäugige der König …« begann Lahrmann wie so häufig seine Rede, setzte dann aber fort mit: »… doch hierzu fällt mir leider auch nichts ein. Ich kannte den eigentlich gar nicht, nur mal am Rande von Konferenzen gesehen und so …« Er pausierte und meinte dann: »Schreckliche Sache das.«

Dragovich sah gespielt neutral drein. Irgendwie klang das nicht überzeugend. An der Ecke zum Weg 7 wurde er freundlich von Adele Kaiser begrüßt, die viele Jahre als Versicherungsvertreterin gearbeitet hatte, bis ihre Agentur in Folge einer Unternehmensinsolvenz aufgelöst worden war. In der ZZZ kaufte niemand Versicherungen, und so versuchte sie mit mäßigem Erfolg andere Dinge zu vermakeln. Die Situation der letzten Jahre hatte sich in ihrem Gesicht abgezeichnet. Die faltige Haut konnte ihr Alter nicht verbergen, gleichwohl tat es ihrer Würde keinen Abbruch, im Gegenteil. Auf das ungeheuerliche Verbrechen angesprochen meinte sie: »Das ist ja ganz entsetzlich«, was allerdings seltsam tonlos klang. Sie habe sich erkältet, meinte sie entschuldigend und hüstelte, um sich dann wieder in ihr Zelt zurückzuziehen.

Vor einem der Großbildschirme waren sie kurz stehengeblieben und hatten die Nachrichten bis zum Wetterbericht verfolgt. »Komisch, kein Wort von der Untat!« konstatierte Cigdem Flick eher interessiert als wirklich verständnislos.

»Ist doch völlig klar – man will den Ball flach halten. Im Netz ist schon mehr als genug los, da will man nicht noch mehr Unruhe erzeugen.«

»Keine Meldung ist auch 'ne Meldung«, meinte die junge Kommissarin altklug und zog das Kopftuch ab.

Dragovich sah sie fragend an und zog eine Augenbraue hoch. Sie grinste keck zurück, dann prusteten beide kurz los, fingen sich aber gleich wieder. Als sie das Gelände verließen und zur Straßenbahnstation gingen, begann es leicht zu nieseln.

»Baby, Baby, Baby!« sagte Cigdem und schüttelte langsam den Kopf.

Neue Ansätze

Zurück im Präsidium hatte Milan Dragovich seiner neuen Kollegin aufgegeben, sich einmal um das schulische Umfeld Michael Krafts zu kümmern, neben Lahrmann noch andere Kollegen zu identifizieren und hoffentlich sinnvolle Erkundigungen einzuziehen. Er selbst wolle sehen, ob er Krafts Ex-Frau Anita Cervinski ausfindig machen könne. Dann hatte er Thorsten Fellmich angerufen und ihm mitgeteilt, daß er leider noch nichts erreicht habe. Falls das irgendeine Rolle spiele, eine besondere Betroffenheit über das Geschehen hätte er in der Zeltstadt nicht feststellen können. Ob er denn schon weiter gekommen sei? Fellmich hatte sich absprachegemäß auf das Opfer und sein Umfeld konzentrieren wollen. Es war ein relativ neuer Ansatz bei der Polizei, die Perspektive des Opfers einzunehmen und von dort aus Schlüsse zum Tathergang abzuleiten. Man sah sich gern als Vorläufer vor der Justiz, die sich weiterhin eher auf den Täter konzentrierte und diesem im Verfahren regelmäßig eine erheblich größere Rolle als dem Opfer zudachte. Ein wenig war man schon stolz auf den neuen Ansatz, auch wenn dessen Verfolgung längst nicht immer erfolgreich war. Thorsten Fellmich bewegte brennend die Frage, ob sich Kraft und Krowka nie vorher begegnet waren, ob es also wirklich der absolute Zufall war. Eben das berühmte »am falschen Ort zur falschen Zeit«. Das Opfer sei genau wie der Täter ordentlich in der ZZZ gemeldet gewesen. Bei 6.000 Bewohnern hieße das natürlich nicht, daß man sich kennengelernt, ja nicht einmal gesehen haben müßte. Wie sich denn das Flick Chick mache, wollte Fellmich wissen. Dragovich wiederholte den bislang auch von ihm benutzten heimlichen Spitznamen für die junge Frau nicht. Die Chemie stimme, viel mehr könne man noch nicht sagen. Sie mache einen aufgeweckten Eindruck. Allerdings seien gemeinsame Ermittlungen in der Zeltstadt problematisch, zu auffällig eben. Er müsse auf jeden Fall wieder alleine da rein. Am besten nachts. Vielleicht sogar noch heute. Dann sollten sie zusammen gehen, meinte sein Kollege von der Mordkommission. Natürlich in verschiedenen Sektoren operieren, aber um für alle Fälle jeweils schnell beim anderen zur Stelle sein zu können, falls etwas schief ginge. Morgen oder morgen Nacht reiche dies allerdings auch noch. Dragovich gab zu bedenken, daß eventuelle Spuren umso leichter verwischten, je länger man zuwarten würde. Er müsse sich allerdings auch erst entspannen und führe jetzt nach Hause. In ein paar Stunden sei er hoffentlich wieder fit und mache sich eventuell dann noch mal auf den Weg. Überhaupt, schloß Dragovich, ohne ihre Spitzel kämen sie diesmal vermutlich nicht besonders weit.

Feierabendprogramm

Milan Dragovich schätzte sich glücklich, praktisch noch fußläufig entfernt vom Polizeipräsidium zu wohnen. Seine Wohnung in der Renatastraße lag an der Ecke zur Paulinenstraße auf etwa halber Strecke zwischen der evangelischen Kirche und dem Schwimmbad. Das Polizeipräsidium war gerade genug weit weg, daß er es keinesfalls sehen konnte und es auch aus seinem Sinn völlig verbannbar war, wenn er sich denn zum Abschalten entschloß. Auf der anderen Seite lag es aber nah genug, daß es jederzeit schnell erreichbar war, auch ohne eigene und schon gar öffentliche Fortbewegungsmittel. Da er

leider eine Tendenz zum Verschlafen, oder besser: Wiederein-
schlafen, nachdem der Wecker bereits geklingelt hatte, als Teil
seines Naturells akzeptieren mußte, war die Lage seiner Wohnung von außerordentlicher Wichtigkeit. Er ging zum Kühlschrank, öffnete ein Bier und nahm ein paar tiefe Schlucke.
Sich am Genuß erfreuend hielt er die Flasche vor sich und
drehte sie ein wenig in der Hand. Unwillkürlich schoß ihm
dabei durch den Kopf, daß es ja eine Bierflasche war, die die
Schreckenstat ausgelöst hatte. Die Marke war ihm allerdings
gerade nicht präsent, er hoffte, es war nicht die, die er gerade
trank. Jedenfalls hatte es sich um eine Einwegflasche aus
Kunststoff gehandelt, wohingegen er Bier grundsätzlich nur
in der Mehrwegflasche aus Glas kaufte. Aus kulturell-ästhe-
tischen Gründen, wie er vor allem Thorsten Fellmich gegenüber, der dies nicht nachvollziehen konnte, immer wieder ins
Feld führen mußte. Er starrte einen Moment hinaus in die
Nacht, sein Blick glitt über die Wohnungen der gegenüberliegenden Häuserzeile, nur wenige waren hell erleuchtet. Die
meisten Familien konnten es sich nicht leisten, in mehreren
Räumen gleichzeitig die Lichter eingeschaltet zu haben. Er
ging ins Wohnzimmer, nahm das EDPP vom Schreibtisch,
setzte sich aufs Sofa und startete es. Das Gerät kommunizierte
direkt mit einem größeren an der Wand montierten Hyper-
Board, welches er in erster Linie in seiner Fernseh- beziehungsweise Heimkinofunktion nutzte. Auch die Freizeit des
Kriminalhauptkommissars blieb nicht unberührt von seinem
beruflichen Dasein: Er war ein sich offen bekennender Fan
des Tatort-Kanals, den er bereits seit Jahren abonniert hatte.
Der »Tatort«, einst das erfolgreichste Unterhaltungspro-
gramm der größten öffentlichen Rundfunkanstalt, hatte es
auch in die komplett digitalisierte Welt geschafft. Inzwischen
gab es über 3.200 Folgen. Dragovich störte nicht, daß unabhängig vom Geschlecht praktisch jeder Schauspieler, der in
Deutschland eine auch nur noch so minimale Aufmerksamkeit gewonnen hatte, bald als Kommissarin oder Kommissar
eingesetzt wurde. Das war schließlich notwendig, denn mitt-

lerweile gab es auch kaum noch einen Ort über 50.000 Einwohner, der nicht zumindest zu irgendeinem Zeitpunkt auch Tatort-Stadt gewesen wäre. Freilich gab es zahllose schwache Ermittlerteams, und die Folgen vieler Städte und Regionen waren geradezu für ihre Unterdurchschnittlichkeit verschrien. Aber nur in wirklich anhaltenden Extremfällen löschte man einen Ort oder brachte eine neue Kommissar-Konstellation an den Start. Milan Dragovich schaute immer noch sehr gern den Münchner Tatort mit seinen nun greisen Ermittlern, vor allem, weil diese wie er nun im Bereich Altenkriminalität unterwegs waren. Sein Favorit allerdings war das Duisburger Team, die Kommissare Liu Bei und Cao Cao gingen hart und kompromißlos zur Sache. Die Chinesen, die sich mit ihrem außergewöhnlichen Konzept beim Sender eingekauft hatten, waren natürlich schlau und hatten intensive Recherche betrieben. Insbesondere Liu Bei ähnelte in Auftritt und Wortwahl sehr dem überaus erfolgreichen deutschen Duisburger Kommissar, der sich in den achtziger Jahren des letzten Jahrhunderts und später noch in einer unabhängigen Serie enormer Popularität erfreute. Nur, daß er eben eindeutig ein Chinese war. Cao Cao versuchte gelegentlich, dem Verhalten seines Kollegen entgegenzusteuern, aber wie gesagt, nur gelegentlich. Dragovich fand, daß es sich um eine exzellente Melange aus knallharten chinesischen Krimis der nuller und zehner Jahre und diversen Gestaltungsprinzipien der urdeutschen Serie handelte. Natürlich waren zahllose wichtige Charaktere in den einzelnen Folgen Chinesen; andererseits war man aber nicht so dumm, den Deutschen beziehungsweise den zahlreichen anderen ethnischen Gruppen der Stadt gar keinen Anteil zukommen zu lassen. Allerdings war auffällig, wie häufig gerade Deutsche, Türken, Polen und Russen zwielichtige Charaktere mimten, wohingegen die Bürger chinesischer Herkunft gesetzestreuer schienen und häufig zur Aufklärung der Straftaten beitrugen. Die Sendung lief im Achtkanalton und stellte neben der größten Anzahl von Sprachversionen auch jeweils eine Fassung für Hör- und Sehbehinderte. Dafür hatte der Duisburger Tatort den Grimme-Preis erhalten, der auch schon an die Darsteller von Liu Bei und Cao Cao gegangen war.

Der tatsächliche Essener Kriminalhauptkommissar bedauerte ein wenig, daß man nach massiven Protesten den Neu-Ulmer Tatort abgesetzt hatte. Die größte deutsche Rundfunkanstalt leistete sich ja gerade mit ihrem Flaggschiff immer wieder einmal ungewöhnliche Experimente. So ließen sie in Neu-Ulm zwei Kommissare auf der Grundlage der Scharia arbeiten, das deutsche Rechtssystem interessierte die beiden überhaupt nicht. Es war übrigens der erste Tatort, bei dem es nur relativ selten um Morde ging. Wichtiger waren angebliche Verstöße gegen Glaubensvorschriften. Frauen kamen so gut wie gar nicht vor, wenn verschleiert und jedenfalls nicht in tragenden Rollen. Dragovich hatte bei den entsprechenden Folgen zwar immer ein gewisses Grummeln im Magen, fand es aber spannend, sich auf dieses Experiment einzulassen. Den Redakteur des Neu-Ulmer Tatorts hätte es dagegen fast den Job gekostet. Da die Rundfunkanstalten aber quasi öffentlicher Dienst waren, ging das ganze dann doch glimpflich aus und der Mann wurde zum Idar-Obersteiner Tatort versetzt. Auch für den Schauspieler eines der beiden Kommissare ging es weiter, nachdem er öffentlich erklärt hatte, ausschlaggebend für seine Lebensführung sei das deutsche Grundgesetz, er habe ja nur eine Rolle gespielt. Er durfte danach als zweiter Mann beim Gummersbacher Tatort weitermachen und galt dort als Spezialist für Delikte in religiös geprägten Ethnien.

Flaschensammeln

Flaschensammeln. Von anderen zurückgelassenes oder weggeworfenes Leergut zu suchen, an sich zu nehmen und an den entsprechenden Stellen oder Automaten abzugeben, war so alt wie die Geschichte des Pfandes. Doch seit in Deutschland ein grüner Umweltminister Anfang des Jahrtausends auch das Einwegpfand für Dosen und Plastikflaschen eingeführt hatte, wurde das Flaschensammeln für viele Menschen, die in prekären Verhältnissen lebten, eine wichtige Einnahmequelle. Schon Anfang der zehner Jahre konnte man an Abfallkörben und Containern sowie um das Gelände von Großveranstaltungen allerdings immer mehr Menschen beobachten, die eigentlich recht gut gekleidet waren und dennoch mit Plastiktüten und Rucksäcken diesem Broterwerb nachgingen. Beliebt war auch das Sammeln in öffentlichen Verkehrsmitteln wie E-Bussen und Straßenbahnen, auch in Regionalzügen. Fahrscheine hatten die meisten Sammler nicht; wenn man sie erwischte, blieb dies jedoch meist folgenlos, da eine Strafe erfahrungsgemäß nicht einzutreiben zwar. Zwar gab es auch Individuen, die das Geschäft mit Lieferwagen professionell betrieben, der Großteil der Sammler waren jedoch Leute, die zweifelsohne auf das Pfand zum Überleben angewiesen waren. Nun gab es durch die explodierende Altersarmut nach 2025 aber ein völlig disproportionales Verhältnis von Bedürftigen und Leergutmenge. Immer wieder gerieten Menschen bei ihren Sammelaktionen aneinander, oft blieb es nicht bei lautstarken Auseinandersetzungen. Da wurde geschubst, geschlagen, oder gar vollgesammelte Tüten gewaltsam entrissen. Viele Arme wollten sich deshalb auf diesen in den zehner Jahren immerhin noch halbwegs friedlichen und ungefährlichen Job gar nicht mehr einlassen und lebten lieber damit, eben etwas hungriger oder durstiger zu sein. Die Regierung hatte wenigstens etwas Abhilfe schaffen wollen dadurch, daß sie das Pfand für Mehrwegflaschen auf fünf Pfennig und das für Einweg-Behältnisse auf zehn Pfennig senkte. Das Kalkül dahinter war, daß einerseits mehr Bürger mit gutem Einkommen Leergut achtlos wegwarfen oder in einem Anfall von Gutmenschentum an die Straße stellten, andererseits durch den geringeren Einlösebetrag potentielle Auseinandersetzungen zu entschärfen. Etwa ein Drittel der Bewohner der ZZZ sammelte noch regelmäßig und aktiv, das waren immerhin 2.000 Menschen. Hinzu kamen Sammler aus kleineren Lagern und aus sogenannten Übergangsgebieten wie Altenessen oder Katernberg, zwischen denen die Zeltstadt nicht von ungefähr lag. Das Phänomen von Sammel-Tourismus aus kleineren Gemeinden und Orten hatte durch die Senkung des Rückgabegeldes zwar abgenommen, war aber immer noch präsent. Allein in Essen kamen statistisch drei Leergutsucher auf zwei Abfalleimer. Daß Konflikte damit weiterhin vorprogrammiert waren, verstand sich von selbst.

Die Rückkehr Deutschlands zur D-Mark, die zunächst von einer eigens dafür gegründeten Partei, später auch aus populistischen Gründen von verschiedenen anderen politischen Kräften betrieben und schließlich umgesetzt worden war, hatte dem Volk zu seinem eigenen Erstaunen nicht im Ansatz das Erhoffte gebracht. Wie viele Bürger tatsächlich für den Ausstieg aus dem Euro waren, war indes überhaupt nicht bekannt. Ein Referendum darüber war wie in Deutschland üblich abgelehnt worden. Es hieß immer, die Mehrheit der Menschen im Lande habe dies gewollt. Die Prozentzahl derer, die sich tatsächlich dafür ausgesprochen hätten, versus derer, die vielleicht nur bessere Zustände herbeiphantasierten, im Grunde aber wußten, daß eine Rückkehr zur D-Mark wohl keine Erlösung bringen würde, war nicht bekannt. Der Ausstieg Deutschlands aus dem Euro war indes kein Einzelfall: Mit Begeisterung waren auch die Franzosen zum Franc und die Spanier zum Peso zurückgekehrt. Die Italiener hielten dagegen wie auch die Griechen am Euro fest, ebenso die ost- und südeuropäischen Länder, die zum Teil erst wenige Jahre vor der Auflösung der EU dieser beigetreten waren. Die Mahnungen mancher auf fast verzweifelte Weise immer noch europafreundlicher Politiker, daß die D-Mark die Exportsituation Deutschlands drastisch verschlechtern würde, wollte niemand hören.

Hatten doch von der drastischen Verbesserung nach Einführung des Euro ohnehin nur die größeren Unternehmen und die Reichen profitiert, die noch reicher wurden. Beim einfachen Mann kam davon nie etwas an. Dachte man zumindest und war überrascht, als sich die Verhältnisse für die meisten bald noch weiter verschlechterten. Gerade den Großunternehmen ging es aber weiterhin gut, denn ihre Produkte ließen sich durch die abgewertete D-Mark deutlich besser im Ausland absetzen. Mehr Arbeitsplätze bedeutete dies jedoch wie auch vorher schon in Deutschland nicht. Zum einen war die Automatisierung immer weiter fortgeschritten, in ganzen Fabrikhallen arbeiteten oft nur noch 5-10 Anlagenbediener und Systemsteuerer. Zweige wie die Textilindustrie schafften natürlich überhaupt keine Arbeitsplätze zu Hause, sie hatte ja schon vor Jahrzehnten damit begonnen in Billiglohnländern – wobei diese sich absteigend änderten – zu produzieren. Zur Erzielung hoher Gewinnspannen im Markensegment und zum breiten Absatz im Billigsegment mußten die Textilien so günstig wie möglich hergestellt werden. Dabei wurde trotz gebetsmühlenartiger Beteuerung billigend in Kauf genommen, daß die Arbeitskräfte in entlegenen Teilen der Welt unter menschenunwürdigen Umständen lebten. Manchen von diesen wäre selbst die Zeltstadt Zeche Zollverein noch wie ein Paradies vorgekommen. Selbst dort konnte man sich nicht vorstellen, was es hieß, nahezu rund um die Uhr an wenigstens sechs Tagen die Woche eingepfercht in unklimatisierten, stinkenden Produktionsstätten wie ein Sklave zu leben. Bau- und Feuersicherheit spielten keine Rolle, schon Mitte der zehner Jahre krachte immer mal wieder eine Fabrik zusammen oder brannte nieder. Hunderte Tote waren dabei keine Seltenheit, entsprechende Nachrichten schreckten aber höchstens für einen Tag.

Liu Bei und Cao Cao hatten ihren Fall gelöst. Er war sogar recht spannend gewesen, diesmal war es um den Mord an einem Ingenieur im Zusammenhang mit der Errichtung einer Fabrik für Elektromobile gegangen. Beziehungsweise um einen identischen Nachbau einer bei Zaozhuang stehenden Anlage. Natürlich ein rein fiktives Szenario, aber eine nicht uninteressante Idee. Zunächst hatte der fachliche Leiter des chinesischen Unternehmens unter Verdacht gestanden, was an sich schon außergewöhnlich war. Noch außergewöhnlicher war das anfänglich seltsam erscheinende Verhalten des politischen Direktors. Doch bald stellte sich heraus, daß beide unschuldig waren. Zwei korrupte Mitarbeiter aus dem mittleren Management waren verantwortlich, ein deutscher Angestellter – und erstaunlicherweise – ein chinesischer. Den Mord hatte natürlich der Deutsche begangen, aber der Chinese trug eindeutig die Mitschuld.

»Wieder ein Tag, an dem wir die Straßen Duisburgs sicherer gemacht haben«, meinte Liu Bei.

»Buddha sei Dank«, schloß sich Cao Cao an. »Und natürlich unserer weisen Führung …« In seit über 60 Jahren unveränderter Form begann der Abspann mit der bekannten Musik.

Nacht und Nebel in der Zeche

Es hatte zu regnen begonnen. Dragovich schaute wieder aus dem Fenster und fragte sich, ob er sich wirklich noch einmal in die ZZZ aufmachen sollte. Während er darüber nachdachte, wie hundemüde er eigentlich war, zog er seinen halblangen Mantel über und setzte die Ballonmütze mit der undefinierbaren Farbe auf. Bevor er die Wohnung verließ, nahm er seinen Stunner aus dem Sicherheitsschrank und steckte ihn ins zuvor umgeschnallte Schulterholster. Stunner hatten als Impulswaffen vor fünf Jahren die hergebrachten Projektilpistolen im Polizeidienst endgültig abgelöst. Die Stärke ihres elektrischen Impulses ließ sich einstellen je nach Entfernung zu einem sich bedrohlich verhaltenden oder fliehenden Verdächtigen. Ein großer Vorteil war, daß man bei einer eng zusammenstehenden Gruppe Verdächtiger mit einem Impuls gleich mehrere Personen kampfunfähig machen konnte. Zwar hatte es zahllose Rechtsverfahren wegen angeblich unangemessenen Einsatzes von Stunnern gegeben, da es jedoch nur in seltenen Fällen Folgeschäden gab, konnten sich die Kläger regelmäßig nicht durchsetzen. Dragovich trug seine Dienstwaffe äußerst selten mit sich, und war deswegen schon öfter von Netzthal kritisiert worden. Nur wenn ihm sein Bauchgefühl sagte, daß es brenzlig werden könne, wollte er sie nicht missen. Der Hauptkommissar trabte zur Haltestelle Martinstraße, wo er noch einige Minuten warten mußte. Er nutzte die Zeit um Fellmich auf seinem Taschen-EDPP anzurufen und zu bestätigen, daß er seinen Plan umsetze und noch einmal in die Zeltstadt ginge. Fellmich hielt sich an seine Zusage und versprach, in Kürze ebenfalls dort zu erscheinen. Um nicht aufzufallen, vereinbarten sie, sich nicht am Eingang zu treffen. Dragovich wollte sofort in das ehemalige Besucherzentrum, während Fellmich im Süd-Quadranten beginnen wollte. Dann kam die Straßenbahn 107, und der Kriminalhauptkommissar stieg ein. Der Regen wurde etwas stärker und prasselte gegen die Scheibe. Irgendwo kamen sie am Unfall zweier Elektroautos vorbei, der noch einigermaßen glimpflich abgelaufen zu sein schien. Jedenfalls redeten die ausgestiegenen Kontrahenten wild gestikulierend aufeinander ein. Ein Polizei-E-Auto näherte sich mit Blaulicht.

Als Kind hatte Milan Dragovich gedacht, daß um 2032 die Straßenbahnen wie in einem Science Fiction-Film aussehen würden, ultracooles Design und auf Gleitschienen, zumindest wie Magnetbahnen, jedenfalls mit einer neuen, damals noch unbekannten Technologie betrieben. Tatsächlich waren es aber immer noch die gleichen, die um die Jahrhundertwende in Dienst gestellt worden waren. Sie ächzten und klapperten, kreischten bei jeder engeren Kurve. Die Stadt Düsseldorf hatte etwa 2021, als sie zum letzten Mal selbst neue Wagen beschafft hatte, Essen die ausgemusterten Modelle zu einem regelrechten Spottpreis angeboten. Für den Betrieb dieser Bahnen wären jedoch neue Gleiskörper nötig gewesen, deren Bau unmöglich zu finanzieren war. So hatte die Stadtverwaltung, zumal unter den strengen Augen der Haushaltsverwalter des Landes, schweren Herzens verzichten müssen.

Bald war die Station Zollverein erreicht, Milan Dragovich stieg aus und ging bewußt verlangsamten Schrittes über den

Zuweg zum Ehrenhof, hinter dem über dem Schachtturm das berühmte Doppelbock-Fördergerüst aufragte. Die Grasfläche des Ehrenhofs hatte man zunächst freigehalten in der vergeblichen Hoffnung, so den Status der ehemaligen Zechenanlage als UNESCO-Welterbe zu erhalten. Nachdem dieser aber entzogen worden war, hatte man im vorderen Teil einen Pavillon errichtet, in dem tagsüber eine allgemeinärztliche Praxis betrieben wurde. Deren häufig wechselndes Personal wurde zum Großteil über Hilfsorganisationen aus dem Ausland vermittelt. In der Mitte befand sich eine Schaltzentrale für Strom- und Netzverbindung. Im letzten Drittel gab es einige Bänke, man hatte diesen Platz den Bewohnern der Zeltstadt als Erholungsraum vorhalten wollen. Tatsächlich war aber auch dieses Areal inzwischen mit Zelten bestellt. Das Südende des Ehrenhofs war gleichzeitig der Weg 24, dem er unter den linken Tragpfeilern des Förderturms hindurch bis zur M-Straße folgte. Dort bog der Hauptkommissar links ein und gelangte bald an den Fuß der nunmehr stehenden Rolltreppe zum ehemaligen Besucherzentrum in der Kohlenwäsche. Er zog die Ballonmütze tiefer in die Stirn und mischte sich unter die die Treppe hinaufgehenden Menschen.

»Keine Bar«, hatte er früher einmal gedacht, inzwischen wußte er aber, daß die Theke des ehemaligen Infobereichs und Souvenir-Shops nachts doch als solche diente. Die Betreiber profitierten – bei Preisen nur gering über Einkauf allerdings sehr moderat – von der Bequemlichkeit mancher Lagerbewohner, nicht ausreichend Alkoholika eingekauft zu haben. Selbstverständlich konnte man eigene Flaschen mitbringen. Wein und Hochprozentiges – das war gewissermaßen ein Ehrenkodex der Alten – wurde immer aus Gläsern getrunken, die die Bar auch bereitstellte. Solche Genießer waren die Stammkunden, auch wenn gelegentlich Bier über die Theke ging. Da förmlich jeder einen Drink in der Hand hielt, konnte und wollte Dragovich nicht auffallen. »Wodka«, bestellte er und war wie immer überrascht, wie groß das ihm gereichte Trinkglas erschien.

Der Barmann bemerkte sein Erstaunen: »Russische Verhältnisse eben – wohl neu hier?«

»Ja, relativ …« murmelte der Kommissar, und setzte fort: »Ihr Akzent paßt ja dazu!«

»Klaro, ich bin halt Deutschrusse«, entgegnete der Mann hinter der Theke und erhob ein eigenes Wodka-Glas. »Also, Glasnost Gorbatschow!«

»Glasnost Gorbatschow!« Dieser Ausdruck war zum Trinkspruch aller Freunde des Kartoffelschnaps geworden, er hatte das alte »Na Starowije – auf die Gesundheit« quasi abgelöst. Jüngere, die den Politiker des letzten Jahrtausends, der die Wiedervereinigung Deutschlands ermöglichte, im eigenen Land aber vor allem als Zerstörer des Sowjetreiches galt und damit entsprechend unbeliebt war, gar nicht mehr erlebt hatten, wähnten den Trinkspruch urrussisch und jahrhundertealt. Wären die Hallendecken nicht so hoch gewesen, so hätte es durch die immer größere Menge an Besuchern bald unerträgliche Luftverhältnisse gegeben. An zentraler Stelle hatte man eine sich drehende Discokugel aufgehängt, grüne und rote Laser wurden von Spiegelplättchen durch den wabernden Rauch in die Halle reflektiert.

Milan Dragovich gewahrte den einäugigen Lahrmann und ebenso dessen Versuch, sich zu entfernen. Wahrscheinlich hatte ihn dieser zuerst gesehen. Nun, er würde sich später mit ihm beschäftigen. Dort, wo die ehemalige Dauerausstellung begonnen hatte, sah er Hugo Cabernet sitzen, wie üblich mit einem Rotwein in der Hand. Cabernet – der sicher ganz anders hieß, aber wen interessierte das schon – stammte aus Burgund und hatte einen starken französischen Akzent. Auf einer Reise nach Kalifornien viele Jahre vor seiner Arbeitslosigkeit – heute schien ein solcher Trip sowohl seinen Freunden als auch ihm selbst unvorstellbar, er fragte sich manchmal, ob er wirklich jemals dort gewesen war – hatte er sich allerdings in den dort angesagten Cabernet Sauvignon verliebt, den er seitdem fast ausschließlich trank. Sein Vater hatte ihn deswegen verstoßen und das heimische Weingut an seine Schwestern vererbt. Ein Scheiß-Franzose sei er. Nach Deutschland war er deswegen gekommen und wegen der billigen Discounter-preise für seine neue Lieblingssorte. Kurzzeitig hatte er für einen Dornfelder-Produzenten arbeiten können, nach einer Lästerei über die Minderwertigkeit von dessen Produkt allerdings den Job verloren und nie wieder eine neue Anstellung gefunden. Besorgte man Hugo einen Cabernet Sauvignon oberhalb der Discounter-Qualität, konnte man von ihm praktisch alles verlangen, er war extrem käuflich.

»Milan, Du hier!?«

»Pscht, mein Lieber …« Dragovich zog ihn ins Halbdunkle hinter einen mit Metallplatten beschlagenen Pfeiler. »Weißt Du etwas über den Flaschensammler-Mord?«

Cabernet zuckte zusammen. »Was meinst Du? Isch weiß nix!«

Der Kommissar spürte instinktiv, daß sein Gegenüber log. »Ich habe zu Haus noch einen Valley Oaks, Special Selection.«

»Oh oh, Valley Oaks«, wimmerte Cabernet. »Was soll ich tun?«

»Hör' dich sehr gut um, und ruf' mich an. Im Erfolgsfall könnten es zwei Bouteillen werden …«

»Oh, zwei?«

Dragovich nickte.

»Okay, ich lege gleich los!« Cabernet tauchte regelrecht ab, und der Kriminalhauptkommissar hoffte inständig, bald mehr zu wissen. Er schob die Mütze ein wenig in den Nacken, um einen Schluck des eisgekühlten Wodkas zu nehmen. Kaum geschehen, griff ihn jemand weich und doch intensiv an den Arm. Er riß die linke Faust hoch und drehte sich gleichzeitig, um einem vermeintlichen Gegner einen Schlag mit der rechten verpassen zu können. Doch es war nur die dicke Nelly, die sich vor Schreck zurückbog.

»Mann, Nelly, hast Du mir einen Schrecken eingejagt!«

»Und Du mir erstmal.« Nelly zog ihn ihrerseits aus dem Getümmel heraus zum gegenüberliegenden Teil der Halle. Sie drückte ihm links und rechts einen Wangenkuß auf, wobei ihre Lippen die seinen am Rand berührten. Eigentlich sollte die Initiative dazu doch vom Mann ausgehen, dachte Dragovich, dazu war die Lippenberührung schon außerhalb der Norm, zu direkt erotisch. Störte es ihn?

»Was machst Du hier, mein kleiner Kommissar? Heute schon zum zweiten Mal hier!« Sie sah auf die überdimensionierte Uhr an ihrem linken Handgelenk. »Naja, heute ist ja schon morgen – egal, was ist los?« Sie schlang die Arme um seinen Nacken. »Sag' es der lieben Nelly!« Sie preßte ihren Körper gegen ihn und drückte ganz sanft ihre Lippen nun voll auf die seinen. Ein Außenstehender mochte dies immer noch nur als Freundschaftsgeste verstehen. Oder auch nicht.

»Nelly, ich versuche ein Verbrechen aufzuklären …«

»Ach komm', laß' doch einmal die Arbeit Arbeit sein!« sagte die trotz ihrer Körpermaße und ihres Alters ohne Frage nicht unattraktive Frau. Dragovich nahm einen tiefen Schluck von seinem Wodka und sah dabei am Glas vorbei auf ihren üppigen Ausschnitt. Dieser schien noch tiefer gerutscht, kaum verdeckte er mehr den Ansatz der Brustwarzen, je nachdem, wie sie sich bewegte, gab er ihn gar für Momente frei.

»Mein starker Polizeihengst«, hauchte sie ihm ins Ohr, »geh' mit der alten Nelly, und sie wird dich in ungeahnte Geheimnisse einführen …«

»Ich zahle nie für Sex!« entfuhr es dem Kommissar, und er kam sich im gleichen Augenblick stockdämlich vor, verfluchte sich, daß ihm diese Bemerkung entglitten war.

In der Tat schien Nelly für Sekundenbruchteile schockiert, wich gar leicht zurück. Dann faßte sie sich. »Du Schlingel! – Polizisten haben Gratiszugang …«

Nun gab sich Dragovich schockiert: »Alle Polizisten?«

Nelly schwieg einen Moment, legte dann den Kopf zur Seite und sah ihn schelmisch an. »Du Dummerchen! Natürlich nicht alle. Genauer gesagt: nur Du!«

Milan Dragovich galt im Kommissariat als einsamer Wolf, und dieser Status war ihm gerade recht. Er war einmal verheiratet gewesen, vor nun schon acht Jahren war seine Ehe mit Chantal in die Brüche gegangen. Offiziell hatte man sich auseinandergelebt, dabei wußte er, daß seine Ex sich in ihren Trainer im Fitneßstudio verliebt hatte und mit diesem sogar gemeinsam nach Mallorca gereist war. Ein Segen, daß sie keine Kinder hatten! Nicht auszudenken wäre das gewesen! Da seine Frau einen eigenen Job als Arzthelferin hatte und man sich gütlich trennte, waren bis auf die zum Glück überschaubaren Anwaltsgebühren keine Kosten entstanden.

Wie von ihm erwartet hatte die Nummer mit dem Muskelprotz nicht lange gehalten. Im Anschluß rief ihn seine Ehemalige regelmäßig an, um ihn zurückzugewinnen. Als dies scheiterte, bot sie sich an, ihn wenigstens bei Bedarf zu bekochen und wie früher bei kriminalistischen Erörterungen mit Rat und Tat zur Seite zu stehen. »So wie die Ingrid.« Zu den im Nachhinein wenigen Gemeinsamkeiten zwischen ihnen hatte die Begeisterung für den Tatort-Kanal gezählt, daher kannte sie natürlich die Ex seines fiktionalen Vorgängers, damals eine der ersten im Fernsehen auftretenden geschiedenen Frauen. Dragovich hatte abgelehnt.

Man teilte ihm gern Praktikantinnen und Anwärterinnen zu, weil man diese bei ihm vor den doch hier und da bei anderen Kollegen vorkommenden Nachstellungen sicher wußte. In einer richtigen Beziehung hatte er seit seiner Scheidung nicht mehr gelebt, es hatte den ein oder anderen One-Night-Stand gegeben, manchmal hatte er gar über mehrere Wochen ernsthaft versucht, mit einer Dame etwas Neues zu beginnen. Allein, es wurde nichts Festes daraus, und er wußte nie, ob er der jeweiligen Frau oder sich selbst die Schuld daran geben sollte. Letztlich war es ihm egal.

Nelly hatte ihn durch die ganze Länge der oberen Halle gezogen, jetzt standen sie oben an der Treppe, deren zur Eröffnung des Ruhrmuseums aufsehenerregende orange-leuchtende Umlaufbänder immer noch erhalten waren. Wie Katarakte wiesen sie den Weg in die Tiefe.

»Komm'«, sagte Nelly bestimmt, doch im selben Augenblick klingelte das tragbare Klein-EDPP des Hauptkommissars.

»Moment!« Es war Thorsten Fellmich, Dragovich versuchte, sich ein wenig von seiner Begleiterin zu lösen. Fellmich befand sich in der H-Straße, Höhe Weg 13. Er hatte kurz mit Fred Carlsson gesprochen, der aber unter einem Vorwand verschwunden war.

»Angespannte Ruhe«, beschrieb der Kollege sein Empfinden. Irgendetwas stimme nicht, er wisse allerdings nicht, ob das im Zusammenhang mit der Bluttat am Abfallkorb stünde. Er bilde sich ein, daß mehr ZZZler als gewöhnlich wohl ahnten, daß er ein Bulle sei. Jedenfalls hätte er einige sehr merkwürdige, wenn nicht unangenehme Blicke kassiert. Ihm wäre wohler, sie brächen die Aktion für heute ab.

Dies brachte Milan Dragovich nun in große Verlegenheit. Er leerte sein Wodka-Glas und stellte es auf einen Wandvorsprung. Um den Preis einer ethisch zweifelhaften Handlung wähnte er sich sehr nah an wichtigen Informationen, wer wußte, ob sich diese Gelegenheit noch einmal ergäbe. Nervös zupfte er an seinem gepflegten Schnauzbart. Das Tragen eines Schnurrbarts war seit Jahren schon Mode, auch lange Koteletten, die er allerdings unmöglich fand, konnte man wieder häufiger sehen. Nelly warf ihm einen gespielt bösen Blick zu und zog ihn wieder an sich.

»Warte!« rief er, und es war nicht klar, ob dieser Ausruf an seine dralle Begleiterin oder an seinen Kollegen im EDPP gerichtet war. Er spürte den heißen Atem Nellys auf seiner Wange. Dragovich mußte sich entscheiden. »Mir steht heute nicht mehr der Sinn nach einem Bier. Geh' Du ruhig allein. Vielleicht komme ich aber später noch nach!« Er legte auf und hoffte inständig, Fellmich möge begreifen, daß er ungestört sein wollte. Nicht, daß er ihn in Gefahr wähnte und versuchte ihn zu orten!

»Na, da hast Du aber die richtige Entscheidung getroffen!« lachte Nelly. Sie zog ihn die Treppenwindungen hinab, als

Dragovich glaubte, sie zöge ihn auf einen anderen ehemaligen Ausstellungsflur, ging es noch tiefer hinab. Plötzlich standen sie vor einer Tür, die wie von Film- oder Theaterset-Gestaltern so beschichtet war, daß sie auf den ersten Blick überhaupt nicht vom umgebenden Mauerwerk zu unterscheiden war. Nelly fingerte einen Schlüssel hervor, öffnete die Tür einen Spalt breit und zog ihn hinter sich in einen dunklen Gang. Kaum fiel die Tür wieder ins Schloß, drehte sie sich zu ihm, legte die Finger ihrer rechten Hand in seinen Nacken, zog seinen Kopf an sich heran, preßte ihre Lippen auf die seinen und stieß ihre Zunge in seinen Mund. Starr vor Überraschung ließ er es geschehen. Seine Augen gewöhnten sich an die Dunkelheit, eine Kette aus schwachen Lichtern zeigte, daß der Gang sich fortsetzte. Nelly drückte ihren ganzen Körper an ihn, griff ihm mit der linken Hand in den Schritt. Ihm blieb die Luft weg, so daß er sie sanft von sich schieben mußte.

»Wo sind wir hier?« keuchte er, während es in seiner Hosentasche vibrierte. Durch die Vibration wußte er, daß sein EDPP nun keinen Empfang mehr hatte. Nelly zog ihn tiefer in den Gang hinein, der sich nach vielleicht dreißig Metern gabelte.

»Wenn man rechts immer weitergeht, kommt man zum Abzweig in den Sonnenschein-Flöz«, flüsterte sie. »Links, wo wir hingehen, sind ein paar Schlafhöhlen eingelassen.«

Der Sonnenschein-Flöz! Dragovich begann vor Erregung leicht zu zittern. Jener Stollen war längst sagenumwoben, ähnlich fast wie beim Kyffhäuser-Mythos. Viele glaubten, daß es ihn nie gegeben hatte.

»Du ahnst nicht, wie lange ich schon ein Auge auf dich geworfen habe, mein kleiner Kommissar!« Nelly schob ihn in eine der mit einer Matratze ausgestatteten Schlafecken. »Du kannst dir wünschen was Du willst, ich besorge es dir!« säuselte sie und zog die Träger ihres Kleides herunter. Die prallen Brüste, die sich dem Gewicht ihrer Jahre nicht mehr ganz entziehen konnten, schwangen ihm entgegen. Ein seltsamer Geruch, ähnlich wie Moschus, aber doch leichter, erfüllte die klamme Luft. Ob es der ungewöhnliche Ort war, das schwache Licht oder die gesamte Lage, er merkte nur, daß er der kräftigen Liebesdienerin nicht mehr lange widerstehen konnte. Wieder packte sie ihn an empfindlicher Stelle. »Ich bin etwas älter, aber immer noch konkurrenzfähig!« klang es aus dem Halbdunkel. Er sah das Weiße in ihren Augen leuchten.

»Nelly, was geht hier ab?« stöhnte er. Ihre Antwort kam wie gegurgelt, er meinte zu verstehen: »Kraft war das nicht allein ...« Dann schwanden ihm die Sinne.

Als er wieder zu sich kam, glaubte er zunächst, er sei in einem Zelt, denn er nahm das Aufschlagen einzelner Regentropfen wahr. Dann bemerkte er, daß er unter einer Plane lag. Von Ferne hörte er einzelne Stimmen, die näherkamen und sich wieder entfernten. Vorsichtig lugte er unter Plane hervor und stellte fest, daß er an der Außenwand der ehemaligen Waschkaue lag, die jetzt als Essensausgabe diente. Er schaute auf die Uhr: 10 Uhr am Vormittag. Er nutzte einen Moment, als gerade niemand vorbeiging, um unter der Abdeckung hervorzukriechen und sich aufzurichten. Bis auf die Ballonmütze war seine Kleidung vollständig. Auch die Dienstwaffe befand sich noch im Holster, dessen Gurt allerdings etwas lose schien und enger geschnallt werden mußte. Er schlug den Kragen hoch und ging zielstrebig auf den Ehrenhof zu, überquerte diesen und schritt zur Straßenbahnhaltestelle. Da hatte ihm jemand etwas in den Wodka getan. Im Nachhinein fand er, daß der auch etwas bitter geschmeckt hatte. »Wodka Bitter-Lemon«, dachte er. Ein einzelner Drink hätte ihn niemals außer Gefecht setzen können. Er wollte sich verfluchen, aber dann kamen ihm Nellys Worte wieder in den Sinn, an die er sich genau erinnern konnte. »Kraft war das nicht allein ...«

Aus der Straßenbahn rief er Netzthal an, um ihm mitzuteilen, daß er heute später zum Dienst käme. Nachtobservation eben. Damit hätte sich Fellmich auch schon entschuldigt; der Chef wirkte distanziert. Zu Hause duschte er und rasierte sich, trank einen Kaffee. Schwarz, ohne Zucker. Allmählich fühlte er sich wieder klar im Kopf. Hunger verspürte er kaum, er nahm ein paar geröstete Weizenflocken mit Milch zu sich. Die Müdigkeit war zwar nicht ganz verflogen, hinlegen wollte er sich allerdings auch nicht mehr. Die innere Unruhe war zu groß, und so machte er sich bald wieder auf den Weg zum Polizeipräsidium.

Das Flick Chick ist sauer

Im Polizeipräsidium wurde er von einer mürrischen Cigdem Flick empfangen. Mit halb zugekniffenen Augen schüttelte sie den Kopf, kaum merklich, fast wie bei einem Nervzucken. »Baby, Baby, Baby«, sagte sie, und es klang enttäuscht und vorwurfsvoll. Netzthal habe ihr schon gesteckt, daß ihr Chef nachts noch einmal allein in der ZZZ gewesen sei. Warum er sie nicht mitgenommen habe?

Dragovich überlegte, ob er ihr sagen sollte, daß er glaubte, dort allein unauffälliger ermitteln zu können. Stattdessen sagte er: »Sie haben ja gerade erst angefangen, da wollte ich Sie nicht sofort mit einem solch intensiven Zeiteinsatz belasten.«

Nun reagierte die junge Kommissarin regelrecht beleidigt: »Ich bin hart im Nehmen, das kann ich Ihnen versichern. Ich verlange von Ihnen, daß Sie mich wie Ihresgleichen behandeln. Sonst können wir nicht zusammenarbeiten!« Wütend warf sie ihre langen braunen Haare zurück.

»Ganz schön fesch!« dachte Dragovich und kam sich ein wenig chauvinistisch vor. »Okay, die Botschaft ist angekommen. Aber dann müssen Sie mir versprechen, daß Sie sich nicht beschweren, wenn es wirklich unangenehm wird.« Hoffentlich hatte er sich da nicht zu sehr festgelegt. »Wo ist eigentlich Netzthal?« versuchte er abzulenken. Der sei auf einem Außentermin, käme vermutlich an diesem Tag nicht mehr herein. »Na gut, dann zurück zum Fall!«

Dragovich wollte wissen, ob sie schon im schulischen Umfeld des mutmaßlichen Täters weitergekommen sei. Nun, sie habe mit dem ehemaligen Direktor Petermann telefoniert, der seit vielen Jahren in der Toskana wohne. Über Kraft hätte der nicht allzu viel zu berichten gewußt. Im Grunde ein ganz sympathischer Kerl, aber etwas isoliert. Irgendwie zu sozial eingestellt, habe lange Zeit wohl geglaubt, er könne die Welt noch ändern. Irgendwann dann aber vermutlich resigniert aufgegeben. Freunde im Kollegium habe er seines Wissens nicht gehabt, obwohl er über viele Jahre freiwillig Klassenfahrten und auch interne Feiern des Kollegiums organisiert habe. Mit den Schülern sei er lange Zeit ganz gut zurecht gekommen, hätte sich aber irgendwann immer mehr ausgenutzt gefühlt. Wie es leider so sei, würde einem Menschlichkeit ja zusehends als Schwäche ausgelegt. An Lahrmann erinnerte er sich auch, hatte da aber wenig Positives zu berichten. Er wolle niemandem etwas Schlechtes nachsagen, aber der sei ihm immer etwas undurchsichtig vorgekommen. Eigentlich könne er sich nicht vorstellen, daß der eine irgendwie geartete Beziehung zu Kraft unterhalten habe. Zu den Gerüchten, wie Lahrmann noch vor dem Wechsel an seine Schule sein eines Auge verloren hatte, wolle er sich nicht äußern. Was er durch diese Bemerkung allerdings gleichwohl schon irgendwie getan habe, befand Cigdem.

Um weiter abzulenken fragte Dragovich, ob Netzthal jetzt im Hause sei. Dabei verspürte er überhaupt keine Lust, mit ihm zu reden. Nein, der sei auf einem Außentermin. Indem flog die Tür auf und Fellmich trat herein. Er war wohl gerade selbst erst ins Präsidium gekommen, denn er trug noch Hut und Mantel. Hüte waren im männlichen Teil der Bevölkerung wieder sehr beliebt geworden, besonders solche im Borsalino-Stil, wie ihn auch der Kripomann schätzte. Die zunehmende Beliebtheit war jedoch wohl eher ein wiederkehrendes Modephänomen, als daß sie der Angst vor Hautkrebs wegen des sich allmählich ins Unermeßliche ausbreitenden Ozonlochs geschuldet gewesen wäre.

»Na, hat dein Alleingang zu auswertbaren Ergebnissen geführt?« Cigdem legte den Kopf zur Seite und sah Dragovich streng an.

»Alleingang?« Fellmich merkte instinktiv, daß die Stimmung wohl wegen der gestrigen Nacht nicht die allerbeste war.

»Nein, das verstehen Sie falsch, wir waren bewußt in zwei verschiedenen Sektoren der ZZZ unterwegs.« Dragovich war seinem Kollegen von der Mordkommission dafür dankbar, im Nachhinein vor allem aber für sein Verständnis in der vergangenen Nacht, daß er tatsächlich in keiner Notlage gewesen war, sondern einfach nur ungestört sein wollte.

»Kennst Du den Hugo Cabernet?«

»Die französische Zwitschernase?«

»Genau der. Der weiß irgendwas, da bin ich mir absolut sicher.«

»Bei Fred Carlsson weiß ich nicht, ob er was weiß. Aber irgendetwas gefällt mir an der ganzen Sache ganz und gar nicht.«

»Niemand würde doch wohl zu jemandem halten wollen, der einen von ihresgleichen umbringt und dies auf eine derart schauerliche Weise.«

»Ich kann mir nicht vorstellen, daß ihn jemand deckt«, warf Cigdem Flick ein, die aufmerksam zugehört hatte. »Vielleicht haben die Leute Angst vor irgendetwas.« Sie schwiegen einen Moment.

Dann räusperte sich Fellmich. »Ich werde heute jedenfalls mal alles im Umfeld von Stanislaus Krowka checken. Auf den ersten Blick ein totaler Habenichts. – Armes Schwein!«

Die frischgebackene Kriminalkommissarin schaute von Fellmich zu Dragovich. »Und was machen wir jetzt mit diesem Cabernet?«

»Ich setze da auf eine Geheimwaffe. Sage Ihnen gleich, was ich vorhabe.« Gedankenverloren hatte Fellmich eine Trophäe in die Hand genommen, die Dragovich in seinen Anfangsjahren für den Polizeisportverein Essen im Judo gewonnen hatte. Dann stellte er sie wieder ab, seufzte leicht und verließ den Raum.

Dragovich lauschte den verhallenden Schritten seines Kollegen. Dann sagte er: »Also unsere französische Zwitschernase. Nomen est Omen, sage ich Ihnen! Nun, ich habe bei mir privat noch ein Fläschchen von erlesenem kalifornischen Cabernet Sauvignon. Mal schauen, ob das die Zunge löst. Sagen Sie das aber niemandem weiter, sonst bin ich erledigt!«

»Nein, auf keinen Fall! Großes Ehrenwort!« Derart von ihrem Chef ins Vertrauen gezogen, verflog ihre Anspannung, und sie lächelte. »Wo wohnt denn diese Anita Cervinski?«

»Noch gerade in Essen, also in Werden.«

»Dann besuchen wir sie doch mal zusammen.« Jetzt lächelte Cigdem Flick noch mehr.

Zum Termin beim Haftrichter erschien Dragovich gerade noch rechtzeitig. Im Gegensatz zu seinem ersten Polizeiverhör gab sich Michael Kraft beim Haftrichter äußerst schweigsam. Er beantwortete nur die Fragen zu seiner Person und machte zum Tathergang keinerlei Angaben. Da half kein Insistieren. Wenig verwunderlich wurde Untersuchungshaft angeordnet, der Richter informierte den mutmaßlichen Mörder darüber, daß ihm ein Pflichtverteidiger zur Seite gestellt würde. Mit fester Stimme wies Kraft darauf hin, daß er sich selbst zu verteidigen wünsche. Doch der Haftrichter, bereits im Aufstehen begriffen und seine Papiere ordnend, machte – ohne ihn anzusehen – nur eine Handbewegung, mit der er dieses Ansinnen förmlich wegwischte. Man legte Kraft Handschellen an und führte ihn zu einem gesicherten Polizeifahrzeug, das ihn in die Justizvollzugsanstalt in der Krawehlstraße brachte.

Während Cigdem Flick herausfinden wollte, ob Anita Cervinsky am kommenden Tag erreichbar war, um sich danach Recherchen zu den Mitbewohnern in Krafts Zelt zu widmen, hatte sich Dragovich in sein Büro zurückgezogen. Nicht nur, weil ihm eine gewisse Müdigkeit zusetzte. Ihm wollte die Nacht mit Nelly nicht aus dem Kopf gehen. Dies lag weniger an seinen widerstreitenden Gefühlen, ob es nun gut oder schlecht gewesen sei, sich von der drallen Liebesdame verführen zu lassen. Wenn er sich ärgerte, dann allenfalls darüber, daß er bestimmte Vorsichtsmaßnahmen außer Acht gelassen hatte. Er hätte einfach den Wodka nicht trinken dürfen, sondern ihn in einem unbeobachteten Moment hinter sich gießen müssen. Nun, nicht mehr zu ändern. Was wohl mit ihm geschehen war, während er gewissermaßen das Bewußtsein verloren hatte? Er würde Nelly beim nächsten Treffen gehörig zur Rede stellen. Und dies wäre sehr bald. Daß er sein EDPP noch hatte, war ein Segen. Seltsam, für jemanden mit böser Absicht wäre es doch ein Leichtes gewesen, dieses in seinen Besitz zu bringen. Im schlimmsten Fall allerdings hätte man eine Kopie davon erstellt. Für den Laien unmöglich, für einen gewieften Experten schon. Da konnte einen nur schützen, daß die polizeiinternen Kodierungen alle 12 Stunden wechselten, und so einen vergleichsweise guten Schutz vor Cyber-Kriminellen boten. Nelly hatte ihn vermutlich nicht nach draußen unter die Plane geschleppt, zumindest nicht allein. Völlig unabhängig von dem kleinen erotischen Erlebnis, das er zudem nur bedingt hatte auskosten können, schätzte er sich glücklich, sich auf Nellys Avancen eingelassen zu haben. Denn erst dadurch war ihm klar geworden, daß es für die Bewohner der Zeltstadt, wenigstens für ausgewählte und eingeweihte, einen Zugang zum System ehemaliger Stollen unterhalb der Zechenanlage gab. Was machten die Alten dort unten? Sichere und warme Schlafplätze, ja. Konnte man meinen. Man konnte offensichtlich aber auch an gewerbsmäßige Prostitution denken. Im an der Gabelung nach rechts abzweigenden Gang, der zum Sonnenschein-Flöz führte, waren hingegen keine Schlafstellen. Handelte es sich dort um einen Zuweg zu Glückspielstätten? War das ganze ein Refugium für kriminelle Aktivitäten? »Koste es, was es wolle«, dachte Dragovich. Irgendwie mußte er noch einmal in diesen Untergrund hinabsteigen. Er gähnte, schloß die Augen und versuchte, seine Eindrücke »unter Tage« noch einmal hervorzurufen. Viel war es nicht, doch dafür traten ihm umso klarer Nellys letzte Worte, bevor er das Bewußtsein verloren hatte, in den Sinn: »Kraft war das nicht allein …«

»Kraft war das nicht allein …« – mit einem Schlag war er wieder hellwach. Was hatte Nelly damit gemeint? Etwa, daß Kraft nicht völlig spontan und aus eigenem Antrieb gehandelt, sondern die abscheuliche Tat mit Komplizen geplant hatte, bevor er sie ausführte? Dies schien doch gänzlich unmöglich. Warum und zu welchem Zwecke würde man das tun? Er sprang auf, wollte Fellmich anrufen und dann seiner jungen Mitarbeiterin die ungeheuerliche Idee vermitteln, die hinter Nellys Worten stand. Doch wie er das EDPP in der Hand hielt und »Fellmich« rufen wollte, um die entsprechende Kurzwahl auszulösen, besann er sich. Der Kollege von der Mordkommission würde ihn fragen, unter welchen Umständen Nelly, in Polizeikreisen hinlänglich als Prostituierte bekannt, diesen Satz geäußert hätte. Für Geheimdienstagenten mochte es opportun sein, intime Beziehungen einzugehen, um an Informationen zu kommen. Sowohl bei der Altenkriminalität wie auch bei der Mordkommission war dies jedoch nicht der Standard. Wenn er bei der Wahrheit bliebe, würde er sich selbst diskreditieren. Eventuell sogar strafbar machen, das müßte er noch einmal in der Polizeiverordnung für das Land Nordrhein-Westfalen nachlesen. Die besonderen Umstände, die zur Entdeckung des Tunnels beziehungsweise der Stollengänge geführt hatten, ließen sich kaum verschweigen. Er steckte das EDPP wieder ein. Wenn er erzählen würde, daß man ihm etwas in den Drink gemixt, ihn betäubt hatte, würde seine Darstellung darüber hinaus an Wert verlieren. Das könnte ein schnelles Ende für seine Vorbildfunktion bei der frisch absolvierten Kriminalkommissarin bedeuten. Wenn er dazu erzählte, daß er unmittelbar nach Nellys ominösen Satz bewußtlos geworden war, könnte man ihn auch fragen, ob jene diesen tatsächlich genauso oder überhaupt geäußert habe.

Mist! Darüber mußte er noch nachdenken. Er ergriff seinen Mantel, setzte seinen Hut auf und verließ das Präsidium mit einem kurzen Gruß an seine Kollegen. Cigdem Flick rief ihm zu, daß Anita Cervinsky am nächsten Morgen wohl zu Hause sei. Dann würde man ihr entsprechend einen Besuch abstatten, meinte Dragovich. Um 9:00 Uhr führe man los, sie möge sich bereithalten.

Orgeln und Leinwände

Er lief zur Haltestelle Martinstraße und fuhr mit der Straßenbahn 101 zum Hauptbahnhof. Über ihre ganze Breite gespannt ließen Leuchtsterne und ganze Krippenszenen aus feinen weißen Lichtröhren die Kettwiger Straße in hellem Glanz erstrahlen. Diese vorweihnachtliche Stimmung herrschte durch die herbstliche Dunkelheit jedoch schon seit mehr als zwei Monaten. In Essens Shopping-Meile, auf der sich die selbst gewählte Bezeichnung »Einkaufsstadt« gründete – dies prangte in großen Lettern sogar über ihrem Anfang – hatte man schon zu Beginn der zehner Jahre die Weihnachtsbeleuchtung bereits im September angebracht. Aus Kostengründen ließ man sie bald ganzjährig hängen. In der Tat wurden die meisten Ladenlokale noch betrieben und warteten mit jahreszeittypischen Auslagen auf. Wer sich auf der Kettwiger Straße aufhielt konnte sich, zumal wenn es sich um Besucher aus dem Ausland handelte, gar nicht vorstellen, eine absolute Ausnahme vor sich zu haben. Schon wenige Straßen weiter waren die meisten Geschäfte verwaist.

Milan Dragovich hatte nichts einzukaufen. Ihn zog es wie immer wegen des Doms in die Straße, oder besser wegen der regelmäßigen Orgelkonzerte dort. Häufig hatte man in den frühen Abendstunden Glück, und es fand gerade eines statt. Das Pfeifeninstrument hatte in den letzten Jahren landauf, landab eine ungeheure Renaissance erlebt. Soziologen und Musikwissenschaftler rätselten, warum. Die strahlende Klangmacht führte den Menschen in einer sich außen auflösenden, zerfaserten Welt vielleicht zu seinem Innersten zurück, konnte ihm Halt geben. Und wenn es nur für die Dauer eines Konzerts war. Die meisten Orgelvorführungen waren wesentlich besser besucht als Gottesdienste, und so betrachteten sie die Kirchen angesichts einer ins Bodenlose schwindenden Zahl der Gläubigen als Hilfsmittel zu ihrer Legitimation. Auch ein anderer Anachronismus – sicher aus ähnlichem Grund – erfreute sich großer Beliebtheit: die Projektion von Stummfilmen, die zum Teil schon über 120 Jahre alt waren. Und die Königsklasse der Events war die Zusammenführung der beiden Disziplinen, also die Vertonung von Stummfilmen mit Orgeln. Man baute dazu meist in Kirchen Leinwände auf, umgekehrt hatte die Essener Lichtburg, eines der wenigen immer noch erhaltenen klassischen Filmtheater, eigens eine Kinoorgel nachbauen lassen und installiert. Eine Original-Kinoorgel hatte es ja zuvor nur noch im Kino des einzigen nordrhein-westfälischen Museums für das bewegte Bild in der Landeshauptstadt gegeben. Dort fanden entsprechende Stummfilm-Begleitungen zweimal monatlich statt und zogen Menschen aus der ganzen Region und darüber hinaus an. Die in den zehner Jahren durchaus von manchen – allerdings eher Musikfans als Cineasten – genossenen Versuche in Form von Vertonungen durch DJs, experimentelle Gitarrenduos oder asiatische Instrumente interessierten niemanden mehr, die Orgel, die Orgel mußte es sein! Organist war ein einträglicher Beruf geworden, überall waren sie nachgefragt, und viele gingen auf ausgedehnte Tourneen.

Heute sollte eine Frau aus Südafrika zwei Stücke von Bach spielen, dann gab es etwas von Messiaen, schließlich Buxtehude. Dragovich kannte sich mittlerweile aus. Doch er hatte noch eine Viertelstunde Zeit, und so schlenderte er die Kettwiger Straße hinauf bis zur kleinen Marktkirche an ihrem Ende. Die rechtwinklig von der Südostseite zu ihr hinaufführende Treppe war mit etwa 50 Alten belagert, von denen manche angesichts der mitgeführten Habe offenbar obdachlos waren. Man flegelte sich auf den Stufen, viele im angeregten Gespräch, Flaschen mit billigem Wodka kreisten, individuell trank man dazu Bier und Schnäpse aus kleinen Fläschchen. Manche rauchten, dem Geruch nach zu urteilen, Marihuana. Dragovich ließ seinen Blick über die Szenerie schweifen, schloß dann die Augen. In grauer Vorzeit hatten auf dieser Treppe einmal gestrauchelte Jugendliche, Ausreißer und Punks gelagert. Er selbst konnte sich nur noch mit Mühe daran erinnern, in den ersten Jahren seiner Polizeitätigkeit gab es das noch, dann hatte das Phänomen begonnen, komplett andere Formen anzunehmen. Als er sich umdrehte, meinte er zu hören, wie jemand halblaut »Troll' Dich, Bulle!« rief, gefolgt von einem kräftigen Rülpser. Er wandte sich unvermittelt wieder um, doch die Alten lächelten freundlich und hoben ihre jeweiligen Trinkbehältnisse wie zum Gruß. Er winkte kurz und ging nun strammen Schrittes zum Münster. Natürlich hatte er sich nicht verhört. Auf den Arm nehmen konnte er sich selbst.

Das Orgelkonzert hatte diesmal nicht die erhoffte Ruhe gebracht. Im Gegenteil, er hatte einen seltsamen Druck in der Herzgegend verspürt. Seit einiger Zeit trat das etwas häufiger auf. Müßte man beobachten. Zum Arzt ging er eigentlich nie, obwohl er als Beamter privat versichert war. Die Organistin kam aus Kapstadt, dort hatte vor vielen Jahrzehnten doch die erste Transplantation stattgefunden. Weg mit den dunklen Gedanken!

Auf dem Nachhauseweg dachte er an Cigdem Flick. Dem gemeinsamen Außentermin sah er freudig entgegen. Sie war ohne Frage die hübscheste Kollegin, die man ihm bislang zugeteilt hatte, dazu klug und beweglich.

In seiner Wohnung schaute er noch die Spätausgabe von »Heute am Tag«, der von den beiden größten öffentlichen Sendern gemeinsam betriebenen Nachrichtensendung. Der etwas seltsame Name war denn auch das Ergebnis langer Verhandlungen der Gremien, mittlerweile hatte sich aber die Bevölkerung daran gewöhnt. Oder besser gesagt, es war ihr reichlich egal. Die meisten Menschen wählten auf ihrem EDPP die Sendungen der öffentlichen Anstalten ohnehin nicht aus. Die ihnen zuletzt treu gebliebene Generation war praktisch ausgestorben. Mit Erstaunen fragte sich der Bürger, wieso ihm angesichts der Einschaltquoten derart hohe Zwangsgebühren abgenötigt wurden. Andererseits erhielten ja auch die Kirchen weiterhin üppigen Geldzufluß. Vielleicht kein Zufall, daß sie nach wie vor in den Rundfunkräten vertreten waren. Auf deren Sitzungen konnte man über das jeweilige Wegbrechen der Klientel lamentieren, sich dann aber immer noch mit Champagner zuprosten.

Die ehemalige Ehefrau

Der Morgennebel hatte sich schnell aufgelöst, und nach Tagen durchwachsenen Wetters begrüßte ein strahlendblauer und wolkenloser Himmel die beiden Ermittler zu ihrer kurzen Fahrt nach Werden. Milan Dragovich und Cigdem Flick waren entsprechend gut gelaunt. Die junge Kommissarin hatte deswegen fast ein schlechtes Gewissen, angesichts der Mordtat, deren Hintergründe sie aufzuspüren suchten, war das vielleicht nicht angemessen. Der ältere Kollege beruhigte sie. Man dürfe, ja müsse sich geradezu manchmal auch richtig wohl fühlen, denn sonst würde man depressiv. Und das wäre der Anfang vom Ende im Job. Manche träfe es ja noch viel schlimmer, die Gerichtsmediziner zum Beispiel. Da hätten zwar einige schon »richtig einen an der Klatsche«, andere aber seien durchaus fröhliche Gesellen, zumindest keinem guten Scherz abgeneigt.

Rasch gelangten sie an die Ruhrbrücke unterhalb der Brehminsel, überquerten den Fluß, rechts erhob sich die geschichtsreiche Abtei.

»Geradeaus weiter. Gleich geht's dann links ab.« Cigdem hatte den Zielort offenbar genau im Kopf.

Dragovich hätte ihn auch in sein Navigationsgerät eingeben können, aber er wollte die junge Kollegin bewußt testen. Außerdem stellte er, wenn kein dringlicher Einsatz vorlag oder er privat unterwegs war, das Navi immer seltener ein. Er war der Geräte überdrüssig und versuchte, die richtigen Wege nach eigenem Gespür zu finden. Er war überzeugt, daß dies insgesamt der Schärfung seiner Sinne diente. Bald ging es eine Anhöhe hinauf, und in einer im Gegensatz zu den mittelalter-

lichen Gassen des Kerns wenig spektakulären Wohnsiedlung
hielten sie vor dem Haus von Anita Cervinski.

Die Ex-Gattin des mutmaßlichen Mörders empfing sie re-
serviert freundlich und angesichts der Schreckenstat gefaßt.
Nun kannte die Öffentlichkeit noch nicht jedes Detail, und
das war auch gut so. Die Ermittler hatten während der Fahrt
beschlossen, auch ihr gegenüber keine weiteren preiszugeben.
Anita Cervinski bot einen gern genommenen Kaffee an und
begann dann ungefragt, die Geschichte ihrer gemeinsamen Beziehung mit Michael Kraft und deren Ende aus ihrer Sicht zu
schildern. Natürlich habe sie ihn geliebt, vor allem weil er ein
grundanständiger Mann gewesen sei. Seine aufrechte Art habe
sie gemocht, er habe sich nichts gefallen lassen. Er sei zwar
nicht zu jeder Zeit zu einem Scherz aufgelegt gewesen – das
habe sie auch gut so gefunden – jedoch durchaus über einen
Sinn für Humor verfügt. Leider sei dieser Humor im Laufe
der Jahre in eine Form von Zynismus umgeschlagen. Wie es
denn dazu gekommen sei, wollte Cigdem Flick wissen. Nun,
er habe in der Schule viele Rückschläge hinnehmen müssen.
Zunächst habe er sich mit seinen progressiven Vorschlägen
weder im Kollegium noch beim Direktor durchsetzen können. Seine mit großem Zeitaufwand betriebenen Extra-Akti-
vitäten wie Exkursionen mit den Schülern zu den damals noch
geöffneten Museen, oder mitunter gar ins Ausland gehende
Klassenfahrten seien nicht honoriert worden. Mehr und mehr
habe er sich isoliert gefühlt. Zu den Schülern habe lange Zeit
ein gutes Verhältnis bestanden, jedenfalls zu den meisten von
ihnen. In seiner Notengebung sei er gerecht gewesen, aber bekanntermaßen sei dann ja eine Periode angebrochen, in der im
Falle schlechter Zensuren die Eltern zunächst mit Drohungen,
dann mit Anwälten und gar Prozessen gegen die Lehrer vorgehen würden. Die Kinder und Jugendlichen wären für diese
Vorgänge nur bedingt verantwortlich. Manche hätten gar den
Mut, einzugestehen, daß sie zu wenig oder gar nicht auf eine
Prüfung oder Klassenarbeit vorbereitet gewesen seien. Das in-
teressiere aber die Eltern nicht. In einer Art Überkompensa-

tion wollten sie wieder gutmachen, daß sie ihren Nachwuchs schon als Kleinkinder in Tagesstätten abgeschoben hatten, um sich ausschließlich der eigenen Karriere zu widmen. Fatalerweise war dieses System vom Staat massiv gefördert worden. Trotz der gebetsmühlenartigen Wiederholung von Psychologen, wie wichtig eine regelmäßig erreichbare Bezugsperson in der frühen Lebensphase sei, war die Realität so, daß sich in den entsprechenden Einrichtungen oft eine Erzieherin um fünfzehn oder mehr Kinder kümmern mußte. Da mußte schon einmal deutlich länger auf das Wechseln der Windeln gewartet werden. Wenn man hingefallen war oder sich den Kopf gestoßen hatte, konnte viel Zeit vergehen, bis man an der Reihe war, getröstet zu werden. Die Liebe und Aufmerksamkeit der Erzieher über größere Zeiträume zu erfahren, gelang nur den stärksten und schönsten Kindern, doch selbst für sie war die aufgewendete Zeit nicht ausreichend. In unterschiedlichem Maße fühlten sich die Jüngsten also vereinsamt, manchmal gar vernachlässigt. Die emotionale Unsicherheit schränkte die Fähigkeit zu sozialer Bindung massiv ein. Die einen gingen unter, gaben sich auf und waren früh als Problemfälle klassifiziert. Andere setzten sich durch, aber immer auf Kosten der Schwächeren. Gemeinsam war allen die Vereinzelung. Es war nachvollziehbar, warum so nur das »Ich« und nicht das »Wir« im Vordergrund stehen konnte. Das Ganze sei ja eine über einen langen Zeitraum konsequent angelegte Entwicklung gewesen.

Nach unzähligen Auseinandersetzungen mit Eltern, zum Teil auch mit Schülern selbst, und nach zwei verlorenen Prozessen, nach denen ihm von der Gewerkschaft der Austritt nahegelegt worden war, hätte er sich völlig in sich zurückgezogen. Sei bitter und schweigsam geworden. So sehr sie mit ihm gefühlt habe, wäre ihr das Zusammenleben mit ihm immer schwerergefallen. Dann habe sie zufällig Kevin kennengelernt. Wenn er so persönlich fragen dürfe, meinte Dragovich, inwiefern sich denn ihr neuer Bekannter von Kraft unterschieden habe.

»Mein Lebensgefährte«, bemerkte Anita Cervinski, »war leitender Forstbeamter, der die Arbeit zwischen seinem Stellvertreter und sich so aufgeteilt hatte, daß er überwiegend Inspektionen im Wald durchführte. Er habe sofort sehr ausgeglichen auf sie gewirkt und überdies eine sehr humorvolle Ader besessen. In der Natur erfreue er sich an den Vögeln, am Wild, an Busch und Baum. Draußen gäbe es selten Anlaß für ihn, sich über etwas aufzuregen.

»Sie haben also ein Verhältnis mit ihm begonnen«, kommentierte die junge Kriminalbeamtin. »Besser wird es Herrn Kraft dadurch nicht gegangen sein …«

Anita Cervinski seufzte: »Ja, Sie haben Recht, ich kann das nicht beschönigen. Vielleicht habe ich mich verliebt, auf jeden Fall habe ich mich bei Kevin immer gleich besser gefühlt. Ein schlechtes Gewissen hatte ich natürlich schon.«

»Ihr Ex-Mann hat Ihnen nicht einmal die Schuld gegeben. Sondern den Umständen.«

»Nach dem Sie sich getrennt hatten, beziehungsweise geschieden waren, gab es dann natürlich noch einmal ganz andere Umstände für Ihren Ex-Mann«, meinte Cigdem Flick. Sie warf ihrem älteren Kollegen einen vielsagenden Blick zu. »Der konnte dann nämlich Unterhaltszahlungen an Sie leisten.«

Anita Cervinski schaute verlegen auf den Boden.

»Warum haben Sie den leitenden Forstbeamten denn nicht geheiratet?«

Jetzt wurde die sich selbstbewußt gebende Frau rot. »Nun«, stammelte sie, »Kevin war zunächst noch selbst in einer Beziehung.«

»Verheiratet?« Milan Dragovich legte den Kopf zur Seite und sah sie direkt an.

»Ja. Es dauerte eine Weile, bis er endlich geschieden werden konnte.«

»Danach haben Sie ihn aber auch nicht geheiratet«, wußte die junge Kommissarin. »So mußte Michael Kraft in nicht unerheblichem Maße Unterhalt an Sie zahlen, was sehr schnell zu seinem sozialen Absturz führte.«

Jetzt verbarg Anita Cervinski das Gesicht in ihren Händen. Langsam faßte sie sich aber wieder: »Sind Sie hier, um mir eine Moralpredigt zu halten? Ich denke, Sie ermitteln in einer Mordtat, die meinem Ex-Mann zur Last gelegt wird. Was hat die ganze Fragerei damit zu tun?«

»Gerade bei einem so schwerwiegenden Tatverdacht müssen wir uns einen genauen Eindruck vom Hintergrund der Persönlichkeit des mutmaßlichen Täters verschaffen. Wir nehmen hier nur Dinge auf, aber seien Sie versichert, daß Ihr Privatleben von uns nicht bewertet wird.«

»Das hat sich gerade aber ganz anders angehört.« Sie schwiegen eine Weile, jeder nahm einen Schluck des mittlerweile erkalteten Kaffees.

»Sind Sie denn noch mit Kevin zusammen?« fragte Cigdem Flick, um einen neutralen Ton bemüht.

Anita Cervinski nickte. »Der ist mit dem Hund unterwegs.«

»Ein Jagdhund?«

»Ne, ein Riesenschnauzer.« Sie schaute aus dem großen Wohnzimmerfenster, die beiden Kommissare bemerkten, wie ihr Tränen aus den Augenwinkeln zu laufen begannen. »Er war immer ein guter Mann. Vielleicht habe ich zu schnell aufgegeben.« Sie faßte sich, wischte sich mit dem Handrücken über das Gesicht und sagte dann mit um Festigkeit bemühter Stimme: »Ich kann mir nicht vorstellen, daß Michael ein solches Verbrechen wirklich begangen hat. – Wenn man allerdings durch die Umstände zum Äußersten getrieben wird, ist natürlich einiges möglich.« Beim Wort »Umstände« erinnerte sie sich offenbar daran, wie sie selbst nicht unmaßgeblich zur Verschärfung selbiger beigetragen hatte. Sie schneuzte sich die Nase und sah wieder aus dem Fenster.

»Ich glaube, wir gehen jetzt. Vielen Dank für Ihre Auskunft, das war sehr hilfreich! – Sie brauchen uns nicht zur Tür zu begleiten, wir finden selbst heraus.«

Anita Cervinski nickte, ohne die beiden anzusehen.

Vor der Haustür seufzten beide Ermittler auf. Cigdem Flick verdrehte die Augen und meinte: »Baby, Baby, Baby!«

Als sie den Berg herunter zur Hauptstraße fuhren, kam ihnen auf dem Gehsteig ein Mann entgegen, mit Jägerhut und in einem Lodenmantel, der sich über einem ansehnlichen Bauch spannte. Ein paar Schritte voraus lief ein schwarzer Riesenschnauzer, der offenbar mit einer Funksteuerung kontrolliert wurde. Cigdem sah den älteren Kollegen fragend an. Milan Dragovich steuerte sein Elektroauto an den Fahrbahnrand. Die beiden stiegen aus, zogen ihre Dienstausweise und hielten sie dem verdutzt wirkenden Herrn entgegen. Dessen Schnauzer schien zu überlegen, ob er eingreifen müsse. Cigdem Flick bemerkte dies im Augenwinkel, wollte sich ihre Nervosität aber nicht anmerken lassen.

»Boromir, sitz! Alles in Ordnung!« rief der pensionierte leitende Forstbeamte seinem Hund zu, dieser gehorchte.

»Wir untersuchen das Tötungsdelikt am Essener Hauptbahnhof, es geht um den Flaschensammler.«

»Dann waren Sie bei meiner Frau, äh, Lebensgefährtin.«

»Das ist korrekt, Herr …?«

»Schmidt.«

Cigdem Flick warf Milan Dragovich einen kurzen Blick zu, aus dem er schloß, daß sie dies schon vorher gewußt hatte. Kluges Mädchen, die machte ihre Arbeit!

»Haben Sie Herrn Kraft je persönlich kennengelernt?«

»Nein, äh, habe ihm nur mal aus der Ferne gesehen. Von allem, was ich von ihm weiß, kann ich mir aber gar nicht vorstellen, daß der das wirklich gemacht hat.« Er pausierte und schaute wie hilfesuchend zu seinem Hund. Boromir legte den Kopf zur Seite und schaute sein Herrchen mitleidsvoll an. Hier konnte er ihm nicht helfen. Kevin Schmidt räusperte sich: »Es sei denn, man würde zum Äußersten getrieben.«

»Es sei denn, man würde zum Äußersten getrieben … Danke, Herr Schmidt!« Dragovich ging zum Wagen zurück und stieg ein, Cigdem Flick folgte ihm. Nachdem sie Werden verlassen hatten und wieder auf die Hauptstraße nach Essen abgebogen waren meinte Cigdem: »Leitender Forstbeamter! Da hätte sie den Unterhalt von Kraft wohl nicht nötig gehabt!«

»Das weiß sie eben auch ganz genau …« schloß sich Dragovich an. »Aber wenn man zum Äußersten getrieben wird?« sagten beide fast gleichzeitig. Die junge Kommissarin schüttelte langsam den Kopf.

Villa Hügel

Dragovich beugte sich leicht vor, um an seiner Kollegin vorbei kurz zur Brehminsel hinüberzuschauen, die bis auf einen kleinen Zipfel an ihrer Nordseite ganz von der Ruhr umschlossen wurde, die hier wieder aus dem Baldeneysee heraustrat. Wie einem plötzlichen Impuls nachgebend fuhr er die Straße nicht in die Richtung zurück, aus der sie gekommen waren, sondern bog kurz vor der Brücke über die S-Bahn nach rechts in die Freiherr-vom-Stein-Straße. Diese sollte der Gleisführung in geringem Abstand folgen bis zur Station »Stadtwald«. Der Blick des Kommissars fiel kurz auf das Straßenschild, er erinnerte sich daran, wie auf der Polizeischule auf den preußischen Reformer der öffentlichen Verwaltung hingewiesen worden war. Wie entsetzt vom Stein wohl sein würde, müßte er den derzeitigen gesellschaftlichen Niedergang mitansehen! Andererseits hatte es auch zu dessen Zeiten ja schon manches Auf und Ab gegeben. Zur Rechten bolzten ein paar Jugendliche auf einem heruntergekommenen Fußballfeld, doch im hochumzäunten Tennisareal gleich daneben frönten athletisch wirkende Männer und Frauen mittleren Alters dem Weißen Sport.

»Essen-Hügel«, las Cigdem Flick das Hinweisschild zum gerade passierten S-Bahnhof. »Hier bin ich, glaub' ich, zwar noch nie gewesen, aber gleich links müßte es doch zu der Asylanten-Villa gehen!«

Dragovich schmunzelte. Das Anwesen der Krupp-Dynastie hatte in der Tat viele Jahre für angebliche oder tatsächliche politische Flüchtlinge als Unterkunft gedient. Es mußte 2023 oder eher 2024 gewesen sein, als bei einem erneuten enormen

Aufschwellen der Migrantenströme der Stadt Essen über einen Verteilschlüssel der damals noch existierenden Europäischen Union eine fünfstellige Zahl an Flüchtlingen zugewiesen worden war. Der Rat hatte sich in einem Bündel verschiedener Maßnahmen nicht anders zu helfen gewußt, als der Ruhrstiftung, die bis dato die Villa Hügel verwaltet und hier auch weitere Ausstellungen organisiert hatte, Gebäude und Gelände zwangsweise zu entziehen. Auf über 8.000 Quadratmetern im Haus waren schon viele Menschen unterzubringen, dazu kamen die Nebengebäude und im Park aufzustellende Container. Für diese Konfiszierung waren durch den Rat im Eilverfahren die notwendigen rechtlichen Rahmenbedingungen auf kommunaler Ebene geschaffen worden. Die Stiftung hatte dies selbstverständlich nicht akzeptieren wollen und sich bis zum Bundesverfassungsgericht hochgeklagt, um sich dort erst durchsetzen zu können. Der Präsident des BVG war nur kurz darauf in den Vorstand der Thyssen-Krupp AG gewechselt. Natürlich reiner Zufall, und im übrigen war dagegen ja auch nichts einzuwenden. Schon Anfang des Jahrhunderts war ja ein Bundeskanzler in den Aufsichtsrat eines russischen Unternehmens gewechselt, dem er in seiner alten Funktion noch ein gewaltiges Geschäft ermöglicht hatte. Das setzte sich später fort, Ministerpräsidenten wurden Wirtschaftskapitäne, Kanzleramtsminister wechselten in den Vorstand von Transportunternehmen. Ein Schelm also, wer Schlechtes dabei dachte.

Als die Ruhrstiftung vor kurzem das Anwesen wieder übernommen hatte, befand es sich in einem erbarmungswürdigen Zustand. Das gesamte Interieur war demoliert, nicht zuvor in Sicherheit gebrachte Kunstgegenstände und Teppiche verschwunden oder irreparabel beschädigt. Für die Öffentlichkeit würde die Villa Hügel noch auf Jahre geschlossen sein. Ihre vormalige Funktion als Museum beziehungsweise Ausstellungsort für die bedeutende Kunstsammlung der Stahlbarone war der jungen Frau neben ihm offenbar völlig unbekannt. Das konnte nicht so bleiben! Die Auffahrt zum Anwesen war zwar wie erwartet gesperrt, so daß er ihr keine Tour geben konnte, doch er kreuzte die Freiherr-vom-Stein-Straße und fuhr auf der gegenüberliegenden Seite auf einen Parkplatz direkt am Ufer des Baldeneysees. Hier befand sich ein Restaurant mit einem Cafébetrieb, das Dragovich gut kannte. Vor seiner Scheidung war er mehrmals mit seiner Ex-Frau dort gewesen, einer begeisterten Anhängerin der damaligen Bootsrennen. Der Anfang der Regattastrecke hatte direkt auf dieser Höhe gelegen. Später hatte er einige Male mit Fellmich hier gesessen, verzwickte Fälle diskutiert, vor allem aber die Aussicht über den See genossen. Bald waren die Ruderteams Legende, auch die kleinen Ausflugsschiffe hatten ihren Betrieb längst eingestellt. Statt dessen konnte man Anglern überwiegend osteuropäischer Herkunft bei ihrem Treiben zusehen. Von zum Teil abenteuerlich aussehenden Wasserfahrzeugen aus versuchten sie ihr Glück. Manche waren ganz still, andere fluchten laut oder gestikulierten wild. Das Fischen auf dem Baldeneysee war zwar verboten, aber die Behörden hatten aus Personalmangel längst jedwede Verfolgung aufgegeben. Dies galt auch für das Nicht-Vorhandensein von Angelscheinen, die besaß heutzutage nämlich auch kaum jemand mehr. Wie nicht anders zu erwarten, hatte der Fischreichtum rapide abgenommen. Aber wen kümmerte das schon dieser Tage?

Der Außenbereich der Gaststätte hatte angesichts der milden Witterung noch geöffnet, mehrere Heizpilze zwischen den Tischen hätten im Ernstfall für die nötige Wärme gesorgt. Bis auf eine kleine Gruppe von Tennisspielern waren sie draußen die einzigen Gäste, sie nahmen an der Begrenzung des Areals zum See hin Platz. Der Himmel war jetzt praktisch wolkenlos, Milan Dragovich und Cigdem Flick holten zeitgleich ihre Sonnenbrillen aus der Jacke und setzten sie auf. Die junge Kommissarin sah den älteren Kollegen keck an. Dieser lächelte cool zurück. Die Bedienung kam, er bestellte eine Cola light und eine Currywurst mit Fritten und Balkansoße. Sie wählte das gleiche Getränk, dazu Pommes rot-weiß. Restaurant und Café hatten sich halten können, wurden immer noch ausreichend frequentiert, nur daß sich die Besucher-struktur gegenüber den großen Zeiten deutlich verändert hatte. Statt kunstbeflissenen Bildungsbürgern, reichen und neureichen Ausflüglern sowie Regattafans hatte man es mit der ganzen Bandbreite der Bevölkerung zu tun. Entsprechend hatte sich die Speisekarte verändert. Das Angebot entsprach eher dem einer Imbiß-Bude. Die Wiener Schnitzel genossen allerdings immer noch einen sehr guten Ruf. Auch der angeblich selbstgebackene Kuchen schmeckte vorzüglich.

»Also, die Villa Hügel ...« Cigdem sog am Strohhalm in der Cola-Flasche, die ihr die Kellnerin gerade hingestellt hatte. Dragovich zog den Strohhalm aus seiner Flasche und goß deren Inhalt lieber ins Glas. Dann begann er zu erzählen, von der Idee Alfred Krupps zu dem beeindruckenden Anwesen, von den Schwierigkeiten beim Bau und den mehrfach gewechselten Verantwortlichen für denselben, vom eigenen Wasser- und schließlich auch Gaswerk, von den ausgedehnten Anlagen für die Gäste des Hauses, von den zeitweilig über 600 Angestellten und den rigiden Vorschriften, denen sie unterworfen waren, von der Funktion als Zentrale der Alliierten Kohlenkontrollkommission nach dem Zweiten Weltkrieg, zum Repräsentationshaus der ThyssenKrupp AG, zur Übernahme durch die Ruhrstiftung und schließlich nach all den Jahren beeindruckender Kunstausstellungen seine Funktion als Asylantenheim. Aufmerksam hatte die junge Kommissarin zugehört und dabei zwischendurch fast vergessen, ihre Pommes zu essen. Als Dragovich davon berichtete, daß Beziehungen unter den Dienstkräften mit sofortiger Kündigung bestraft wurden, meinte sie nur: »Baby, Baby, Baby!« Daß die Krupps ihre Angestellten gut bezahlten, wog einen solchen Eingriff in das Privatleben aus ihrer Sicht nicht auf. Als ihr älterer Kollege geendet hatte, wußte sie von den ausufernden Problemen aus der Zeit der Nutzung als Asylantenheim zu berichten. Hierüber war sie nun informiert, und Dragovich nutzte ihren Vortrag, um sich den Rest seiner Wurst sowie der Fritten in noch halbwegs warmen Zustand einzuverleiben. Während er, geschützt durch die dunklen Gläser, das hübsche Gesicht der ihm anvertrauten Neu-Kommissarin intensiv betrachtete, bemerkte er, wie er von einer angenehmen Wärme durchströmt wurde. Nun, die Sonne stand geradewegs im Zenit. Er blickte kurz hinauf und blinzelte trotz Sonnenbrille. Sein wieder heruntergleitender Blick blieb für einen Moment auf dem verfallenen Ruderleistungszentrum haften. Die Farbe war abgeblättert, einige Fenster eingeworfen, überall Graffiti angebracht. Eine Schande war das. Zeiten änderten sich, doch es traf ihn, wenn Stätten, einstmals elegant und gepflegt, nun völlig verkamen. Erst jetzt fiel ihm auf, daß Cigdem das Thema gewechselt hatte. Sie erzählte eine Anekdote aus der Polizeischule, offenbar hatte sie eine ganz lustige Kursgemeinschaft gehabt. Ob er Blondinenwitze kenne, wollte sie wissen. Dragovich meinte, er habe ein schlechtes Gedächtnis für Witze. Außerdem kenne er sehr kluge Blondinen, hingegen aber auch dumme Brünette. Bei dieser Bemerkung zuckte Cigdem kurz zusammen, fuhr dann aber mit der Bemerkung fort, daß man die Blondinenwitze ja auch als Brünettenwitze erzählen könnte, es ginge ihr nur um das Format.

»Okay, okay«, sagte Dragovich.

»Also, der hier ist wirklich gut«, begann Cigdem Flick und fing schon jetzt an zu lachen. »Also, eine Blondinen-Polizistin auf dem E-Motorrad hält eine Blondine im Elektroauto an und fragt nach dem Führerschein. Nervös öffnet die Fahrerin ihr Kosmetiktäschchen und sucht vergeblich. Von der Polizistin will sie wissen, wie denn ein Führerschein noch einmal aussähe. Die Polizistin sagt: Etwa so groß wie eine Kreditkarte, und Ihr Gesicht ist darauf. Indem findet die Verkehrssünderin einen Taschenspiegel und ruft erfreut: Das muß es sein! Sie reicht den Spiegel der E-Mot-Polizistin, die hineinschaut und entgeistert ruft: Warum haben Sie denn nicht gleich gesagt, daß Sie eine Kollegin sind!« Die letzten Worte hatte Cigdem Flick nur noch stammeln können, jetzt folgte ein tränenerstickter Lachanfall. Milan Dragovich lachte herzlich mit. Sie streckte, vor Lachen am ganzen Körper zuckend, ihre Hände vor, die Dragovich mit den seinen umfaßte. Die junge Kommissarin konnte sich kaum beruhigen, erst als die Bedienung kam, zog sie ihre Hände zurück und wischte sich die Tränen aus den Augen. Milan Dragovich gab drei Mark Trinkgeld, eigentlich ein bißchen zu viel. Die Kellnerin dankte und räumte den Tisch ab. Die beiden erhoben sich, gingen noch ein paar Schritte zum Ufer, bis sich die junge Frau von ihrem Lachanfall erholt hatte. Schelmisch sah sie zu Dragovich herüber und hielt ihm ihre rechte Hand hin, er ergriff sie mit seiner linken. »Sehr schön hier!«

»Ja, sehr schön …«

Ohne daß man hätte sagen können, von wem die Initiative ausgegangen wäre, traten sie dicht aufeinander zu und umarmten sich. Dies dauerte jedoch nur einen sehr kurzen Moment, dann zogen sich beide gleichzeitig fast wie erschreckt zurück. Dragovich räusperte sich leicht.

»Ich glaube, daß wir ein gutes Team werden. Also, Milan heiße ich …«

Sie hatte kurz verlegen auf den Boden geschaut, sah ihn jetzt wieder lächelnd an. »Und ich bin Cigdem. Aber das weißt Du ja schon …« Sie lächelte, ihre weißen Zähne blitzten.

»So, jetzt aber weiter an die Arbeit!« Milan Dragovich setzte eine gespielt amtliche Miene auf und ging mit energischem Schritt zum Wagen. Sie folgte ihm.

Seltsames um Stanislaus

Im Polizeipräsidium in der Büscherstraße hatte sie Fellmich schon dringlich erwartet und eine Nachricht hinterlassen, daß sie sich sogleich bei ihm melden sollten. In seinem Büro knallte er ihnen jeweils einen Kaffeebecher mit einem durch zahlreiche Spülvorgänge fast völlig verblichenen Logo der Gewerkschaft der Polizei hin. »Schwarz ohne Zucker, für unsere neue doch auch!?« Dabei schielte er schelmisch zu Cigdem Flick. Diese reagierte mit einem treuherzigen Augenaufschlag.

»Also, dieser Stanislaus Krowka war der harmloseste Mensch, den man sich wohl vorstellen kann. Nicht nur, daß er zu keinem Zeitpunkt bei den Behörden auffällig geworden wäre oder nur in Erscheinung getreten, auch in seinem gesamten Bekanntenkreis gibt es keine einzige negative Einschätzung zu ihm. Die Familie lebt schon seit Generationen in Essen, fast alle männlichen Mitglieder waren im Bergbau tätig. Sein Urgroßvater hat sogar beim SV Vogelheim gespielt, dem Vorläufer unseres wunderbaren Vereins Rot-Weiß Essen.«

Dragovich hob eine Augenbraue. »Erstaunlich … Stanislaus hört sich ja eher nach Neuzuwanderung in den achtziger oder neunziger Jahre des letzten Jahrhunderts an.«

Fellmich nickte. »Stimmt. Die anderen hatten auch alle rein deutsche Vornamen, so wie Jürgen oder Paul. – Ich habe Erkundigungen im Südost-Sektor der ZZZ eingeholt, wo Krowka ja in der K-Straße etwas oberhalb der Kreuzung mit Weg 8 wohnte.«

»Bist Du selbst denn dort gewesen?«

»Ich hielt es für klüger, mich unserer Kontakte zu bedienen. Die schöne Müllerin wohnt bekanntlich nur einen Weg drüber und kennt den Quadranten bestens. Den Krowka hat sie oft gesehen, obwohl immer in sich gekehrt, sei er einem kleinen Gespräch andererseits aber auch nie ausgewichen. Angeblich gäbe es nur wenige, die sich so schicksalsergeben in ihre Situation gefügt hätten wie der freundliche Mann mit dem kräftigen Schnauzbart, so ihre Aussage.« Die Müller war einmal Model gewesen, danach Schauspielerin, schließlich Moderatorin im Fernsehen. Kurz vor ihrem 50. Geburtstag hatte man sie hinausgeworfen. Zu unbequem sei sie gewesen, schwierig, hatte es aus dem Sender geheißen. Tatsächlich hatte sie aber wohl aus Altersgründen nicht mehr ins Konzept gepaßt. Sie sah immer noch sehr gut aus und pflegte sich mit offenbar teuren Kosmetikprodukten aus dem Ausland. Wie sie daran kam, konnte man nur erahnen. Prostitution wollte ihr aber niemand unterstellen. Sie strahlte Selbstbewußtsein und Würde aus, war aber voll Verbitterung über das ihr Widerfahrene. Dies hatte man sich seinerzeit bei ihrer Anwerbung als Polizeiinformantin zunutze gemacht. »Ist es denn jetzt nur die Meinung dieser Frau Müller, oder bestätigen andere die Angaben?« wollte Cigdem Flick wissen.

»Na, die Müllerin ist schon eine gute Quelle. Sie kennt, wie gesagt, ihr Umfeld genau und gibt sicher allgemeine Einstellungen in selbigem wieder. Sie hatte übrigens neben ihrer früheren Modelkarriere auch ein paar Semester Journalistik studiert und als freie Mitarbeiterin für ein paar Zeitungen und Magazine geschrieben. Versteht also auch etwas von Recherche.«

Die junge Kommissarin nickte bedächtig.

»Unsere Kollegin hat natürlich irgendwo trotzdem Recht in Bezug auf die Informationen der schönen Müllerin. Wir sollten das noch einmal unabhängig abgleichen, vielleicht kann Frau Flick dies ja selbst übernehmen …«

»Das werden wir mal unter uns abstimmen«, sagte Dragovich schnell. Obwohl er seinen Kollegen von der Mordkommission sehr schätzte, sollte gar nicht erst der Eindruck entstehen, daß irgend jemand über seine neue Mitarbeiterin verfügen könne.

»Ist ja selbstredend«, wich Fellmich zurück. »Ein paar Leuten sollte man auf jeden Fall noch auf den Zahn fühlen. Ich denke da zum Beispiel an die dicke Nelly …«

Milan Dragovich fühlte, wie ihm die Röte ins Gesicht schoß. Er sah zum Fenster hinaus und hoffte, daß die Kollegen seine Reaktion nicht bemerkten. Fellmich wußte doch wohl nicht etwas? »Klar, die und noch ein paar andere.« Er beugte den Kopf nach unten und schlürfte an seinem kälter werdenden Kaffee.

»Zurück zu Krowka. Er war bis zur ihrer Schließung viele Jahre auf der Zeche Zollverein beschäftigt, zuvor hatte er auch in umliegenden Bergwerken gearbeitet. Er hatte sich auf Schachtsicherheit spezialisiert und wurde deshalb gelegentlich später noch von anderen Zechen ausgeliehen. Von daher war er ein Experte für die Schachtführungen im gesamten Abbaugebiet.«

»Hat ihm das viel genützt?« wollte Dragovich wissen.

»Nur vorübergehend. Er war zwar einer der letzten, die hier gehen mußten, konnte auch noch in ein anderes Bergwerk wechseln, das ein wenig länger betrieben worden war. Dann aber war Schluß, und eigentlich war er da noch vergleichsweise jung. Nach einer Weile begann er zu kellnern, um seine Familie durchzubringen. Doch irgendwann hatte er angefangen zu trinken, oder mehr zu trinken, als ihm gut tat. Die Frau hat es noch lange mit ihm versucht, gab aber schließlich auf. Dabei half sicher, daß sie einen anderen kennenlernte, ironischerweise einen Polen, dem sie nach Lodz folgte. Die Kinder hatten sich auch von ihm entfremdet, die Tochter wohnt wohl in Australien, der Sohn irgendwo in Südamerika. Von allen dreien haben wir keine Adresse, das Melderegister gibt dazu nichts her.« Die junge Kommissarin sah etwas betreten drein.

»Und wie ging es dann weiter, ich meine mit Job und Trinken und so …?«

»Das Erstaunliche war, daß er sich irgendwann wieder gefangen hatte. Der Verlust von Frau und Kindern war ein heilsamer Schock. Seine Hoffnung, die Familie wieder zusammenzubringen, erfüllte sich indes nie. Er sollte auch keine Anstellung mehr als Kellner finden.« Fast gleichzeitig nahmen Milan Dragovich und Cigdem Flick einen Schluck aus ihrer Tasse.

Fellmich schloß sich an, sah einen Moment aus dem Fenster, bevor er fortfuhr. »Apropos Harmlosigkeit: Die schöne Müllerin wollte sich übrigens überhaupt nicht vorstellen können, mit Stanislaus Krowka in einen heftigen Streit, gar in einen tätlichen, zu geraten. Der Ex-Bergmann sei eher dafür bekannt gewesen, sich aus jedem Konflikt herauszuhalten. Selbst wenn er den Abfallbehälter an der Hollestraße als sein Territorium angesehen hätte, wäre er sicher vor jemandem zurückgewichen, der dessen Inhalt vehement und lautstark für sich eingefordert hätte. Er hätte lieber noch weniger für sich gehabt, sogar gehungert, anstatt sich zu schlagen.«

»Aber wenn man zum Äußersten getrieben wird?« meinte die junge Kommissarin.

Ein leichtes Grinsen huschte über Dragovichs Gesicht. Dann wurde er ernst. »Liegt denn das Abschlußergebnis der Autopsie inzwischen vor?«

»Gut, daß Du das fragst – wäre jetzt mein nächster Punkt gewesen. Der Krowka hatte eine sehr hohe Konzentration von Morphin im Blut, dazu konnten Barbiturate nachgewiesen werden.«

»Höchst interessant – war Krowka also morphinabhängig?«

»Merkwürdigerweise gibt es da keine wirklichen Hinweise drauf. Abgesehen davon, daß man sich ja kaum vorstellen kann, wie er diese Sucht finanziert haben sollte, schließt Dr. Krakauer das mit an Sicherheit grenzender Wahrscheinlichkeit aus. Krakauer wollte übrigens, daß wir uns die Leiche noch einmal bei ihm in der Gerichtsmedizin gemeinsam anschauen.«

Dragovich nickte. Er mußte an den Tatort-Kanal denken und wie die Gerichtsmediziner dort ja schon seit einigen Jahrzehnten eine immer stärkere Rolle im Verhältnis zu den Kommissaren bekommen hatten, ja ihnen teilweise fast ebenbürtig dargestellt wurden. Auf jeden Fall war es seit langem gang und gäbe, daß die Ermittler gemeinsam mit den Forensikern – und dann in denselben Schutzanzügen – an den Tatorten herumliefen, um sich später wenigstens einmal pro Fall in den neonerleuchteten Arbeitsräumen der Post-Mortem-Spezialisten aufzuhalten. Er selbst ging ungern dorthin. Vielleicht lag dies in seinem speziellen Fall auch an Dr. Benjamin Krakauer, einem rundlichen Mann, der den Medizinerkittel immer offen trug, allein weil er ihn gar nicht zuknöpfen konnte. Körperpflege war nicht seine erste Zier, er roch immer etwas unangenehm, und wenn man ihm beim Gespräch in die Augen schauen wollte, war das nicht ganz einfach, weil die Gläser seiner Retro-Hornbrille, die genau in der Mitte des runden Kahlkopfs prangte, stets sichtbar verschmiert waren. Außerdem haßte er es, daß Krakauer seine in Metallfolie verpackten Mahlzeiten immer in unmittelbarer Nähe der Seziertische einnahm. Den Milchkaffee dazu trank er gewohnheitsmäßig aus Reagenzgläsern. Konnte er nicht in die Kantine gehen, oder wenigstens in einen Nebenraum? Dragovich schüttelte sich.

»Das Bemerkenswerte jedenfalls ist, und das einzig Angenehme für das Opfer – wenn man das angesichts der Umstände überhaupt sagen darf –, daß es wohl keine großen Schmerzen erleiden mußte. Der Schock wird zwar gewaltig gewesen sein, doch Krakauer meint, das Krowka praktisch nichts gespürt haben dürfte.«

Die junge Kommissarin wurde unruhig. »Und das erzählen Sie uns erst jetzt? Das ist doch wohl ein bißchen wichtiger als Krowkas Biographie!«

»Tja, etwas Spannung muß doch sein …!« grinste Fellmich.

»Das wirft doch lauter Fragen auf«, empörte sich Cigdem Flick. »Wie ist er denn wohl mit einer solchen Menge an Morphin und dazu Schlafmitteln auf seine Flaschensammeltour gegangen?«

»In der Tat, sehr rätselhaft … immerhin erklärt die Blutanalyse, warum es keinerlei Abwehrreaktionen seitens des Opfers gegeben hat.«

»Konnte man denn feststellen, zu welchem Zeitpunkt Krowka die Medikamente eingenommen hatte?« wollte Dragovich wissen.

»Genau nicht. Vielleicht gehen wir doch noch einmal zu Krakauer herunter …«

»Gehen« war im Grunde wörtlich gemeint, vom Polizeipräsidium war es ein hübscher kleiner Spaziergang an Parkflächen und Sportanlagen vorbei, zuerst die Büscherstraße hinunter, dann in die Virchowstraße überwechseln und deren Verlauf einfach folgen. Alsbald erreichte man das gewaltige Gelände der Uniklinik, an deren unterem südöstlichen Ende sich gleich das Institut für Rechtsmedizin befand. Das Klinikum gehörte seit 2003 zur fusionierten Universität Duisburg-Essen, was nach der Übernahme der Ruhrort-Stadt durch die Chinesen zunehmend problematisch geworden war. Die Essener hätten sich liebend gern aus dieser Fusion zurückgezogen, wären finanziell aber in keiner Weise in der Lage gewesen, sowohl die Universität als auch erst recht ihr Klinikum wieder allein zu führen. Die Chinesen hatten zunächst versprochen, die Partnerschaft zu respektieren und auf ausgewogene Verhältnisse in Bezug auf die Aufstellung der Abteilungen und der Personalbesetzung zu achten. Es dauerte indes nicht lange, bis sie vor allem durch den Hebel ihrer schier grenzenlosen Möglichkeiten bei der Finanzierung von Forschungsprojekten den Essener Anteil immer weiter zurückdrängten. Der Aufsichtsrat des Klinikums war mehrheitlich mit Chinesen besetzt, und so hatte man bald die Bezeichnung »Hospital Neue Mitte« als sogenannten Alternativnamen eingeführt. Nach außen weithin sichtbar war diese Bezeichnung in roten Leuchtbuchstaben und entsprechenden chinesischen Schriftzeichen an den höchsten Gebäuden des Komplexes angebracht. Nach innen wurden die neuen Verhältnisse am auffälligsten beim Personal deutlich. Mittlerweile waren 80% der Chef- und Oberärzte chinesischer Herkunft, bei den Pflegekräften war der Anteil zwar etwas geringer, aber nur deshalb, weil die Chinesen billigere Krankenschwestern und Pfleger aus Drittländern einsetzten. Diesen konnten sie mit ihrem Sonderstatus für Duisburg Aufenthaltsgenehmigungen erteilen, ohne deutsche Behörden überhaupt involvieren zu müssen. Das Gelände der Uniklinik war laut Fusionsvertrag nämlich offiziell eine Exklave Duisburgs. Faktisch durften sich die über China beschäftigten Klinikumsmitarbeiter allerdings nicht außerhalb Duisburgs und des Klinikgeländes bewegen, ausgenommen natürlich auf der erforderlichen und genau festgelegten Pendelstrecke.

Obwohl die Jobs rar waren, versuchten viele junge deutsche Mediziner zumindest eine Zeit lang in dieser Klinik mit ihren außergewöhnlichen Verhältnissen zu arbeiten. Sie erhofften, durch den täglichen Umgang mit Mitarbeitern aus dem Reich der Mitte neben den medizinischen Erfahrungen ihre Chinesischkenntnisse zu verbessern und so ihre Chancen auf dem internationalen Markt zu erhöhen. Ob das wirklich helfen würde, war zu bezweifeln.

Auch in Dr. Krakauers Institut für Rechtsmedizin arbeiteten überwiegend Chinesen. »Ich bin hier ein Auslaufmodell«, pflegte der Pathologe zu sagen. Na, der war auch ohne die Chinesen ein Auslaufmodell, dachte Dragovich.

»Nee, Du, geh' mal allein! Das ist ja doch noch ein bißchen mehr dein Metier. Ich werde mich unterdessen noch ein wenig auf den Abend vorbereiten. Wahrscheinlich gehen wir später dann nochmal in die Zeltstadt.«

Fellmich nickte griesgrämig, nahm die leeren Kaffeetassen und stellte sie in einen Aktenschrank.

»Wir erwarten dann dein Update in Kürze!« sagte Dragovich beim Verlassen des Raums.

»Ja ja, läster' nur – bis dann!«

»Bis dann!«

Zurück im Kommissariat für Altenkriminalität hielten sie kurz die Eindrücke des bisherigen Tages in ihren EDPPs fest, wobei die junge Kommissarin von gespannter Unruhe erfüllt war. Das Morphin im Blut von Stanislaus Krowka wollte ihr nicht aus dem Kopf gehen. Da ginge ihrer Ansicht nach einiges massiv nicht mit rechten Dingen zu. »Im ganzen Land geht einiges massiv nicht mit rechten Dingen zu«, kommentierte Dragovich, aber gab ihr natürlich recht. »Jemand wird grausam ermordet, merkt das aber gar nicht. Oder jedenfalls nur sehr bedingt.«

»Erinnert fast an das Betäuben von Schafen, bevor man sie schächtet«, entfuhr es Cigdem.

»Mmh, ein wohl nicht ganz passender Vergleich. Außerdem scheint es sich hier ja um einen völligen Zufall zu handeln …« bremste der erfahrene Kommissar den Eifer seiner jungen Kollegin. Diese blieb aber sichtlich aufgeregt. Dragovich mahnte zu professioneller Gelassenheit, vor allem gleich auf dem Gelände der ZZZ müsse man sich so unauffällig wie möglich bewegen. Was denn der Plan wäre? Vielleicht erst einmal ein bißchen durch die Straßen und Wege laufen, um so ein Gesamtstimmungsbild zu bekommen. Zunächst auf jeden Fall zusammenbleiben. Das ganze sei kein Flohmarkt. Könne sie nicht allein auf Erkundungstour gehen? Später eventuell, je nachdem, was sich so ergäbe. Für ihn sei es mit mancher Person oder in mancher Situation gegebenenfalls besser, allein aufzutreten. Ob sie ihre Tarnkleidung dabei hätte? Mit einem Sprung war Cigdem am Schrank, öffnete ihn und präsentierte mit überlegenem Gesichtsausdruck Mantel und Ballonmütze. Letztere setzte sie gleich auf, strich mit beiden Händen die Haare zurück und warf den Kopf wie in einem Werbe-Spot. »Die Mütze habe ich mir frisch gekauft – steht mir doch, oder nicht?«

Dragovich nickte zustimmend. »Na, da bist Du besser als ich. Meine Sachen sind noch zu Hause, habe sie zuletzt nach der Spätschicht dagelassen. Außerdem muß ich ja noch mein kleines Geschenk für Hugo Cabernet holen.«

»Stunner?«

»Vielleicht besser.« Dragovich verschwieg, daß auch sein Stunner mal wieder zu Hause lag. Vor allem verschwieg er, daß ihm seine eigene Ballonmütze beim letzten Besuch der Zeltstadt abhanden gekommen war. Da müßte er gleich noch schnell eine neue kaufen. Man vereinbarte, sich um 19:00 Uhr am Hauptbahnhof zu treffen und von da aus mit der Straßenbahn 107 zur ZZZ zu fahren. Und so geschah es.

Cigdem ist am Zug

Auf der vergleichsweise kurzen Fahrt wollte Cigdem Flick unvermittelt von ihrem älteren Kollegen wissen, was eigentlich mit den Asylanten in der Villa Hügel geschehen war. Ob sie das denn nicht mitbekommen habe? Ein Drittland im Osten habe die Flüchtlinge gegen eine siebenstellige Summe von der Stadt übernommen. Eine Kommission habe sich davon überzeugt, daß die Aufnahmequartiere ungefähr den Standards entsprechen würden, und daß eine reelle Chance bestünde, die Flüchtlinge mittelfristig in den dortigen Arbeitsmarkt zu integrieren. Freilich nach Prüfung des tatsächlichen Anspruchs. Tragische Sache, das ganze.

Von der Gelsenkirchener Straße aus, der die Straßenbahn bis zur Haltestelle Zollverein folgte, konnte man sich die wahren Ausmaße der Zeltstadt bei Tag besser vergegenwärtigen. Jetzt in der Dunkelheit waren sie nur erahnbar. Diverse Scheinwerfer, die teils bunten Lichterketten an den Straßen und Wegen und selbst der Schein der vereinzelten Großbildschirme verloren sich mit wachsender Entfernung. Bei Nacht wirkte die ZZZ auf der einen Seite noch undurchschaubarer, gefährlicher, auf der anderen aber übte sie nun einen gewissen Reiz aus. Waren im Dschungel der Zelte und in den alten Zechenanlagen nicht noch Abenteuer zu bestehen, die es sonst nirgendwo mehr gab? Konnte man an diesem Ort, über dem der Ruch des Verderbten und Verpönten hing, nicht Verbotenes tun und erleben, Erfahrungen machen, die kaum anderswo möglich waren?

Sie stiegen aus und gingen auf den Ehrenhof zu, beide die Ballonmütze tief in die Stirn gezogen. Milan Dragovich trug einen abgehalfterten Rucksack, in dem sich neben einem beim Discounter besorgten Wodka und zwei Schnapsgläsern die beiden Flaschen kalifornischen Rotweins befanden. Falls er Hugo Cabernet treffen sollte, plante er jedoch nur die Übergabe einer Flasche als Anreiz. Die andere wollte er nur zeigen zum Beweis, daß er es mit seinem Versprechen ernst meinte. Weggeben würde er die nur später bei zufriedenstellenden Informationen. Vom Weg 24 entlang der Südseite des Ehrenhofs bogen sie in die H-Straße ab. Um diese Uhrzeit waren zwar weniger Bewohner als sonst unterwegs, dennoch hielt es Dragovich für klüger, nicht die etwas breitere M-Straße zu benutzen, die zudem ja direkt am Aufgang zum ehemaligen Foyer des Ruhrmuseums lag. Dorthin würden sie ja in gewisser Zeit ohnehin noch kommen. Der Hauptkommissar für Altenkriminalität fragte sich einen Moment lang, was ihm anders als sonst vorkam. Die Menschen wirkten im wahrsten Sinne des Wortes noch bedrückter als sonst, bewegten sich irgendwie verhuschter. Doch das war es nicht. Es war viel leiser als sonst. Während sie an den Zelten vorbeischritten, nicht zu langsam und nicht zu schnell, wurde ihm klar, daß die Leute ihre Gespräche in stark gedämpfter Lautstärke führten. Laute Musik, wie sie gewöhnlich aus vielen Zelten scholl, war praktisch nicht zu hören. Lediglich die Soundsysteme an den Bildschirmen dröhnten in deren näheren Umfeld, allerdings selbst diese nicht in der üblichen Weise. »Stimmt etwas nicht?« flüsterte Cigdem Flick.

Dragovich legte den nach oben gestreckten Zeigefinger vor die Lippen und zog sie am Arm weiter. Im Gehen beugte er den Kopf so dicht zu ihr, daß Mund und Nase ihre Haare berührten. »Nicht stehenbleiben, komm' weiter!« Ein wenig bereute er, sie mitgenommen zu haben. Junge Menschen, trotz Mantel und Mütze, waren natürlich sofort an der Art wie sie sich bewegten und an ihren Stimmen zu identifizieren. Extrem auffällig also. Die Alten konnten sie förmlich im Dunkeln riechen. Es kam zwar gelegentlich vor, daß etwas größere Enkelkinder nach Rotkäppchen-Art der in der ZZZ lebenden Großmutter oder dem Großvater ein Körbchen oder eher eine Tragetasche mit Kaffee und Kuchen, Schokolade und Wein mitbrachten. Doch auf die Zahl der Bewohner gerechnet ein eher seltenes Ereignis. Und schon gar nicht nach Einbruch der Dämmerung. Der Hauptkommissar mußte sich eingestehen, seine junge Kollegin vor allem der guten Arbeitsbeziehung wegen mitgenommen zu haben. Hoffentlich würde das gutgehen … »Was soll's?« dachte er aber schließlich. Sie war jetzt nun mal Kommissarin für Altenkriminalität, und dies ja sicher noch für so manches Jahr, es sei denn sie wechselte irgendwann das Kommissariat. Früher oder später würden, müßten die Bewohner der Zeltstadt sie so oder so kennenlernen. Selbstverständlich müßte man aber auf die richtige Gelegenheit warten. Es begann ein bißchen dunstig zu werden, das Licht um Lampen und Scheinwerfer warf einen milchigen Glanz. Sie hatten den Weg 12, der das gesamte Gelände unterhalb des Ehrenhofes genau in dessen Mitte durchschnitt, längst überquert. Alle Straßen darunter im Südost-Quadranten knickten nach rechts ab, in einer fortgesetzten Parallele jenseits des Außenzauns zur Gelsenkirchener Straße, bis sie auf die M-Straße stießen. Jenseits der M-Straße verliefen die folgenden Straßen wieder exakt wie diese von Nord nach Süd. Jetzt waren sie fast an der Stelle, wo die H-Straße auf den Weg 6 stieß.

»Na, Besuch von der Enkelin, oder gar von der Tochter?« Ein Kreis von vier alten Männern unter der funzeligen Beleuchtung über einem Zelteingang öffnete sich, und der Wortführer, dessen Brille an einer Seite von einem Gummiring hinterm Ohr festgehalten wurde, trat einen Schritt hervor. Seine Bemerkung war so zu verstehen, daß wenn Zeltstadt-Bewohner überhaupt Nachkommen beziehungsweise welche in erreichbarer Entfernung hatten, sich im Gegensatz zu Enkelkindern die Kinder so gut wie nie blicken ließen. Der Grund dafür war entweder eine der Situation geschuldete und seit langem bestehende Entfremdung oder Scham. Scham darüber, daß ihre eigene Lage es ihnen nicht ermöglicht hatte, Eltern oder Elternteil vor diesem Schicksal zu bewahren oder aber darüber, daß man es hätte verhindern können, aber nicht getan hatte.

Dragovich schlug den Kragen hoch und schob Cigdem Flick weiter. Ihm gefiel der leicht aggressive Unterton in der Stimme des Alten mit der kaputten Brille nicht. »So so ... oder kann sich Opa eine junge Gespielin leisten?« Die drei anderen Männer lachten hämisch.

»Warum zeigst Du denen nicht, was 'ne Harke ist?« zischelte sie in sein Ohr.

»Würde hier rein gar nichts bringen. Wenn wir uns vor denen aufbauen und zu erkennen geben, krakeelen die erst recht herum. Verbreitet sich wie ein Lauffeuer, in fünf Minuten weiß die ganze ZZZ, daß wir hier sind.«

Obwohl die junge Kommissarin dies einsah, stülpte sie trotzig ihre Unterlippe vor. Als »Gespielin« wollte sie sich nicht bezeichnen lassen.

»Cool bleiben ... hast Du doch gelernt oder?« meinte ihr Kollege, der hier noch nicht die richtige Gelegenheit zu ihrer Einführung gesehen hatte.

Danton und die Jakobiner

Die Kreuzung des Weges 6 mit der M-Straße war eine der Stellen in der Zeltstadt, wo sich eines der zentralen Wasch- und Toilettenhäuser befand. Aus dem nächstgelegenen Eingang, der zum Männerbereich führte, hörte man ein Türschlagen, dem ein lautes Fluchen folgte. Die beiden sahen, wie das Licht in der Anlage flackerte und mitunter ganz ausging. »Verdammtes Licht … diese Geizhälse …« Dann flog die Tür auf und ein Mann trat hervor. Dieser hatte offenbar Mühe, ganz gerade zu stehen, mit seinem rechten Arm stützte er sich auf eine Krücke, in der linken Hand trug er eine offensichtlich schwere Tasche. Er verharrte einen Moment, dabei leicht schwankend. Das Schwanken schien jedoch nicht von einer Behinderung herzurühren. Dragovich zog Cigdem Flick in das Halbdunkel eines kleinen Spaltes zwischen zwei Zelten auf der gegenüberliegenden Seite. Der Mann trat nun vor, die Tür des Waschhauses fiel zu. Schwerfällig stapfte er in südlicher Richtung los. »Diese Scheiß-Jakobiner! Das wird doch alles zu nichts führen …« lallte er.

Dragovich drückte seine junge Kollegin aus dem Spalt zwischen den Zelten wieder auf die Straße. »Los, den kannst Du jetzt mal näher befragen!«

Cigdem Flick drehte sich verständnislos zu ihm um. »Einen Betrunkenen?«

»Aber klar! Betrunkene und Kinder sagen die Wahrheit. Der kommt mit Sicherheit gerade aus der Bar.«

»Welcher Bar?« fragte Cigdem, während sie sich in Bewegung setzte.

»Na aus der, wo Du doch schon selbst gewesen bist …«

Die Kommissarin fühlte sich völlig überrumpelt, aber jetzt mußte sie mit der Situation umgehen. Blitzschnell entschloß sie sich, die junge hilfsbereite Frau zu geben, die einem alten Menschen gerne beisteht, und die in der Realität dieser Tage nur noch selten anzutreffen war. »Da haben Sie sicher recht! Kann ich Ihnen tragen helfen?«

Der Alte drehte sich mühsam um und hätte wegen seiner schwingenden Tasche fast das Gleichgewicht verloren. »Huch, wer ist das? Eine Strauchdiebin? Ich habe nichts, nur diese … diese Bücher in meinem Beutel.«

»Nein, ich will Ihnen wirklich nur helfen!« sagte sie und unternahm einen Ansatz, die Tasche zu ergreifen.

Der Alte zog sie instinktiv zurück und sah Cigdem Flick mißtrauisch an. »Sind Sie bestimmt kein Bücherwurm?« fragte er lauernd.

»Ach wo«, lächelte sie, »und die Bücher, die ich habe, sind alle auf meinem EDPP gespeichert.«

Der Mann blieb stehen, sah sie von der Seite so eindringlich an, wie sein Zustand es ermöglichte und entspannte sich. Nein, diese Frau würde ihm seine Schätze sicher nicht streitig machen. Ohne die rechte Hand von der Krücke zu lassen, die für diesen Moment hoch in der Luft schwebte, rückte er seine Ballonmütze zurecht. »Okay, nehmen Sie!«

Cigdem empfing den Beutel. Wie zufällig drehte sie dabei den Kopf in die Richtung, aus der sie gekommen waren, hoffte dabei noch auf einen Blickkontakt mit dem erfahrenen Kollegen. Doch dieser war in der Dunkelheit nicht mehr auszumachen. Sie war auf sich allein gestellt.

»Es ist gar nicht mehr so weit: Weg 2, und dort noch ein bißchen nach rechts. Die Wege mit den, mit den niedrigen Zahlen … sind ja nur sehr kurz.«

Zu gern hätte die Kommissarin gewußt, welche Bücher der Alte nun in seiner abgewetzten Ledertasche mit sich herumtrug.

Als läse dieser ihre Gedanken, sagte er unvermittelt: »Das ist so ein Mix, quer durch den Garten! – ›Die Welt als Wille und Vorstellung‹, vom Über-Nietzsche natürlich. Vom guten Shakespeare ›Macbeth‹ und ›Lear‹ in einem Band. ›Krieg und Frieden‹ und ›Die Brüder Karamasow‹. Von Schiller ›Über die ästhetische Erziehung des Menschen‹ und seine ›Räuber‹.«

»Die ›Räuber‹ kenne ich«, gab sich die junge Kommissarin schlau.

»Gut. Das Buch ist ja auch mit Unterbrechung durch die Nazi-Zeit im immerwährenden Literaturkanon für den Deutschunterricht.«

»Das andere kenne ich nicht«, überspielte Cigdem Flick diese Bemerkung.

»Na, das ist eine Sammlung von Briefen über die Schönheit. Wenn man sie genau liest, sind sie aber eigentlich über das ganze Leben. Sie sagen einem, wie sehr man Balance zwischen allem halten muß. Und wie leicht es ist, wenn man das nicht tut, zum Beispiel eine Revolution gegen die Wand zu fahren.«

»Dann haben Sie sicher auch etwas von Goethe dabei?«

»Nee, Goethe sagt mir nichts. Er spricht nicht zu mir.«

Cigdem schwieg.

»Es sind aber auch neuere Sachen dabei, zum Beispiel ›Do Androids Dream of Electric Sheep?‹ – So, da wären wir!« Der Alte löste die Schlaufen am Eingang des neunten Zeltes auf der rechten Seite und hieß seine Helferin eintreten. Er wies sie an, die Tasche auf ein in der Mitte des Raumes stehendes Tischchen zu stellen. Mit einem Blick hatte die junge Kommissarin gesehen, daß sich insgesamt drei Bettstellen im Zelt befanden, eine zur rechten Seite und gegenüber zwei. Von diesen machte eine einen recht unordentlichen Eindruck, die andere schien frisch bezogen. »Das adrette Bett gehörte dem Jürgen, das heißt, die Verwaltung hat es für den nächsten Gast … den nächsten Gast nett gemacht.«

»Und der Jürgen?«

»Exit Ghost … am vergangenen Freitag nicht mehr aufgewacht!«

Cigdem zuckte leicht zusammen.

Vor dem Betreten der Zeltstadt hatten sie ihre EDPPs auf »Mission« gestellt. Dies hatte natürlich nichts mit einer religiösen Sendung zu tun, sondern in diesem Modus für verdeckte Einsätze vibrierten die Polizeigeräte bei Anruf oder Notsignal, auf dem Display der Empfänger wurde dazu die Position des sich meldenden Kollegen angezeigt. Auf der

Rückseite der Polizei-EDPPs befand sich eine Sensortaste, die man dreimal kurz hintereinander betätigen mußte, um einen Notruf auszulösen. Zwar hatte Cigdem Flick keine Angst vor dem betrunkenen Alten, aber etwas mulmig wurde es ihr jedoch. Sie schob ihre rechte Hand in die Hosentasche und umklammerte kurz ihr EDPP, so als wollte sie sich vergewissern, daß es auch wirklich da war.

Ihr Blick glitt durch das spartanisch eingerichtete Zelt. An der Kopfseite gegenüber dem Eingang stand ein altes Ledersofa, neben dem Bürostuhl, auf dem sie saß, gab es ansonsten nur noch einen Klappstuhl. Kleine Beistelltischchen, Rucksäcke und Taschen enthielten wohl die verbliebene persönliche Habe. Ihr fiel auf, daß keine Fotoabzüge an den Zeltwänden hingen. Hinten links in der Ecke stand, etwas heruntergedrückt, damit man es vom Eingang aus nicht sah, ein Müllsack, der Leergut zu enthalten schien. »Wie heißen Sie eigentlich?«

»Weil Du mir so nett geholfen … geholfen hast, will ich dir sagen, wie es ist. Seit neuestem nennt man mich offenbar ›Danton‹. Diese Scheiß-Jakobiner! Das führt doch so zu nichts …« Er zündete eine Kerze an. »Ist in den Zelten eigentlich verboten, aber ist mir völlig gleich. Also, eigentlich heiße ich Anton.«

»Was wollen diese Scheiß-Jakobiner denn?« Irgendwie erinnerte sie sich dunkel daran, den Begriff schon einmal gehört zu haben, im Zusammenhang mit Revolution, konnte wohl sein mit der Französischen.

Anton griff unter sein Bett, zog eine Discounter-Wodkaflasche hervor, die er aufdrehte und aus der er einen tiefen Schluck nahm. »Hier … Glasnost Gorbatschow!«

Liebend gern hätte die Kommissarin wenigstens mit der Hand über die Flaschenöffnung gewischt, doch das hätte falsch wirken können. So nahm sie mutig den Wodka, setzte an und tat, als nähme sie einen tiefen Schluck.

»Meine Vorfahren kommen aus Rußland. Ich hasse Revolutionen, jedenfalls wenn es blutig wird. Kennst Du eine, also eine blutige Revolution, nach der … nach der es den Menschen besser gegangen wäre?« Wieder nahm er einen tiefen Schluck und sank dabei leicht zur Seite.

»War das Treffen der Scheiß-Jakobiner wieder an der gleichen Stelle wie immer?« versuchte Cigdem Flick ihm den Ort der vermutlich geheimen Tagung zu entlocken.

»Ach Du kennst das auch? Dann weißt Du ja wo das ist, immer an der gleichen Stelle …« Anton drehte den heruntergeneigten Kopf hin und her, schließlich nahm er ihn wieder hoch, konnte ihn jedoch nur mit Mühen geradehalten. Mit eingetrübtem Blick versuchte er seinen Gast zu mustern, das weitere Reden ging nun mehr und mehr in ein Lallen über.

»Ganz schön … ganz schön schräg sieht das ja aus! Warum zieht sich eine … eine so hübsche junge Frau … die Kleidung der Ober-Verlierer an?« Er mußte leicht rülpsen. »Tschuldigung! Nach Nietzsche eigentlich Über-Verlierer …« Der Alte lachte gequält.

»Ich finde das eigentlich ganz schick …« entgegnete Cigdem.

»Schick? Für mich hat das fast schon was von Lagerkleidung …«

»Aber Sie tragen es doch selbst!«

»Jaja, Mädchen …« sagte er zurücksinkend, »… mit wem habe ich eigentlich die Ehre?«

Die Kommissarin antwortete darauf nicht, sondern fragte unvermittelt: »Sind Sie auch Flaschensammler?«

Der alte Mann schreckte hoch, als habe man ihm einen Eimer kalten Wassers über den Kopf gegossen.

Kommissare in der Klemme

Milan Dragovich war sich sicher gewesen, daß von dem betrunkenen alten Mann keine Gefahr für seine junge Kollegin ausgehen würde. Dies sagte ihm seine Lebenserfahrung. Hundertprozentig sicher konnte man sich indes nie sein, vor allem wußte man ja nicht, wo er Cigdem hinführen würde. Nun, im Notfall würde sie ihm ja ein Signal an sein EDPP senden, und dann würde er die Beine in die Hand nehmen und so schnell wie möglich zu ihr eilen.

Um gleichwohl zu vermeiden, nicht zu früh aufzufallen, war er gleich am Weg 7 in die N-Straße gewechselt und wollte erst an deren Ende vor der alten Kohlenwäsche wieder auf die M-Straße, um über den dortigen Aufgang wieder in das Gebäude des ehemaligen Ruhrmuseums zu gelangen.

Nun aber war keine Zeit zu verlieren. Sein Ziel war es, unbedingt allein mit Nelly zu sprechen. Das würde ihm ohnehin schwer genug fallen, Scham und schlechtes Gewissen nagten gleich in zweierlei Hinsicht an ihm. Einmal hätte er sich wohl doch nicht der seltsamen Attraktivität der Prostituierten hingeben dürfen. Dies wäre aber insofern vielleicht noch verzeihlich gewesen, als er erst durch den Kontakt zu ihr von der Nutzung der Stollen Kenntnis bekommen hatte. Dieser würde er weiter nachforschen und zwar intensivst. Viel schlimmer war indes, daß er sich hatte austricksen lassen, und das mit einem der einfachsten denkbaren Mittel der Kriminalgeschichte. Dumm, daß man ihn mit Nelly zusammen gesehen hatte, dümmer die K.O.-Mixtur und am dümmsten, daß er keinerlei Wissen darüber oder Erinnerung an das hatte, was mit ihm geschehen war. Unter Umständen würde er in der Bar mit schallendem Gelächter oder Gejohle begrüßt. Wahrscheinlich wußte die halbe Zeltstadt, daß er, Milan Dragovich, Hauptkommissar für Altenkriminalität, mit der bekanntesten Hure der ZZZ Sex gehabt, sich dem äußeren Anschein nach dazu mit Wodka betrunken und dann seinen Rausch unter einer Plane ausgeschlafen hatte. Es gab zwar die Chance, daß die, die ihm dies angetan hatten, nicht wollten, daß die Angelegenheit überhaupt publik würde, sondern ihm nur eine deftige Lektion erteilen wollten.

Immer noch hatte er kein gutes Gefühl, wenn er an sein EDPP dachte. In der Zeltstadt gab es genügend Experten, die angesichts des langen Zeitraums, in dem er bewußtlos gewesen war, seine komplette Information hätten kopieren können. Das wäre ebenso fatal wie die Möglichkeit, sich aktuell in sein EDPP hineinhacken zu können und damit über seine aktuellen Wege, Aktionen und Kontakte informiert zu sein. Er wollte sich das alles gar nicht ausmalen. Im Grunde müßte er eine Geschichte für Netzthal erfinden, um ein neues Gerät zu bekommen. Vom Inhalt und den Kontakten gab es ja eine Kopie auf dem mehrfach gesicherten Präsidiumsserver. Konkret fürchtete er, daß man im Falle eines Kontaktversuches seiner Kollegin sofort deren Position ausmachen könnte. Doch diesen Gedanken mußte er verdrängen, denn er war jetzt über die seit Unzeiten stillstehende Rolltreppe am Eingangsbereich des ehemaligen Ruhrmuseums angelangt. Das Areal war wie üblich gut gefüllt; neben verschiedenen bunten Strahlern und einzelnen planlos gelegten oder gestellten Neonröhren sorgte in dezenter Lautstärke Musik der siebziger und achtziger Jahre des vergangenen Jahrhunderts für Atmosphäre. Man bemerkte sein Eintreten kaum, er atmete ein wenig auf. Er ging nach rechts an dem als Theke dienenden ehemaligen Infobereich vorbei, stellte sich ein wenig abseits und versuchte einen Überblick über den Raum zu bekommen. Da bemerkte er, wie sich jemand von der jenseits der Theke liegenden Seite löste und auf ihn zustrebte. Es war Hugo Cabernet, der etwas ungeschickt nach links und rechts schaute, so als wollte er sich versichern, daß ihn niemand beobachtete. Tatsächlich wäre er dadurch natürlich erst recht auffällig geworden, jedoch nahm scheinbar niemand Notiz von ihm. Statt einer Begrüßung wollte der Franzose wissen, wie es dieser Tage um den kalifornischen Rotwein stünde. Nun, die Sonne schiene im »Golden State« in gleicher Weise wie immer, die Lagen in Tiptop-Zustand, von daher alles bestens. Dragovich wies mit dem linken Daumen kurz auf seinen Rucksack. Cabernets Augen leuchteten. Dann trat er näher an Dragovich heran und stieß gepreßt hervor: »Mit der dicken Nelly stimmt irgendetwas nicht. Völlig verändert, isch glaube, jemand hat sie eingeschüchtert ...«

»Wo ist sie denn jetzt?«

»Ein bißchen weiter weg von der Stelle, wo ihr zuletzt gestanden habt, bevor ihr dann plötzlich verschwunden seid ...« Dumm. Das hatte Hugo Cabernet also auch schon einmal mitbekommen. »Isch habe wichtige Informationen für dich«, raunte er ihm zu. Zwei Frauen in ihren Siebzigern, fast ein wenig zu sehr herausgeputzt, kamen mit einem in der Mitte untergehakten deutlich jünger aussehenden Mann dicht an ihnen vorbei, offenbar auf dem Weg zum Ausgang. Alle drei waren sichtbar beschwipst. Cabernet wandte sich wieder zu Dragovich. »Der Gärungsprozeß ist schon eine interessante Angelegenheit. Friedlich hängen dazu erst die vielen Reben an den Weinstöcken. Dann kommt die Recolte, und man quetscht einfach den Saft aus den Trauben und schließt ihn in Fässern ein in kühlen Kellergewölben.« Die französische Zwitschernase zog bedeutungsvoll die Augenbrauen hoch, so als wollte sie sich versichern, daß ihr Gegenüber sie auch verstünde. »In manchen Chateaus gibt es große Keller souterrain, und darin reift der harmlose Traubensaft zu einem Wein mit kräftigen Volumenprozenten.«

»Ja, ein faszinierender Prozeß. Was aus einem Wein wird, liegt natürlich auch immer am Winzer. Wer war denn noch einmal der von dem Chateau, über das wir neulich gesprochen haben?«

»Ach, das ist doch ein Staatsgut ... da gibt es mehrere Winzer. Aber schon einen maître vigneron, isch habe vielleicht vergessen seinen Namen.« Obwohl er schon zuvor nur halblaut gesprochen hatte, senkte er seine Stimme noch einmal ab. »Klang deutsch, ›Borgner‹ oder so.«

Dragovich spürte, daß es das wohl für den Augenblick war. Mehr konnte oder wollte Hugo Cabernet zu diesem Zeitpunkt nicht mehr sagen. »Dann noch einmal vielen Dank für den französischen Wein, den Du mir das letzte Mal gegeben hast. Zum Ausgleich wie versprochen heute der kalifornische, den ich empfohlen hatte ...« Der Hauptkommissar öffnete seinen Rucksack bewußt weit, um dem bereits nervös hinter ihm stehenden Cabernet die Gelegenheit zu geben, auch die zweite Flasche »Valley Oaks« zu erspähen. Die zu übergebende hatte er in eine weiße Plastiktragetasche gewickelt, die er dem Weinliebhaber nun überreichte, und die jener sogleich in einer der großen Innentaschen seines Mantels verschwinden ließ. Hugo Cabernet wußte nun, daß Dragovich noch weitere Dienste von ihm erwartete, für deren Erledigung allerdings auch wieder entsprechende Belohnung winkte.

Es war etwas voller geworden, und in wenigen Augenblicken war der Franzose verschwunden. Vermutlich ging er zu seinem Zelt, um sich sogleich dem Genuß des guten Tropfens hinzugeben. Sehr wichtige Informationen waren das, die er gleichwohl noch vollständig entschlüsseln mußte. So wichtig das ganze war, hatte er in Bezug auf ein Wiedersehen mit Nelly wichtige Zeit verloren. Unter allen Umständen wollte er vermeiden, daß Cigdem Flick ihn jetzt mit ihr zusammen sehen würde. Es war ihm nicht klar, wie sicher sein Auftritt in der Gegenwart der jungen Kollegin wäre. Mochte auch sein, daß Nelly irgendeine schlüpfrige oder anders geartete dumme Bemerkung machen würde, sei es zu ihrem erotischen Kontakt oder dazu, daß man ihn ausgeschaltet, ein Stück weit schon übertölpelt hatte. Beides wäre ihm natürlich hochnotpeinlich gewesen.

Inzwischen war er in dem Bereich angekommen, wo er das letzte Mal mit der drallen Prostituierten gesprochen hatte, bevor sie ihn in den Schachttunnel entführte. Dort war sie nicht, er bewegte sich suchend zwischen den schweren Ausstellungsstücken aus der Zechenzeit. Dann sah er sie plötzlich nicht weit entfernt von der Treppe zu den Garderoben. Irgendjemand sprach kurz mit ihr, ein Freier vielleicht, sie schüttelte den Kopf. Der Mann, Träger eines etwas ungepflegt wirkenden längeren Vollbartes, schaute sich daraufhin kurz über die Schulter um und verschwand. Nelly wendete den Kopf zur Seite und schneuzte in ein Papiertaschentuch. Dann setzte sie sich auf ein Eisenteil an der Wand, das eventuell ein alter Heizkörper sein mochte und stützte den Kopf in beide

Hände. Seltsam, Nelly so allein zu sehen. Normalerweise standen immer ein paar Leute um sie herum, neben möglichen Freiern durchaus respektable Männer – manchmal schloß sich das ja nicht ganz aus – und auch andere Prostituierte. Häufig war sie der Mittelpunkt illustrer Runden. Doch hier konnte man beobachten, wie schnell man selbst in der Zeltstadt noch in Nichtbeachtung und Bedeutungslosigkeit versinken konnte. Im Grunde war jeder irgendwo allein. Dragovich sah sich vorsichtig um. Von keiner Seite gab es irgendeine auffällige Bewegung. Bevor er auf Nelly zuging, zog er im Schutz der Dunkelheit aber noch schnell sein EDPP hervor. Keine Nachricht von Cigdem, das wollte er erst einmal als gute Nachricht werten. Sein EDPP hatte zwar nicht vibriert, aber zur Sicherheit wollte er doch zwischendurch einmal kurz drauf geschaut haben. Wo sie wohl jetzt sein mochte?

»Hallo Nelly, was ist los?« sprach Dragovich sie an, im Tonfall um Neutralität bemüht. Noch wußte er nicht, ob die gewichtige Blondine in irgendeiner Weise hinter der Sache steckte, die ihm widerfahren war.

Nelly sah überrascht und gleichzeitig erschreckt auf. »Mein Gott, mein Kommissar …« Ihre Augen trafen die seinen jedoch nur einen Sekundenbruchteil, dann blickte sie an ihm vorbei als fixiere sie irgendetwas an der Decke. »Vorsicht, wir könnten beobachtet werden …«

Dragovich trat einen Schritt zur Seite und wandte sich um, als wollte er zum Eingangsbereich sehen. Peripher hatte er dabei aber erfaßt, was Nelly meinte. An der hoch über ihnen hängenden Traverse trat war eine Videokamera installiert. »Gehen wir ein paar Schritte, Du links rum, ich rechts rum, und wir treffen uns hinter der großen Lore. Das dürfte uneinsehbar sein.«

Er schlenderte in einem Rechtsbogen los, Nelly blieb noch eine kurze Weile sitzen, bis sie sich erhob und nach links losging. Der erfahrene Kommissar hatte sofort gesehen, daß Nelly die Schminke viel kräftiger aufgetragen hatte als normal.

Dennoch reichte dies nicht, um die dunklen Verfärbungen um die Augen ganz abzudecken. Das ganze wurde durch offenbar vom Weinen verschmiertes Kajal nicht besser. Da ein buntes Tuch nur lose um ihn geschlagen war, konnte man dazu eine Rötung des Halses und den Ansatz striemenartiger Abdrücke erkennen. Zweifellos war Nelly nicht nur geschlagen, sondern auch gewürgt worden.

»Das habe ich nicht gewollt«, sagte sie schluchzend. »Ich kann da wirklich nichts zu.« Sie berichtete flüsternd, daß sie mit ihrem »Spiel«, wie sie sich ausdrückte, gerade erst begonnen hätten, als er, Dragovich, einem Schwächeanfall ähnliche Symptome gezeigt hätte. Er sei plötzlich zurückgesunken, und sie habe sich sogleich bemüht, ihn wieder zu sich zu bringen, mit leichten Schlägen auf die Wangen und durch Schütteln. Indem seien wie aus dem Nichts mehrere Männer auf sie zugesprungen und hätten sie von ihm weggerissen. Verzweifelt habe sie ihre Sachen wieder anziehen wollen, doch das habe man nicht zugelassen. Dragovich unterbrach mit dem Hinweis, daß es vielleicht zu gefährlich sei, diese Geschichte hier zu erzählen. Man könne ja eventuell nach draußen gehen. Die Frau, die trotz ihrer üppigen Formen auf einmal zerbrechlich und schwach schien, winkte ab. Draußen habe sie noch größere Angst, daß ihr etwas zustoßen könne. Allenfalls könne er sie erst später unauffällig zu ihrem Zelt begleiten. Nelly fuhr fort damit, daß die Männer sie als Verräterin beschimpft hätten. Wie sie einen Bullen in das geheime Schachtsystem habe hineinlassen können, und das nur für ein paar schnell verdiente Mark. Sie habe gar keine Gelegenheit gehabt, zu erklären, daß es gar nicht um Geld gegangen sei, sondern daß sie diesen Kommissar wirklich sehr mögen würde. Dabei stürzten die Tränen aus ihren Augen. Dragovich schob sie noch ein bißchen weiter ins Dunkle und reichte ihr ein Papiertaschentuch. Dann sei sie geschlagen und gewürgt worden. Man habe sie völlig gedemütigt. Dragovich sah sie mit klarem Blick an, sie schaute scheu auf, dann aber kurz ebenso klar zurück. Sie war also auch vergewaltigt worden. Leise fragte Dragovich, ob sie die Männer, oder zumindest einen von ihnen habe erkennen können. Sie schüttelte den Kopf. Die Männer hätten schwarze Mützen mit Aussparungen für Augen und Mund getragen. Trotzdem sei ihr einer bekannt vorgekommen. Jedenfalls meinte sie, dessen Stimme schon einmal gehört zu haben. Der habe sich auch nicht direkt beteiligt, sondern die Kommandos gegeben. Jetzt wo sie das sage, könne sie sich daran erinnern, daß bei jenem Mann die Maske etwas komisch gesessen hätte. Irgendwie sei das Loch für das eine Auge zu hoch gewesen. Dann habe man sie in der Ecke liegen lassen, einer der Kerle habe sogar vorher noch auf sie gespuckt. Wie betäubt hätte sie verfolgt, wie man ihn vom Bett heruntergezogen und sich in hämischer Weise lustig über ihn gemacht habe. Die Männer, wieder mit Ausnahme desjenigen, der offenbar der Anführer war, hätten sich seine Ballonmütze gegenseitig zugeworfen. Schließlich habe sie einer in den Mantel gesteckt mit der Bemerkung, daß er diese als Trophäe behalte. Dann hätten sie ihn wieder angezogen und dabei über die Polizei geflucht. Einer stellte die Frage, ob man den Bullen nicht besser gleich umbringen solle. Doch der Anführer habe abgewinkt. Das sei zu gefährlich, unter Umständen habe er eine Mitteilung gemacht, wohin er sich bewege. Wenn er dann nicht zurückkäme, sei die Hölle los und ganze Hundertschaften der Polizei würden die Zeltstadt und die ehemalige Zechenanlage durchkämmen. Er hoffe, daß man dem Typen auf diese Weise eine gute Lektion erteilen würde. Anschließend hätten sie ihn tiefer in den Flöz hineingetragen. Einer der Männer sei noch einmal zurückgekommen, weil er wohl nach etwas suchte. Das er auch gefunden habe, nämlich sein Schulterholster mit dem Stunner. Er habe den Stunner herausgeholt, prüfend erst in den Gang gezielt, sich dann umgedreht und auch auf sie angelegt. »Wusch«, habe er dann gesagt und dabei die Waffe hochzucken lassen, sie hatte gedacht, dies sei nun ihr Ende. »Schönes Gerät« habe der Mann im Weggehen noch gesagt. Würde er gern behalten, aber da sei sicher noch jemand anderes dran interessiert, habe er noch angefügt. Dragovich wurde angst und bange. Unter Umständen hatte man seinen Stunner gegen einen anderen ausgetauscht, auch wenn er noch von keinem Fall gehört hatte, gab es mittlerweile sicher welche auf dem Schwarzmarkt. Selbst wenn es noch sein eigener war, wäre er unter Umständen so manipuliert, daß er im Ernstfall nicht funktionieren würde. Mist! Warum hatte er seinen Stunner nicht sofort checken lassen? Ob man irgendetwas in Bezug auf sein EDPP gesagt habe, wollte er wissen. Das sei nicht erwähnt worden, aber sie würde einmal davon ausgehen, daß man sich das Teil genau angeschaut hätte. Ja, so würde es wohl sein. Dragovich merkte, wie sich ihm alles in der Magengrube zusammenzog.

Nelly hatte zu schluchzen aufgehört, aber sie sog die Luft noch in kurzen Stößen ein, wobei jedes Mal der Kopf leicht nach oben ging. Obwohl er rein gar nichts dazukonnte, fühlte sich Dragovich doch irgendwie mitschuldig an dem, was ihr widerfahren war. Er schlang die Arme um sie und drückte sie kräftig an sich. In dem Moment war es ihm egal, ob man ihn sehen oder später über seinen Umgang mit ihr tuscheln würde. Sie legte den Kopf an seine Brust. »Mein kleiner Kommissar …« sagte sie und schloß für einen Moment die Augen. Sie begann leise zu summen.

»Du mußt mir alles sagen, was Du weißt … nur so kann ich dir helfen.«

Nelly summte weiter.

Er legte seine Wange auf die ihre und flüsterte: »Ich weiß, daß hier irgendetwas vor sich geht. Du hast selbst gesagt, daß Kraft das nicht alleine war …« Dragovich merkte, wie ein Zittern durch Nellys Körper lief. Sie hatte zu summen aufgehört. Hoffentlich waren sie nicht belauscht worden. Der Hauptkommissar checkte die nähere Umgebung, konnte jedoch niemanden sehen, der sie auch nur unauffällig beobachtet hätte. Schon jetzt war sie in großer Gefahr, in viel größerer, als sie es vielleicht ahnte.

Indem vibrierte sein EDPP. Er nahm es heraus um sogleich festzustellen, daß es sich nicht um einen normalen Anruf, sondern um ein Notsignal handelte. »Mist! Ich muß los, eine Kollegin braucht meine Hilfe!«

Wie aus tiefem Schlaf geweckt löste sich Nelly aus seinen Armen und sah ihn fragend an.

»Ich komme bald zurück. Du kannst mich jederzeit kontaktieren, wenn Du meine Hilfe brauchst.«

Nelly nickte und wischte sich über das Gesicht. Noch einmal ergriff sie seine Hände und zog ihn dicht zu sich heran. »Da finden geheime Treffen in den Stollen statt ...« flüsterte sie in sein Ohr. Dann mußte er sich losreißen und eilte aus dem Gebäude.

Zum Glück kam das Signal aus relativer Nähe, und zwar von der Kreuzung zwischen Weg 17 und der H-Straße, wie es auf dem Display des EDPP angezeigt wurde. Während er durch Weg 18 nach Osten lief zog er bereits den Stunner aus dem Holster. Kurz vor der Einmündung verlangsamte er seinen Schritt und schlich zur Ecke, um die er vorsichtig in südlicher Richtung sah. Mitten im Licht der etwas heller erleuchteten Kreuzung sah er Cigdem, die ihren Stunner mit ausgestreckten Armen auf vier ihr im Halbkreis gegenüberstehende Personen richtete. Einer von ihnen trug deutlich sichtbar einen Baseballschläger über der Schulter, ein anderer hielt einen undefinierbaren längeren Gegenstand in der Hand, vielleicht einen Stock oder gar eine Machete. Dragovich drückte in schneller Folge dreimal auf den Sensor an seinem EDPP. Dieser war so eingestellt, daß das Signal nicht nur von seiner jungen Kollegin empfangen wurde, was nun reichlich sinnlos gewesen wäre, sondern auch von Thorsten Fellmich und der Leitzentrale im Polizeipräsidium. Hoffentlich funktionierte das noch! Mit diesem Gedanken sprang der Hauptkommissar für Altenkriminalität vor und rief: »Kripo Essen! Waffen weg und Hände hoch!« Die vier wandten leicht erstaunt den Kopf, ohne jedoch irgendwelche Anstalten zu machen, die Hände hochzunehmen. Erst recht dachten die Betroffenen gar nicht daran, ihre Gegenstände fallen zu lassen. Sofort hatte Dragovich erkannt, daß es sich um die vier Alten handelte, die sie kurz nach Betreten der ZZZ hatten provozieren wollen.

»Können Sie sich denn ausweisen?« greinte der Typ mit den blond gefärbten Haarstoppeln und der kaputten Brille.

»Meinen Ausweis kriegst Du gleich vor den Koffer!« entgegnete der Kommissar. Ohne die Männer aus den Augen zu lassen zog er aber dennoch mit der linken Hand seine Polizeimarke aus der Innentasche seines Mantels, wo sie mit einer Kette befestigt war, und hielt sie kurz hoch. Zwar gab es auch Dienstausweise, die mit fortschreitendem Stand der Technik angeblich immer fälschungssicherer geworden waren, doch seit einiger Zeit verließ man sich doch zunehmend wieder auf die gute alte Marke.

Der Wortführer schaute ihn klar an. »Na, sag' einmal, bist Du nicht der Bulle, der kürzlich schon einmal hier war?«

»Das hat dich nicht zu interessieren! Jetzt die Waffe weg und zwar sofort!«

»Na bist Du denn sicher, daß es dein Stunner überhaupt tut?« Die anderen lachten hämisch.

»Käme auf einen Versuch an. Wollt ihr es einmal ausprobieren?«

»Warum eigentlich nicht?« feixte der Alte mit dem Baseballschläger, mit dem er nun ein paarmal bedrohlich in seine linke Hand schlug.

Mit dem gab es ein ebenso kurzes wie laut ansteigendes Windgeräusch, Dragovich spürte etwas wie die Ausläufer einer Druckwelle, und dann sah er, wie die vier Alten einen Moment wie eingefroren in ihren Bewegungen erschienen, um dann wie von einer gewaltigen Hand alle zusammen zu Boden geschleudert zu werden. Die Körper lagen wie in völliger Starre.

»Mein Gott, was habe ich getan?« rief Cigdem Flick entsetzt. Aus Angst und Nervosität hatte sie versehentlich den Abzug betätigt. »Die sind doch jetzt nicht tot?« kreischte sie und ließ erst jetzt die Waffe sinken. Offenbar hatte sie noch nie einen Stunner gegen einen lebenden Menschen eingesetzt.

Dragovich lief auf sie zu und nahm ihn ihr aus der Hand. Mit einem Blick sah er, daß das Gerät auf »Betäubung« gestellt war, allerdings schon auf einen höheren Impuls. Da hörte er schon das Martinshorn von Polizeiwagen, die über die Gelsenkirchener Straße kommend bald auf das Gelände einfuhren. Der Hauptkommissar bückte sich zu den Niedergestreckten und fühlte jeweils den Puls am Hals. »Leben alle noch, aber sollten flugs in medizinische Betreuung.« Er nahm sein EDPP und verständigte den Rettungsdienst. Als er sich fürsorglich um seine junge Kollegin kümmern wollte, die ihr kalkweißes Gesicht in den Händen verbarg, eilten die Kollegen von der Schutzpolizei auf die Szene. »Hallo Milan, einer von euch zu Schaden gekommen?« wollte der Einsatzleiter wissen.

»Alles okay. Die Kollegin hat vielleicht einen kleinen Schock, sollten sich die Ärzte zumindest mal eben angucken.«

»Ich konnte wirklich nichts dazu, glaub' mir, ich weiß wirklich nicht, wie das passiert ist …« Dragovich wußte natürlich genau, wie es passiert war. Statt den Finger an die Waffe oberhalb des Abzugs zu legen, hatte sie ihn genau darauf gehabt. Und da reichte manchmal das kleinste Zucken, besonders wenn man unter Streß war, und der Stunner löste aus.

»Ja, kann jedem mal passieren. Das war auch grundsätzlich keine falsche Entscheidung. Unmittelbare Bedrohung. Und Du aus deiner Position konntest das bestimmt noch besser beurteilen als ich.« Er beugte sich zu ihr und flüsterte in ihr Ohr: »Falls es zu einer Untersuchung kommt, werde ich genau das aussagen.« Und wieder lauter: »Die schlafen ja jetzt nur ein bißchen und denken dabei hoffentlich über ihr Verhalten nach. Also, mach' dir keine Gedanken!« Der inzwischen eingetroffene Notdienst checkte die Betäubten, bald prüfte ein Arzt auch Cigdem auf Schockanzeichen. Er erklärte das ganze aber für einen minder schweren Fall. Der Vorfall müsse allenfalls in Kürze mit einem Polizeipsychologen durchgearbeitet werden, damit es zu keinem Belastungssyndrom käme. Während sie untersucht wurde hatte Dragovich seinen Kollegen den Situationshergang zu Protokoll gegeben, seine Kollegin würde unverzüglich ihren Beitrag nachliefern, so wie sie sich ein wenig erholt habe. Man bot ihnen an, sie mit dem Polizeiwagen nach Hause zu fahren, was sie gerne annahmen. »Kann ich nicht bei dir übernachten?« flüsterte sie auf dem Weg zum Einsatzfahrzeug. »Ich wäre jetzt nicht gern allein ...«

Dragovich hielt das für keine gute Idee, aber da sie ihn so flehend ansah, sagte er seinen Kollegen, er nähme sie erst einmal mit, damit sie etwas herunterkäme, und würde sie später in ein Taxi stecken. Die Kollegen nickten verständnisvoll. Hoffentlich gab das kein Gerede!

Starker Geist gegen williges Fleisch

Die Nacht war kurz und lang zugleich. Cigdem war, nicht zuletzt durch den leichten Schock, völlig durchfroren gewesen. Nachdem sie ihren Mantel abgelegt hatte, war sie von Dragovich in eine flauschige Decke gehüllt und in einen Sessel gesetzt worden, der dem Sofa gegenüberstand, von dem aus der Hauptkommissar auf dem HyperBoard Nachrichten oder den Tatort-Kanal schaute. Er hatte einen heißen Tee gemacht, den er auf das Tischchen zwischen Sessel und Sofa stellte. »Richtigen Grog kann ich nicht machen, dazu fehlt mir der Rum. – Aber verfeinern können wir das schon ...« Nach kurzem Kramen hatte er den Kartoffelschnaps aus seinem Rucksack gefischt und einen Schuß in die Kanne gegeben, aus der er jedem einen großen Becher vollgoß. »Earl Grey mit Wodka. Wohl bekomm's!« Cigdem hatte die Augen geschlossen und atmete den aufsteigenden Dampf tief ein. Obwohl noch etwas durcheinander, lächelte sie zum ersten Mal seit dem Vorfall leicht. Milan Dragovich lehnte sich im Sofa zurück und schlürfte an seinem Becher, um sich nicht Zunge und Lippen zu verbrühen. Er betrachtete seine junge Kollegin, die trotz oder gerade wegen ihrer jetzt etwas wirr liegenden Haare sehr attraktiv auf ihn wirkte. Ihre nur leicht geschwungenen Brauen vermittelten mit den scharfen Konturen ihrer Nase Willens- und Durchsetzungskraft. Durch die Brechung mit den sanften Lippen und einem weichen Kinn konnte aber keinesfalls ein Eindruck von Härte entstehen. Eine schöne Frau! Er stellte die Tasse vor sich auf das Tischchen, strich sich mit dem rechten Zeigefinger über den Schnauzbart und ließ sich wieder zurücksinken. Indem öffnete Cigdem die Augen und sah ihn mit einem schwachen Lächeln an. Dragovich hatte wissen wollen, wie sie sich fühlte, und nach Bestätigung einer leichten Besserung bald gefragt, ob sie nun über ihren Besuch in der Zeltstadt sprechen könnten. Sie sei noch nicht wieder ganz beieinander, müsse wohl erst noch einiges verarbeiten. Auf jeden Fall sei ihr immer noch ziemlich kalt, ob man nicht zunächst dagegen etwas tun könne. Sie hätte doch den heißen Tee mit Schuß und sei in seine wärmste Decke gewickelt, spielte der Hauptkommissar den Ahnungslosen. Ob ihm trotzdem nicht noch mehr einfalle? Schließlich lud er sie ein, sich neben ihn aufs Sofa zu setzen. Ohne viel Aufhebens kuschelte sich Cigdem an ihn und lehnte den Kopf auf seine linke Schulter. Milan Dragovich saß zunächst steif und wußte nicht, wie er sich verhalten sollte. Schließlich legte er langsam seinen linken Arm um sie. »So ist es schön«, hauchte sie und schloß wieder die Augen.

»Der Tee ist irgendwie noch zu heiß«, meinte Dragovich und goß noch einen kräftigen Schuß Wodka in seinen Becher. Er nippte prüfend und nickte dann. »Also, erzähl' erstmal, was sich mit dem Alten ergeben hat!« Cigdem murmelte mehr als sie sprach, daß der Alte ein belesener Typ sei, zwar etwas wirr erschien, aber durchaus glaubhaft von größeren Spannungen berichtet habe, die es offenbar in der Zeltstadt gäbe. Oder richtiger, unter irgendwelchen politischen Gruppen dort. Er habe jedenfalls Vokabular benutzt, das sie an ihren Geschichtsunterricht erinnert habe. Konkret? Konkret, an die Französische Revolution. Jedenfalls würde er wohl Danton genannt, und er habe immer wieder auf die sogenannten Scheiß-Jakobiner geschimpft. Und sonst noch? Es gäbe wohl

Versammlungen an einem geheimen Ort. Außerdem sei im Zelt des Alten, der übrigens tatsächlich »Anton« heißen würde, vor ganz kurzem ein Flaschensammler namens Jürgen gestorben. Cigdem Flick drohte nun wirklich einzuschlafen, der Hauptkommissar wollte dies mit der Erinnerung an die Action-geladene Konfrontation mit den vier aggressiven Senioren verhindern. Ob diese ihr schon vor dem Zelt Antons oder Dantons aufgelauert hätten, oder ob sie auf dem Rückweg zufällig in sie hineingelaufen sei? Nun, zuerst habe sie sich nichts dabei gedacht, aber später doch geglaubt, daß jemand hinter ihr, oder vielleicht in der Parallelstraße, neben ihr herschleichen würde. In die Gruppe sei sie dann plötzlich hineingelaufen, doch glaube sie, daß man ihr eine Falle gestellt habe. Höchstwahrscheinlich seien die Männer ihr bis zum Zelt des alten Bücherwurms gefolgt, hätten sie vermutlich dort belauscht und wären ihr erneut nachgegangen, um sie dann an der besagten Kreuzung in die Zange zu nehmen. Auf jeden Fall hätten sie wohl zuvor sichergestellt, daß ihr Kollege sich nicht in der Nähe aufhielt. »Milan, wo warst Du denn?« Jener nahm noch einen Schluck von seinem mittlerweile erkalteten Wodka-Tee, schüttelte sich und schob seinen Gast dann sanft beiseite. Er erhob sich und schüttete den Inhalt beider Becher in den Ausguß. Bevor er zurückkehrte nahm er sich ein Bier aus dem Kühlschrank. Tee, ob heiß oder kalt, ob mit oder ohne Schuß, war letztendlich nicht sein Ding. Er sah hinüber zum Sofa, Cigdem schlief offenbar in sitzender Haltung, das Kinn auf die Brust gesunken. Er wollte sich zunächst in den Sessel setzen, aus Sorge, seine junge Kollegin könnte plötzlich zur Seite rutschen, nahm dann aber doch wieder neben ihr Platz. Sie seufzte. Er genoß einen tiefen Schluck vom kalten Gerstensaft und rutschte tiefer in die Kissen, den Kopf dabei wohlig in den Nacken gelegt. Auch er schloß die Augen für einen Moment, und genau jetzt sank Cigdem zur Seite, wobei sie unwillkürlich den Kopf so zu ihm drehte, daß ihre Lippen die seinen berührten. War es die Müdigkeit, der Halbschlaf, daß beide ungewöhnlich lang in dieser zufälligen Berührung verharrten? Dann sprang Milan Dragovich auf mit der Bemerkung, er müsse eben zur Toilette. Als er von dort zurückkam hatte sich Cigdem in Bauchlage der Länge nach auf dem Sofa ausgestreckt. Er wollte sicherstellen, daß sie gut zugedeckt war. Doch als er neben ihr stand sah er, daß sie T-Shirt und Jeans abgestreift hatte. Beides lag auf dem Boden. »Komm' zu mir, Milan!« schnurrte sie. Dabei drehte sie sich auf den Rücken und schlug die Decke wie zufällig so weit zur Seite, daß Dragovich sehen konnte, daß sie bis auf BH und Schlüpfer unbekleidet war. Die Gedanken im Kopf des Kommissars jagten hin und her, er spürte, wie sein Herz schnell und laut schlug, er hörte es förmlich. Was für eine wunderbare Gelegenheit! Er nahm einen tiefen Schluck vom eiskalten Bier und ließ sich dann in den Sessel fallen. Dann sagte er: »Ich glaube leider, daß das keine gute Idee ist …« Es verging ein endloser Moment der Stille und des Schweigens. Sie könne natürlich gern hier übernachten. Er ginge dann rüber in sein Schlafzimmer. Cigdem lupfte wie beschämt die Hose unter die Decke und zog sie dort umständlich an. Dann beugte sie sich vor, nahm das T-Shirt und drückte es vor ihre Brust. »Ich bin kurz im Bad – kannst mir ja ein E-Taxi rufen …«

Dragovich schluckte.

Sie war kaum aus dem Bad zurück, als der Taxifahrer schon klingelte. In den Mantel wollte sie sich nicht helfen lassen.

Er sah sie flehentlich an. »Bitte, bitte, versteh' das jetzt bloß nicht falsch!«

Sie lächelte etwas gequält und legte ihm ihren rechten Zeigefinger auf die Lippen. »Bis später im Büro!«

»Ja, bis später im Büro …« Dragovich sah aus dem Fenster, wie sie in das Taxi stieg, ohne noch einmal hochzublicken, und davonfuhr. Er schlug mit der Faust auf das Sims und fluchte leise. Dann verschloß er das Bier mit einem speziellen Korken, den er von seinem Großvater geerbt hatte, und stellte die Flasche zurück in den Kühlschrank. Anstatt ins Bett zu gehen, legte er sich aufs Sofa und wickelte sich in die flauschige Decke. Diese war ganz vom Duft der jungen Frau erfüllt, die sie noch eben umgeben hatte. Tief sog Milan Dragovich die Luft durch die Nasenflügel und war bald in einen unruhigen Schlaf gefallen.

Erkenntnisse am Morgen danach

Der nächste Morgen war blaßgrau, doch die Wolken standen hoch, als sich Dragovich zu Fuß auf den Weg zum Polizeipräsidium an der Büscherstraße machte. Eigentlich wäre er zuvor gern noch zur Befreiung von Geist und Körper in die ja gleich um die Ecke liegende Badeanstalt gegangen. Dann war ihm aber eingefallen, daß diese seit ein paar Jahren ja nur noch im 14tägigen Turnus an Samstagen geöffnet war. Und heute war Freitag. Auf halber Strecke hörte er die Triebwerke eines eindeutig größeren Jets, er schaute nach oben, und richtig, soeben brach ein Jumbo in den Farben einer asiatischen Luftlinie durch die Wolkendecke, offenbar im Landeanflug auf Düsseldorf. Dieses Geräusch, eine Kombination aus zurückgenommener Motorleistung und ausgefahrenen Landeklappen, kannte er so bereits seit den frühen Kindertagen. Es war eine der wenigen Sachen, die sich zumindest auf Dauer nicht verändert hatten. Allerdings auch dies nicht ohne Hintergrund. Im Effizienz- und Umweltwahn waren natürlich keine Versuche unterlassen worden, auch alle Fluggeräte vom Kleinflugzeug bis zum Langstreckenjet mit Elektromotoren auszustatten. Die Fachbehörden hatten sich indes mit der Zertifizierung schwergetan und diese schließlich nur auf großen politischen Druck vorgenommen. Immer wieder hatte es in der Folge aber Aussetzer und Beinah-Unfälle gegeben, doch erst die kurz hintereinander folgenden Abstürze eines amerikanischen und dann eines chinesischen Großraumflugzeugs mit batteriegestützten Elektromotoren hatten zu einem Umdenken geführt. Für die gesamte zivile Luftfahrt waren seitdem fossile Brennstoffe nicht nur erlaubt, sondern sogar vorgeschrieben. Über die Doppelmoral in Sachen Umwelt ließ sich ausdauernd streiten, vorausgesetzt, man fand irgendjemanden, der sich für dieses Thema überhaupt interessierte. Zuletzt, wenn er sich recht erinnerte, hatte er wohl mit der schönen Müllerin über die gesamtdeutsche Lüge der Energiewende diskutiert. Oder mit Adele Kaiser, der Ex-Versicherungsvertreterin. Wahrscheinlich doch eher mit der Müller. Jedenfalls in der Zeltstadt.

Nach irgendeinem Atomunglück in Japan Anfang der zehner Jahre hatte die Regierung den Ausstieg aus der Kernenergie beschlossen und danach den Braunkohletagebau massiv vorangetrieben. In der Lausitz und im rheinischen Western war ein Dorf nach dem anderen mitsamt Schulen und Kirchen komplett von der Bildfläche verschwunden, und dieser Prozeß setzte sich immer noch fort. Niemand außer den Betroffenen beschwerte sich, und diese wurden von den Gerichten im Interesse des höheren Ganzen regelmäßig abgebügelt. In einer merkwürdigen Allianz mit der Politik und Energiekonzernen segneten kirchliche Würdenträger bis hin zum Papst, die Vernichtung ganzer Landstriche und jahrhundertealter Gotteshäuser ab. Das Ausbleiben jedweden massiveren öffentlichen Protests, gleich um welchen Mißstand es ging, war in Deutschland seit wenigstens 20 Jahren der Normalfall geworden. In seiner frühen Jugend hatte Dragovich noch einige wenige Unverdrossene erlebt, die sich gegen die Machenschaften der Großbanken zur Wehr gesetzt hatten und daher flugs zu einer Gefährdung der demokratischen Grundordnung erklärt worden waren. Diese Grüppchen hatten sich dann auch rasch aufgelöst oder waren in völlige Bedeutungslosigkeit abgeglitten. Wenn er es sich recht überlegte, hatte er den Großteil seiner sozialkritischen Diskussionen in der jüngeren Vergangenheit mit Bewohnern der ZZZ geführt. Na, das kam ja auch nicht von ungefähr.

Als er das Kommissariat für Altenkriminalität betrat, saß Cigdem Flick so vor ihrem Tisch-EDPP, als sei sie bereits seit vielen Stunden darin vertieft. Sie erwiderte seinen Gruß knapp und ohne aufzuschauen. Doch der Hauptkommissar beschloß, dem keine Beachtung zu schenken. Er stellte die Kaffeemaschine an und warf sich in seinen Bürostuhl. »Dann wollen wir mal eins und eins zusammenzählen – ich bin überzeugt, daß sich die von dir und mir unabhängig herausgefundenen Informationen hervorragend ergänzen werden.«

Die Antwort war eisiges Schweigen.

»Anders herum, ich habe das Gefühl, daß wir heute ein gutes Stück vorwärts kommen werden.«

Wieder kam keine Reaktion.

»Soviel habe ich doch gar nicht getrunken. Bilde ich mir tatsächlich nur ein, daß sich hier im Raum eine junge dynamische Kollegin auf der Jagd nach einer vielleicht überraschenden Lösung befindet? Na, dann bringe ich mal meinen Stunner zum Check, dauert ja noch etwas, bis der Kaffee durch ist …« Er verließ das Büro ohne sie anzuschauen und begab sich in die Ausstattungs- und Technikabteilung im Keller. Deren Leiter Dan Ritter, der eigentlich mit vollem Vornamen Daniel hieß, war ursprünglich Amerikaner. Nach seinem Highschool-Abschluß, der nun auch schon 20 Jahre zurücklag, war er seinen Eltern gefolgt, die Mutter hatte eine Professur an der Technischen Hochschule in Aachen bekommen. Ihm gefiel es, daß sein vollständiger Name in beiden Sprachen und Ländern gut klang. Persönlich fühlte er sich aber mit der Kurzform des Vornamens näher an seiner amerikanischen Identität, die er auch als cooler empfand. Dan Ritter nahm die Impulswaffe mit geschultem Blick in Empfang. »Was hat das Schätzchen denn?«

»Ich hatte beim Einsatz gestern das Gefühl, als wäre irgendetwas blockiert«, log Dragovich.

»Blockiert. Also nicht ausgelöst?«

»War nur so ein Gefühl. Das Ding ist ohnehin schon ewig nicht mehr inspiziert worden.« Der Hauptkommissar versuchte, seine Nervosität mit betonter Lässigkeit zu überspielen. Was, wenn seine Waffe in jener Nacht bei Nelly ausgetauscht worden wäre?

»So, mal nachschlagen, was ich über dieses Gerät habe. Registriernummer E-45130AC-W43. Mmmh … wo haben wir das gute Stück denn?«

Dragovich wurde abwechselnd heiß und kalt.

»Da ist es ja. Genau, AC, die alte Serie. Sie wissen, daß Sie die austauschen können. Gegen die AB-Generation, die hat praktisch keine Aussetzer mehr. Idiotensicher!«

»Genau das richtige für mich. Kann ich die sofort bekommen?«

Dan Ritter kratzte sich am Hinterkopf. »Tja, im Laufe des Tages, sagen wir. Ich hol' mal den Antrag. Muß natürlich noch ein paar Checks machen, Einstellung und so. Und der Netzthal muß das noch abzeichnen. Aber der ist ja heute im Hause, ich mach' es eilig!«

Milan Dragovich dankte, obwohl es ihm nicht recht war, daß Netzthal gleich informiert werden mußte.

»Ich ruf' dann durch, wenn Sie sie abholen können«, sagte Ritter während der Hauptkommissar den Antrag ausfüllte.

»Ja, sehr gut, danke nochmals.«

Im Hinausgehen rief ihm der Ausstatter nach: »Sehe gerade, daß Sie ja schon ewig nicht mehr beim Training waren. Eigentlich dürfte ich den Austausch gar nicht befürworten …«

»Herr Ritter, Sie wissen doch, wie das manchmal ist. – Wie wäre es, wenn Sie mir heute nachmittag eine ausführliche Einführung in das neue Modell geben würden? Ich könnte meine neue Kollegin gleich mitbringen, die braucht das Training sicher noch nötiger als ich.«

Ritters Augen leuchteten auf. »Das Flick Chick? Na, da helfe ich doch gerne – beiden. Und vergessen Sie, was ich gesagt habe – natürlich befürworte ich den Antrag. Man muß ja nicht gleich alles erwähnen … gegenüber denen da oben.«

Dragovich ging nicht darauf ein, sondern sagte nur freundlich: »Ich warte dann auf Ihren Anruf!«

Als der Hauptkommissar für Altenkriminalität in sein Büro zurückkehrte, lagen auf dem Schreibtisch mehrere durchsichtige Plastiktaschen. »Hat die KTU gerade gebracht. Das sind die Klamotten, äh, ich meine, die Kleidung und Gegenstände von Michael Kraft«, ließ sich seine junge Kollegin vernehmen und klang dabei etwas weniger kratzig, als er befürchtet hatte.

»Dann schauen wir uns das doch einmal an …«

»Das geht sicher besser mit einer Tasse Kaffee. Darf ich dem Herrn Hauptkommissar denn einschenken?« Cigdem nahm die Kanne aus der Kaffeemaschine und griff zwei der danebenstehenden Becher.

»Sehr gern. Bitte schwarz!«

Sie goß zuerst ihm ein, dann sich selbst. »So, einmal schwarz und dann noch einmal schwarz! – Gemeinsamkeiten sind doch etwas Schönes!« Ihre Blicke trafen sich kurz, er sah sie offen und freundlich an, sie wich rasch aus und stützte sich mit den Armen auf seinem Schreibtisch. Dann schüttelte sie den Kopf und sagte: »Baby, Baby, Baby!«

Bei seiner Festnahme hatte der Tatverdächtige einfache schwarze Sportschuhe getragen, eine verwaschene graue Jeans mit verschiedenen kleineren Löchern und einen halblangen Mantel aus bräunlich-grünlichem Stoff. Darunter ein beigefarbenes Flanellhemd und eine leichte dunkle Weste. Im Portemonnaie befanden sich 9,48 Mark, dazu sein Personalausweis und eine gültige Sparkassen-Karte. Dazu gab es noch weitere Kreditkarten, alle mit einem Verfallsdatum, das schon mehr als acht Jahre zurücklag. Auch das ausgeblichene Foto einer Frau – Anita Cervinsky vor vielleicht 15 Jahren – und eines zweier lachender Männer mittleren Alters befanden sich in einer durch Reißverschluß abgetrennten Seitentasche. Bei dem einen Mann handelte es sich eindeutig um Kraft selbst, der andere, vollbärtig mit Sonnenbrille und einer Schlägermütze auf dem Kopf, sagte dem Ermittler nichts. In der Innentasche des Mantels steckte, fein säuberlich auf die Größe eines Briefumschlags heruntergefaltet, die vergilbte Titelseite einer Boulevard-Zeitung vom 29. November 2012. Die Schlagzeile lautete: »So glücklich sind unsere Alten wirklich! Große Studie beweist: Rentnern ging es noch nie so gut wie heute.« Darunter wurde ausgeführt, wie jung sie sich fühlten, daß sie eifrig Sport trieben, ständig auf Kreuzfahrtschiffen unterwegs seien und dergleichen mehr. Außerdem besäße jeder zweite eine Immobilie.

Seltsam, der Tatverdächtige, oder, wie ihn Dragovich ohne Anwesenheit beziehungsweise Nähe von Pressevertretern nennen konnte, der Täter, mußte diesen Artikel aufgehoben haben, als er erst 50 Jahre alt war. Offenbar hatte er schon damals geahnt, daß ihm selbst ein solches Seniorenleben einmal nicht vergönnt sein würde. Aber daß jemand einen solchen Zeitungsbericht 20 Jahre lang aufheben würde, war merkwürdig. Dragovich malte sich aus, wie der Leser jedes Mal, wenn er in bestimmten Zeitabständen die Zeitung vielleicht wegwerfen wollte, daran erinnert wurde, wie er selbst unaufhaltsam in eine persönliche Katastrophe hineinschlitterte. Vermutlich hatte sich über die Jahre, spätestens aber seit seinem sozialen Absturz ein unbändiger Haß nicht nur auf die Generation der Vorfahren entwickelt, sondern auf ein Staatswesen, daß diese Ungerechtigkeit ermöglicht und befördert hatte. Und dieser Haß suchte seit langem nach einem Ventil.

»Darf ich das Bild von Kraft und dem anderen haben?« fragte Cigdem.

»Ja, natürlich. Kannst ja mal versuchen herauszufinden wer das ist.« Dragovich schaltete das HyperBoard an der Wand ein und holte ein ScetchPad aus der Schublade. Die junge Kommissarin folgte seinem Vorbild und nahm ebenfalls ihr ScetchPad hervor. Die dort eingegeben Information wurden auf dem HyperBoard zusammengetragen und konnten später komplett an die Sendestationen zurückgespielt werden.

Milan Dragovich berichtete nun, was er von Nelly und Hugo Cabernet erfahren hatte, Cigdem Flick rekapitulierte dabei die von Anton, dem Bücherwurm erhaltenen Informationen. Offenbar gab es in der Zeltstadt zwei geheime Fraktionen. Ursprünglich wohl nur eine, von der sich die andere aber aus ideologischen Gründen abgespalten hatte. Die ›Jakobiner‹ eben. Wenn Anton, von den Jakobinern jetzt Danton genannt, nun mit den Abweichlern in Verbindung gebracht wurde oder gar an deren Spitze stand, mußte es dort ein persönliches Pendant geben. Cigdem sah fragend auf. »Wie hieß noch einmal der Hauptgegner von Danton? Also der Führer der Jakobiner?«

Geschichte war nicht die ganz große Stärke von Dragovich, doch er hatte einmal einen allerdings schon im letzten Jahrhundert entstandenen Film über die Französische Revolution gesehen, der ihm in lebhafter Erinnerung geblieben war. »Das war Robespierre!«

»Und was passierte dann genau?«

Dragovich fuhr fort: »Danton verließ mit ein paar anderen Getreuen die Jakobiner, weil er den dort eingeschlagenen Kurs als zu rigoros empfand. Und wurde daraufhin rücksichtslos und brutal von Robespierre verfolgt. Er landete bald auf dem Schafott.«

»Wir müssen also herausfinden, wer jener Robespierre in der Zeltstadt ist. Er ist mit Sicherheit auch der Anführer der Truppe, die Nelly so übel mitgespielt hat.«

Dragovich hatte sich ein Herz gefaßt und Cigdem Flick erzählt, daß Nelly ihn in ein Geheimnis einweihen wollte und in die Flözanlage gebracht habe. Er gestand ihr, daß er durch irgendwelche K.O.-Tropfen in seinem Drink bewußtlos geworden und erst am nächsten Tag im Außenbereich wach geworden sei. Er habe sich geschämt, das zuzugeben, und bitte sie auch jetzt noch um äußerste Vertraulichkeit. Nur den erotischen Teil der Geschichte verschwieg er sowie Nellys letzte Worte in jener Nacht.

»Das ganze hört sich danach an, als ob ein paar Agitanten eine Art von Aufstand in der ZZZ anzetteln wollen!«

Dragovich nickte. »Noch wissen wir nicht, wie bekannt diese Gruppen bei den Bewohnern der Zeltstadt sind, ob sie dort überhaupt einen Rückhalt haben. Die Treffen finden jedenfalls bislang im Geheimen statt.«

»Und der Ort dieser Treffen ist offenbar in der alten Bergwerksanlage, nach allem tippe ich stark auf den ominösen Sonnenschein-Flöz.«

Sowohl der erfahrene Ermittler als auch seine junge Kollegin waren voll in ihrem Element. Dies waren spannende Entdeckungen oder zumindest Mutmaßungen. Es war Cigdem Flick, die aber plötzlich fragte, inwieweit das ganze auch nur irgendwie entfernt dazu beitragen könnte, ihren eigentlichen Fall zu lösen, nämlich die schreckliche Ermordung des Stanislaus Krowka durch Michael Kraft.

Der Hauptkommissar lehnte sich zurück und nahm einen tiefen Schluck aus seiner Kaffeetasse. Nach dem Absetzen hielt er sie mit beiden Händen vor seinem Gesicht und sah über den Rand hinweg wie in eine weite Ferne. »Daß es da einen Zusammenhang gibt, scheint auf den ersten Blick unwahrscheinlich, ist aber vielleicht auch nicht völlig ausgeschlossen.« Getreu der Philosophie des Polizeipräsidiums, Verbrechen verstärkt aus der Sicht der Opfer ergründen zu wollen, wandte er sich nun diesem zu. »Stanislaus Krowka – was wissen wir über ihn?«

Die junge Kommissarin dachte nur kurz nach und antwortete: »Ein Habenichts, harmlos, der keiner Fliege etwas zu Leide tut. Also auf jeden Fall nicht aggressiv ist oder war, und einer Konfrontation wohl immer eher ausgewichen wäre.«

»Und warum diesmal nicht?«

»Weil die Attacke zu plötzlich kam, er hatte keine Chance. Jedenfalls«, sagte der Gerichtsmediziner, »gibt es keine Anzeichen einer Abwehrreaktion.«

Dragovich lächelte süffisant. »Und warum nicht?«

»Jaja, der war ja zugepumpt mit Morphin und Schlafmitteln …«

Dragovich nahm einen weiteren tiefen Schluck, Cigdem Flick tat es ihm nach. »So ganz kann ich nicht nachvollziehen, wie jemand, der dermaßen vollgedröhnt ist, daß er vielleicht nicht einmal gemerkt hat, wie er ermordet wurde, durch die Straßen spaziert und in Mülleimern wühlt!« Cigdem schüttelte verständnislos den Kopf.

Dragovich stand auf und begann im Zimmer herumzulaufen. »Da ist durchaus etwas dran, die Frage habe ich mir auch gestellt. Aber es gibt ja Zeugen, die gesehen haben, wie beide an dem Abfallbehälter standen und Krowka nach dem Angriff von Kraft zu Boden ging.« Er machte eine kleine Pause. »Ich habe übrigens nicht nur einmal, sondern mehrfach mit Leuten zu tun gehabt, die weit über zweieinhalb, manchmal über drei Promille im Blut hatten. Die haben auch nichts mehr gemerkt und waren noch unterwegs.«

Cigdem grinste: »Du meinst, sowohl im Auto als auch zu Fuß.«

Dragovich nickte. »Was wissen wir noch?«

Seine junge Kollegin schaute nachdenklich zur Decke. »Ich glaube, das war's. So im Wesentlichen.«

Der Hauptkommissar nahm wieder hinter seinem Schreibtisch Platz. »Na, eine Sache fehlt noch: Stanislaus Krowka war ein exzellenter Kenner der Schachtanlagen auf Zollverein.«

Cigdem Flick pfiff anerkennend durch die Zähne, denn daran hatte sie im Moment nicht mehr gedacht. »Stimmt – und nicht nur dieser Anlage. Er kannte ja aufgrund seiner Tätigkeit fast alle Zechen der näheren Umgebung!« Die beiden sahen einander vielsagend an.

Milan Dragovich räusperte sich. »Unter Umständen hat Stanislaus Krowka den politischen Wirrköpfen erst den Zugang in die Schachtanlage verschafft. Der geheime Tagungsort ist in jedem Fall dort.«

Cigdem nickte. »Vielleicht finden die Treffen tatsächlich im sagenumwobenen Sonnenschein-Flöz statt. Wenn jemand wußte, wo der liegt, wenn es ihn denn gibt, dann wohl Krowka.«

»Untergrund im wahrsten Sinne des Wortes. Spannend wäre jetzt zu wissen, wie sehr Krowka dort involviert war. Jakobiner? Abgefallener? Oder eventuell nur Sympathisant?«

Dragovich schaute nachdenklich drein. »Ich fürchte, darauf gibt es jetzt noch keine Antwort.«

Gerade hatte Dragovich seiner Kollegin doch von Nellys geheimnisvollen Worten »Kraft war das nicht allein ...« berichten wollen, als sie durch die Glasscheiben Hauptkommissar Thorsten Fellmich heraneilen sahen. Cigdem stieß vorsichtshalber die Tür auf, denn es hatte den Anschein, als wäre der Leiter der Mordkommission sonst ungebremst in sie hineingerannt. Im gleichen Moment hörten sie, wie unten im Hof Polizeifahrzeuge gestartet und Martinshörner eingeschaltet wurden. »Schnell, schnell, kommt mit runter! Es hat ein Tötungsdelikt in der Zeltstadt gegeben!«

Bis dahin leicht gerötet vom erhitzten Gedankenaustausch wurden Milan Dragovich und Cigdem Flick von einer Sekunde auf die andere gleichsam aschfahl.

»Wir haben keine Stunner!« rief Dragovich.

»Macht jetzt nichts, es sind ja genügend Beamte von uns und noch Kollegen von der Schutzpolizei dabei ...«

Sie rannten den Gang hinunter und über die Treppe in den Hof. Die Kommissare von der »Altenkriminalität« konnten neben Fellmich und Trenck, einem seiner Mitarbeiter von der Mordkommission, in dessen Zivilwagen einsteigen, dann ging es mit aufgesetztem Blaulicht zum Areal der ZZZ. »Weiß man schon, wer der Tote ist?«

»Die Tote. Genauer noch nicht. Nur erste Mutmaßungen.«

Dragovich fühlte, wie ihm ganz übel wurde. »Nun sag' schon, Du weißt irgendwas!«

Thorsten Fellmich starrte vor sich auf die Straße, über die sie in halsbrecherischem Tempo zwischen den E-Polizei-Einsatzwagen entlangrasten. »Ich muß hier höllisch aufpassen, wir sind doch gleich da!« Ein Funkspruch ging ein, Fellmichs Kollege nahm den digitalen Kommunikator. Die Feuerwehr sollte zur Unterstützung angefordert werden, Trenck gab das unmittelbar durch. »Warum rufen die denn nicht gleich die Zentrale an? Mmh, Drehleiter sogar ...«

Entsetzen am Förderturm

Als sie in den Ehrenhof einfuhren sah man an den bereits direkt vor dem Zentralgebäude stehenden Einsatzwagen, daß der Ort des Leichenfundes sich gleich hier befinden mußte. Der einzige Hubschrauber der Essener Polizei knatterte heran und flog einen engen Kreis über dem Doppelbock-Turm. Alle Insassen in Fellmichs E-Auto schauten nach oben und gewahrten zu ihrem Entsetzen einen menschlichen Körper, der an der Stahlkonstruktion direkt unterhalb der gigantischen Förderräder hing. Die Leiche war genau mittig plaziert. »So hat sich wohl niemand selbst aufgehängt«, kommentierte Trenck den Anblick. Nur mit Mühe kamen sie angesichts der zusammengeströmten Menschenmenge vorwärts, stellten den Wagen schließlich in gut 30 Metern vor dem Gebäude ab und stiegen aus. Aus einem Polizeilautsprecher erscholl die Aufforderung, eine Gasse für das herannahende Drehleiter-Fahrzeug der Feuerwehr freizumachen. Dragovich wagte kaum nach oben zu schauen, er preßte seine Lippen mit Daumen und Fingerspitzen zusammen, als er es schließlich doch tat. Zuerst konnte er nicht viel sehen, nur daß der Körper des Opfers in einem weißen Overall steckte, wie ihn Mitarbeiter der KTU trugen. »Komisch, die hängt gar nicht mit dem Hals am Seil«, wunderte sich Trenck, der ein kleines Fernglas aus der Tasche gezogen hatte und dadurch nach oben sah.

Sein Chef Fellmich war geradewegs zu seinen Kollegen am Fuß des Hauptgebäudes gegangen. »Sieht aus, wie unter den Achseln durchgezogen …«

Weiter kam er nicht, mit einem barschen »Gib' mal her!« riß ihm Dragovich das Binocular aus der Hand. Im Hochschauen stellte er es scharf, murmelte dabei: »Nein, nicht … bitte nicht!« Dann ließ er es sinken. »Ich habe es gewußt …« sagte er tonlos.

»Was ist mit dir?« rief Cigdem Flick, die sah, wie ihr älterer Kollege kreidebleich wurde und anfing zu schwanken. Sie griff ihn am Arm, nahm ihm das Fernglas ab und reichte es zurück.

Trenck nahm es etwas verdutzt in Empfang. »Na, Sie haben doch schon ganz anderes gesehen. Wenn ich da neulich an die Geschichte am Müllbehälter in der Hollestraße denke …«

»Ach, halten Sie doch die Klappe!« fuhr ihn Dragovich an. »Sie haben doch gar keine Ahnung!«

»Aha, verstehe. Sie haben die Tote gekannt, nicht wahr? Trotzdem sollten Sie sich unter Kollegen um eine etwas andere Wortwahl bemühen!«

Der Hauptkommissar für Altenkriminalität antwortete nicht, zog seinen Arm von Cigdem zurück und wischte sich mit dem Handrücken über den Mund. Trenck entfernte sich, dabei mißmutig durch die Zähne zischend.

»Stimmt das?« wollte Cigdem anteilnehmend wissen.

Milan Dragovich faßte sich. »Ja, es stimmt. Die Ermordete ist die – die dicke Nelly.«

»Scheiße!« entfuhr es Cigdem. Sie sah die große Betroffenheit in den Augen ihres Kollegen, nahm ihn kurz in den Arm und drückte ihn.

Er ließ den tröstlichen Zuspruch geschehen.

Mittlerweile war das Drehleiter-Fahrzeug mit seinem ohrenbetäubenden Martinshorn eingetroffen und bahnte sich, begleitet vom Hupen des Fahrers, seinen Weg zu einer Position, von der aus die Leiter in Stellung gebracht werden konnte. Dragovich folgte Cigdem Flick zum Feuerwehr-Fahrzeug, wo sie wieder auf Fellmich und Trenck stießen, die zusammen mit den Kollegen von der Schutzpolizei herbeigeeilt waren. Die Feuerwehrleute sprangen aus dem Führerhaus und stabilisierten zunächst das Fahrzeug mit den dafür vorgesehenen Auslegern, währenddessen sich die Mitarbeiter der KTU schon einmal bereithielten. Wieder knatterte der Essener Polizeihubschrauber heran und umkreiste dreimal den Doppelbock-Turm bevor er wieder in die gleiche Richtung zurückflog, aus der er gekommen war. Vermutlich würde sich dieses Spiel jetzt mit einer gewissen Regelmäßigkeit wiederholen. Auch ein anderer Helikopter war auf der Szene erschienen, allerdings deutlich leiser und insgesamt moderner wirkend. Batteriebetrieben war natürlich auch er nicht, der Elektroantrieb war sogar noch vor dem Entscheid für Tragflächen-Maschinen für alle Rotor-Fluggeräte strikt verboten worden. Hier waren nämlich schon die ersten Testversuche desaströs gewesen. Der andere Helikopter flog in größerer Höhe als der

der Polizei, hatte den Förderturm über Schacht 12 zweimal umkreist und schwebte jetzt wie in einer fixen Position über dem Ehrenhof. Auf dem roten Lack prangten in leuchtendem Gelb die Buchstaben »CCTV-D«, es handelte sich also um ein Team der deutschen Division des chinesischen Zentralfernsehens.

»Du hast gewußt, daß es Nelly war!« sagte Dragovich zu Fellmich so, daß es keiner der Umstehenden hören konnte.

»Also so genau nicht«, versuchte der Leiter der Mordkommission abzuwiegeln. »Einer der Beamten vor Ort hat nur gesagt, es könne sein, daß es sich um die dicke Nelly handele.«

Dragovich ließ es gut sein, er wollte sich darüber nicht mit dem befreundeten Kollegen anlegen. Wahrscheinlich hatte Thorsten Fellmich ihn aus irgendeinem Grund nur schonen wollen. »Weiß man schon Näheres über den Tathergang?«

»Im Augenblick tappen wir noch völlig im Dunkeln. Einer unserer Leute ist von innen aufs Dach, eine nicht ganz einfache, ja etwas gefährliche Angelegenheit. Es scheint sehr viel Blut am Halsbereich zu geben, viel mehr konnte er nicht sagen.« Die Drehleiter war inzwischen in Stellung gebracht und wurde langsam ausgefahren. Der Feuerwehrchef rief, daß zunächst nur zwei Feuerwehrleute und maximal drei Kripo-Beamte nach oben sollten. Dragovich und Fellmich traten vor, letzterer winkte dazu den Leiter der KTU heran.

Von den Polizisten betrat der KTU-Mann als erster das Dach. Er machte einige Fotos vom Mordopfer und vom Boden der unmittelbaren Umgebung, in dessen einer Gartenerde ähnlichem braun-schwarzen Belag sich Fußspuren eigentlich sehr gut hätten erhalten müssen. Sie waren jedoch mit etwas verwischt worden. Der Forensiker winkte Dragovich und Fellmich heran, die beiden standen einen Moment still, und es war keine Frage, wer von beiden mit größerer Betroffenheit zur Leiche heraufschaute. »Können wir sie herunternehmen?« fragte Dragovich und mußte sich bemühen, daß seine Stimme nicht brach. Der KTU-Beamte nickte, und die Feuerwehrleute machten sich an die Arbeit. Die Prozedur war nicht ganz einfach, mehrmals mußte die Drehleiter umjustiert werden. »Den Körper dann bitte hier ablegen!« Es wurde eine Stelle ein wenig abseits angewiesen, an der das Auffinden von Spuren weniger wahrscheinlich schien. Hier durchtrennten die Feuerwehrmänner mit einer Drahtschere das von den Tätern benutzte Seil. Vorsichtig lockerte der Forensiker die Kapuze des Overalls und schob sie hinter den Kopf der Getöteten zurück. Dann strich er deren wallende Haare behutsam zur Seite und zog den Reißverschluß über der Brust herunter. An der linken Halshälfte klaffte vom Ohr bis zum Kehlkopf ein tiefer diagonaler Schnitt. Alles war voller Blut, das unter den Overall gelaufene war noch flüssig. Der Oberkörper der Toten war mit einem T-Shirt bekleidet, dessen Farbe aufgrund der Durchtränkung nicht mehr wirklich erkennbar war. Dragovich schlug die Hände vors Gesicht und heulte auf wie ein waidwundes Tier. Dann stand er auf, wankte ein paar Schritte vor und mußte sich erbrechen. Fellmich folgte ihm und reichte ihm ein Papiertaschentuch. »Tja, das ist schon harter Tobak. Die arme Nelly!«

Milan Dragovich wischte sich den Mund ab, bat um ein weiteres Taschentuch und schneuzte sich. »Das ist alles nur meine Schuld«, flüsterte er.

Fellmich zog die rechte Augenbraue hoch, sagte aber nichts. Der Freund würde noch später Gelegenheit haben, sich zu erklären. »Komm', wir gehen wieder runter und überlassen den Experten das Feld!« Sie gingen auf die Drehleiter zu. »Nicht mehr hinschauen!« befahl Fellmich.

Dragovich blieb dennoch einmal kurz stehen und sah in Nellys Gesicht. Die Augen starrten klar in den Himmel, die so sinnlichen Lippen waren leicht geöffnet.

»Hey!« rief der befreundete Kollege von der Mordkommission, doch er konnte nicht verhindern, daß sich Dragovich neben den Kopf der Toten kniete, und nachdem der KTU-Beamte auf seinen fragenden Blick mit einem leichten Nicken geantwortet hatte, ihr die Augen und den Mund schloß. Sich dazu zwingend, an der entsetzlichen Wunde an ihrem Hals vorbeizusehen, beugte er sich herunter und küßte sie auf die eiskalten Lippen. »Entschuldigung, es tut mir so leid …« hauchte er in ihr rechtes Ohr.

Dann richtete er sich auf und ergriff die Hand des Feuerwehrmanns auf der Drehleiter, der ihn beim Besteigen half. Fellmich folgte ihm. Unten angekommen wurden sie von Kripochef Netzthal empfangen. »Was ist das denn nun für eine Sache?« rief er kopfschüttelnd, während hinter ihnen weitere Beamte der KTU die Drehleiter erklommen und nach oben stiegen.

»Ein ganz übler Mord!« erwiderte Thorsten Fellmich. »Und wenn Sie mich fragen, mehr als das. Hier sollte meiner Meinung nach ein Exempel statuiert werden. Die Leiche der Frau ist absichtlich so der Öffentlichkeit präsentiert worden. Jeder in der Zeltstadt sollte sie dort sehen.«

»Und warum?« fragte Netzthal.

»Das wissen wir noch nicht, werden es aber sehr bald herausfinden.«

»Wie gehen Sie jetzt vor?«

»Einige meiner Beamten sind bereits im Zechengebäude unterwegs. Der Zugang zum Dach ist abgeriegelt. Überall wo wir Anhaltspunkte finden, die mit dem Geschehen in Zusammenhang stehen könnten, beobachten wir genau und schlagen im richtigen Moment zu.«

»Ihnen wird nichts anderes übrig bleiben, als im großen Stil Befragungen durchzuführen. Eigentlich müßte das ganze Gelände durchkämmt werden.«

Fellmich sagte nichts, trat stattdessen einen Schritt zurück und drehte dann langsam seinen Kopf in einem Halbkreis über den zu seiner Rechten liegenden Teil der ZZZ. Netzthal runzelte die Stirn, folgte dann aber dem Beispiel seines Kriminalhauptkommissars. Allein in diesem Sektor standen fast 2.000 Zelte.

Die Suche nach Beweismitteln verlief jedoch insofern erfolgreich, als Angehörige der KTU auf dem Dach des Zentralgebäudes ein Schlachtermesser fanden, das schnell eindeutig als Tatwaffe identifiziert werden konnte. Man hatte auch Taschen aus grobem Kunststoffmaterial entdeckt, die zum Verwischen der Spuren im Bodenbelag benutzt worden waren. Blutflecke deuteten darauf hin, daß Nelly vermutlich erst auf dem Dach getötet worden war. Ihren Körper mit einem Seil an der Stahltraverse hochzuziehen und zu befestigen bedeutete einen großen Kraftaufwand, man ging daher von wenigstens zwei Tätern aus, vermutlich seien es aber mehr gewesen. Weitere Beweismittel konnten zunächst nicht sichergestellt werden, die Spurensicherung war jedoch eifrig bemüht, frische Fingerabdrücke ausfindig zu machen und zu erfassen. Leichter wurde dies durch den einsetzenden starken Regen nicht. Während die Leiche über die Drehleiter nach unten transportiert und auf den Weg zur Gerichtsmedizin gebracht wurde, konzentrierten sich die KTU-Mitarbeiter auf den Zugang zum Dach. Erste Befragungen von Bewohnern der ZZZ durch die Kripo und die Schutzpolizei waren völlig ergebnislos verlaufen. Man war auf eine Mauer des Schweigens gestoßen. Der allgemeine Eindruck war, daß die Menschen in der Zeltstadt entweder aus einer generell ablehnenden Haltung gegenüber allen Behörden nichts sagen wollten, oder sich aus Angst nicht äußerten. Wie ein Lauffeuer hatte sich die Nachricht verbreitet, daß es sich bei der Ermordeten um die dicke Nelly handelte. Und diese war eine weithin bekannte Persönlichkeit. Vermutlich wußte man, oder es hatte sich in jüngster Zeit herumgesprochen, daß die Prostituierte auch einem Gespräch mit einem Polizisten, so freundlich und oberflächlich es auch sein mochte, nicht aus dem Weg gegangen war. Selbst die Einfachsten begriffen, daß das Aufhängen ihrer Leiche am Gerüst unter dem Förderturm eine bewußte öffentliche Präsentation war. Was anderes konnte die Absicht sein als Abschreckung und Warnung?

Selbstvorwürfe

Auf der Rückfahrt zum Präsidium hatte Fellmich Dragovich gefragt, ob dieser in der Lage sei, unmittelbar für die weitere Ermittlungsarbeit zur Verfügung zu stehen. »Wir machen natürlich weiter«, sagte er und schloß damit Cigdem Flick wieder ein, die sich etwas abseits gefühlt hatte. Man begab sich in das Büro des Kriminalhauptkommissars, der von seiner Assistentin erst einmal einen heißen Kaffee bringen ließ. Milan Dragovich meinte, er müsse zunächst sein Verhalten auf dem Dach des Zentralgebäudes der Zeche Zollverein erklären. Er legte dar, wie Nelly ihm gerade in der jüngeren Vergangenheit wichtige Informationen gegeben habe, zuletzt noch am Vorabend. Da sei bereits davon auszugehen gewesen, daß sie deswegen Repressalien ausgesetzt gewesen wäre. Eindeutig habe sie jedenfalls Spuren einer gewissen Mißhandlung getragen. Gleichwohl habe sie ihm noch weitere Informationen gegeben. Es mochte gut möglich sein, daß gewisse Kreise sie deshalb als Verräterin gesehen und sich an ihr rächen wollten. Ob es keine Möglichkeit gegeben hätte, sie zu schützen, wollte Fellmich wissen. Darüber habe er auch nachgedacht, er wollte ihr sogar seinen persönlichen Schutz anbieten. Doch das hätte die Lage für sie unter Umständen noch auswegsloser gemacht, auch ihrer eigenen Ansicht nach. Außerdem habe es dann den Notruf seiner Kollegin gegeben, der er sofort hätte beistehen müssen. Dies sei ja bekannt. Nun, ihn träfe ja wohl keine Schuld, meinte der Leiter der Mordkommission. Er sei sich da nicht so sicher, entgegnete Dragovich. Jedenfalls fühle er sich schuldig an Nellys Tod.

Cigdem warf ihm einen besorgten Blick zu und meinte zu Fellmich, es wäre vielleicht gut, wenn sie sich zuerst noch einmal etwas sammeln könnten. Sie würden in ihrem Büro die von ihnen bislang gemachten Beobachtungen mit Hilfe ihres HyperBoards zusammenführen, Fellmich solle doch in einer halben Stunde dazustoßen, dann könne man alle Erkenntnisse gemeinsam auswerten.

Zurück im Kommissariat für Altenkriminalität dankte ihr Dragovich und ließ sich an seinem Arbeitsplatz in den Schreibtischstuhl fallen, die Arme sanken an beiden Seiten kraftlos herab. Er war immer noch bleich, völlig unpassenderweise mußte er an den Tatort-Kanal denken, oder richtiger an die dort gelegentlich ausgestrahlten Episoden aus den siebziger Jahren des letzten Jahrhunderts. In emotional belastenden Situationen wurde seinerzeit flugs die Cognac-Flasche aus dem Schreibtisch geholt und munter eingegossen, dazu paffte man an Zigarren, Pfeifen oder Zigaretten. Das seit Ewigkeiten bestehende Rauchverbot in öffentlichen Gebäuden störte ihn als Nichtraucher nicht, aber ein hochprozentiges Getränk wäre jetzt sicher das richtige gewesen. Alkohol im Dienst beziehungsweise die berühmte Flasche im Schrank wäre in heutigen Zeiten eine direkte Bitte um Entlassung. Mit Glück bekäme man noch eine Chance auf Verbleib im Dienst durch eine angeordnete Entziehungskur, um die Karriere wäre es jedoch geschehen.

Cigdem Flick sah, daß der ältere Kollege praktisch handlungsunfähig war und ergriff die Initiative. Sie berührte ihr ScetchPad und befreite damit das HyperBoard an der Wand aus dem Schlafmodus. Eigentlich hatte sie Worte des Trostes für ihren Kollegen finden wollen, doch es war ihr nichts eingefallen. Sprüche wie »Das wird schon wieder!« oder »Kopf hoch!« wären völlig unangebracht gewesen. »Das tut mir wirklich sehr, sehr leid um Nelly. Wir werden diejenigen finden, die das getan haben und ihrer Strafe zuführen!« sagte sie schließlich. Dragovich starrte vor sich hin, deutete aber ein Nicken an.

»Also zählen wir noch mal zusammen, was wir jetzt haben: Da ist zunächst einmal die Ermordung von Stanislaus Krowka durch Michael Kraft. Kraft ist bislang unbescholten, aber zunehmend verbittert über seinen Absturz und über die Gesellschaft insgesamt. Sein Opfer Krowka ein friedliebender Habenichts, der allerdings zum Zeitpunkt der Attacke auf ihn derart intoxiniert war, daß er vermutlich gar nichts gespürt hat.«

Dragovich bewegte sich schwerfällig in seinem Sessel, sein Einwurf kam in gleicher Weise gedehnt: »Bislang haben wir gedacht, daß Krowka ein reines Zufallsopfer war. Zur falschen Zeit am falschen Ort. Aber vielleicht stimmt das gar nicht …«

Cigdem fuhr fort. »In der Zeltstadt stoßen wir zunächst auf eine Mauer des Schweigens. Niemand will Kraft näher gekannt haben, sein ehemaliger Kollege hatte und hat nichts mit ihm zu schaffen.«

Der Hauptkommissar löste sich langsam aus seiner Erstarrung. »Zu Krowka wird bestätigt, daß er einem Konflikt regelmäßig aus dem Weg gehen würde. Aber wir erfahren, und jetzt kommt's, daß er offenbar eine einmalige Kenntnis der gesamten Schachtsysteme in Essen und der näheren Umgebung hatte. Aus gleich verschiedenen Quellen – vom alten Bücherwurm Anton und von Hugo Cabernet, von Nelly irgendwie bestätigt, aber dazu kommen wir später noch einmal, wissen wir, daß es zwei bislang mehr oder weniger geheime Fraktionen in der ZZZ gibt.«

»Eigentlich eine, von der sich wegen ihres zunehmend aggressiven Kurses aber eine andere, gemäßigtere, abgespalten hat.«

»Anton oder Danton könnte der Führer der Gemäßigten sein oder jedenfalls einer ihrer wichtigen Vertreter. Demgegenüber steht bei den Falken ein Robespierre-Typ. Wer das ist, wissen wir noch nicht. Aber er scheint auf jeden Fall auch der Anführer des Mobs zu sein, der Nelly mißhandelt hat nachdem sie dich in den geheimen Stollen gebracht hatte.«

Abwechselnd schrieben sie die Kerninfos auf ihre ScetchPads, die Schrift erschien sogleich typographisch umgewandelt auf dem HyperBoard.

»Was diese im Geheimen, im wahrsten Sinne des Wortes im Untergrund tagenden Gruppen politisch vorhaben, entzieht sich noch völlig unserer Kenntnis. Zumindest was die Radikalen angeht habe ich kein gutes Gefühl. Irgendwo hört sich das ein bißchen nach Revolte an.« Sowohl Cigdem Flick als auch ihr älterer Kollege mußten an die vereinzelten von Alten ausgeführten Attentate im Land denken, zum Glück war

Essen bislang nur einmal betroffen gewesen, und das lag nun schon einige Jahre zurück. Sie versuchten angestrengt, zum nächsten Gedanken zu kommen. Dann räusperte sich Cigdem. »Das hört sich jetzt völlig daneben an, und bitte sei mir nicht böse, wenn ich das jetzt so sage, aber Du hast dich ja vorhin in der gleichen Richtung geäußert: Nelly mußte wahrscheinlich sterben, weil sie dir den Weg in den geheimen Stollen gezeigt hat.«

Plötzlich brach es aus Milan Dragovich heraus. »Warum habe ich die Kollegen nicht sofort dorthin geschickt? Wir müssen sofort ein massives Polizeiaufgebot darunterbringen, am besten eine ganze Hundertschaft, SEK-Kräfte! Die Flöze sollten sofort gestürmt werden!« Er konnte sich gar nicht beruhigen, Fellmich und vor allem Netzthal nicht dazu veranlaßt zu haben, als sie vor Ort waren. Der Schock und der Schmerz über die brutale Ermordung Nellys, der er näher stand, als alle anderen bislang vermuteten, hatte ihn vor Ort übermannt und seinen Verstand vernebelt.

»Jetzt beruhige dich, wenn wir gleich mit Fellmich sprechen, kann dies ja unmittelbar eingeleitet werden.«

»Ach was, die Mörder werden längst über alle Berge sein, oder eher, über alle Stollen! – Und ich höre seelenruhig zu, als man plant, normale Befragungen der Umstehenden vorzunehmen!«

»Na, ich glaube nicht, daß das sofort etwas gebracht hätte. Für die Täter gab es ausreichend Gelegenheit zu verschwinden. Eine direkte Aktion wäre also gar nicht so gut. Wenn jetzt etwas Zeit verstreicht, könnten sich sowohl die möglichen Mörder als auch die ganze Gruppe der Jakobiner, aus deren Mitte sie vielleicht stammen, in Sicherheit wiegen. Bei einer späteren Erstürmung hätten wir dann den Überraschungseffekt auf unserer Seite.«

»Aber die wissen doch, daß ich von den Stollen weiß!« rief Dragovich.

»Aber wenn erstmal nichts passiert, könnten sie denken, daß Du entweder aus Angst vor dienstlichen Konsequenzen schweigst, oder aber so bedröhnt warst, daß Du dich gar nicht mehr an deinen Aufenthalt dort erinnern kannst.« Cigdem spürte instinktiv, daß ihr Kollege in seinem erregten Zustand vielleicht noch ein wertvolles Detail erinnern oder einen wichtigen Schluß ziehen würde. »Denk' nach, fällt dir noch irgendetwas ein? Die seltsamen Weingut- und Winzervergleiche, die Cabernet da angestellt hat? Oder irgendetwas Merkwürdiges, Auffälliges in der Darstellung von Nelly, als sie das letzte Mal mit dir sprach?«

Milan Dragovich stand auf, nahm die Kaffeekanne aus der Maschine und goß beiden nach. »Also, das wollte ich dir gerade gesagt haben, als Fellmich in unser Büro stürmte. Bevor ich im Stollen, in den mich Nelly geführt hatte, plötzlich bewußtlos wurde, hatte sie mir nämlich ins Ohr geflüstert: ›Kraft war das nicht allein‹.«

Cigdem zog eine Augenbraue hoch. »Hast Du das schon Fellmich gesagt? Wenn das wirklich stimmt, wird alles in eine völlig neue Perspektive gerückt!«

Der Hauptkommissar schwieg einen Moment. »Nun, ich wollte zunächst herausfinden, ob dies überhaupt möglich sein könnte. Andererseits hatte ich sofort das Gefühl, daß Nelly dies nicht einfach so dahingesagt hatte. So unvorstellbar es sich anhörte, schien vielleicht wirklich etwas dran zu sein. Aber irgendetwas brauchte ich doch, um Nellys These zu untermauern.«

Draußen regnete es wieder stärker, der Wind ließ die Tropfen derart an die Scheiben klatschen, daß man dachte, irgendjemand würde einen Gartenschlauch dagegenhalten.

»Die Sache wird immer spannender! Aber wie und warum hätten auch noch andere Interesse an der Ermordung Krowkas gehabt, wo schon die Tat von Kraft allein nicht nachvollziehbar ist?«

Milan Dragovich betrachtete seine Kollegin mit leicht zusammengekniffenen Augen. Er bemerkte ihre innere Aufregung und wie sie gleichzeitig bemüht war, nach außen kontrolliert zu erscheinen. Irgendwie mochte er das. »Die Tat von

Kraft ist vor allem deshalb nicht nachvollziehbar, weil sie so bestialisch wirkt. Aber mir fällt gerade noch etwas völlig anderes ein. Du hast ja eben nach Hugo Cabernet und seinen Weingut-Parabeln gefragt. Im unterirdischen Keller gäre es, dort reife der harmlose Traubensaft zu einem Wein mit kräftigen Volumenprozenten, das ist ja wohl klar, was das heißt. Ich erinnere mich dazu, daß er den Namen des Oberwinzers erwähnte. Das muß doch zweifellos einen Grund gehabt haben.«

»Mit Sicherheit, das war bestimmt total wichtig!« rief Cigdem.

»Warte, warte, das fällt mir gleich wieder ein ... Also, Cabernet sagte selbst, daß der Name deutsch klänge. Mmh, deutsch ...«

»Konzentrier’ dich bitte!« flehte sie.

»Burgmer oder so«, rätselte er. »Nein, jetzt hab’ ich’s: Borgner, oder Borger. Nein, eher Borgner«.

Fieberhaft tippte Cigdem den Namen in die aktivierte Suchfunktion ihres ScetchPads. »Mist! Ich finde nur alle möglichen Geschäftsleute oder Unternehmen, die unter diesem Namen firmieren.«

Dragovich ballte die linke Hand zur Faust und schlug ein paarmal langsam auf den Schreibtisch. »Es muß eine Bedeutung haben! Wenn Hugo Cabernet mit seinen ganzen Beispielen etwas anderes meint als er sagt, dann trifft das vielleicht auch auf den Namen ›Borgner‹ zu. Er mußte ja damit rechnen, eventuell belauscht zu werden und deshalb extrem vorsichtig, verklausuliert eben, sprechen.«

»Also bedeutet der Hinweis, daß der Name deutsch klänge, das Wort gerade nicht in unserer Sprache zu suchen!«

»Richtig. Sondern eher in seiner eigenen. Und vermutlich nicht einmal als Nomen.«

Während er sprach, machte Cigdem auf Übersetzungs-Webseiten Anfragen nach der französischen Bedeutung. Plötzlich stockte sie und riß die Augen weit auf. »Das gibt es doch nicht!« entfuhr es ihr dann in einem regelrechten Aufschrei. »Ich hab’ es: ›borgne‹ heißt ›einäugig‹!« Und triumphierend setzte sie fort: »Mit Borgner ist also ein Einäugiger gemeint!«

Milan Dragovich schlug sich mit der flachen Hand vor die Stirn. »Ich faß' es nicht: Unser Robespierre ... ist der einäugige Lahrmann!«

Plötzlich klopfte es an der Tür, die, ohne daß man ein »Herein« abgewartet hätte, im nächsten Moment aufgerissen wurde. Die beiden Ermittler für Altenkriminalität schreckten hoch. So vertieft waren sie gewesen, daß sie das Herannahen von Thorsten Fellmich nicht bemerkt hatten.

»Tut mir leid, habe mich ein bißchen verspätet!«

»Schon okay, Thorsten. Paß' auf, es gibt eine sensationelle Entwicklung!« Atemlos berichteten Milan Dragovich und Cigdem Flick von ihren jüngsten Beobachtungen, führten alle bisherigen Erkenntnisse zusammen und präsentierten die Schlüsse, die sie daraus zogen.

Aufmerksam folgte der Leiter der Mordkommission den Ausführungen der beiden. »Das ist ja in der Tat ungeheuerlich«, kommentierte er, als sie geendet hatten. »Wenn das wirklich stimmt, haben wir es mit etwas viel Größerem zu tun als wir bislang angenommen haben.« Er gab der jungen Kommissarin Recht, daß es nicht sinnvoll gewesen wäre, den Stollen sofort zu stürmen. Zunächst einmal sei ja gar kein SEK-Kommando vor Ort gewesen, so etwas müsse man bekanntlich erst einmal zusammenstellen. Für beides brauche man auch grünes Licht vom Staatsanwalt, und natürlich müsse der Polizeipräsident involviert sein. Den oder die Mörder Nellys hätte man mit einiger Sicherheit da unten nicht gestellt. In der weitverzweigten Schachtanlage, sofern sie sich dort überhaupt aufgehalten hätten, bestünden für den Kundigen unendliche Möglichkeiten des Verschwindens oder Versteckens. Niemand wisse zudem, wie groß die Gruppe der Verschwörer sei und welchen Rückhalt sie bei den Bewohnern der ZZZ habe. Auch könne man hinsichtlich der Schärfe der Differenzen zwischen den Jakobinern und den Dantonisten nur Mutmaßungen anstellen. Bei einer Konfrontation mit den Behörden stünden die beiden Fraktionen unter Umständen doch zusammen. Auch habe man keine Ahnung, ob die Revoluzzer sich nur die Köpfe heiß redeten, oder unter Umständen bewaffnet seien. In jedem Falle wären die Konsequenzen eines plötzlichen Vordringens von Polizeikräften in der Schachtanlage nicht abzusehen. Man wisse nicht, was einen dort erwarten würde, die ganze Sache könnte übel nach hinten losgehen. »Solange wir nichts unternehmen, dürften sich die Verschwörer in puncto Stollensystem hoffentlich in Sicherheit wiegen. Man wird vermuten, daß Du dich wegen der K.O.-Tropfen an nichts erinnern kannst. Ob Anton oder Danton sich unabhängig davon noch daran wird erinnern können, was er unserer jungen Kollegin erzählt hat, sei dahingestellt. Offenbar hatte er an dem Abend ja auch schon ordentlich einen geladen.«

Cigdem Flick nickte.

Dragovich mußte zugeben, daß sein Kollege von der Mordkommission Recht hatte. Ein sofortiges Vorstürmen in der Schachtanlage wäre sicher nicht zielführend gewesen. Er atmete auf, doch keinen kardinalen Fehler begangen zu haben.

Dr. Krakauers Institut für Rechtsmedizin

Fellmichs Taschen-EDPP klingelte, es war Dr. Benjamin Krakauer. Er bat die Kommissare, möglichst unverzüglich in das Institut für Rechtsmedizin zu kommen. Am liebsten hätte Milan Dragovich wie so oft seinem befreundeten Kollegen das Feld hier allein überlassen, doch da Cigdem Flick bereits ihre Jacke anzog, konnte er nicht zurückbleiben. Er mochte den seltsamen Gerichtsmediziner nicht, die ganze Atmosphäre in der Pathologie wirkte dazu abstoßend und erdrückend auf ihn. Wenig verwunderlich, wie er fand. Nun aber mußte er sich ein Stück weit vor der jungen Kollegin beweisen, wenngleich ihm die Aufgabe wegen seiner persönlichen Betroffenheit diesmal schwerer fiel denn je. Nicht nur wegen des starken Regens war gar nicht daran gedacht worden, zu Fuß zu gehen. Zum zweiten Mal an diesem Tag nahm Fellmich seine Kollegen vom Kommissariat für Altenkriminalität in seinem E-Auto mit. Zuvor hatte er noch versucht, Netzthal zu erreichen. Doch der Polizeipräsident hatte ein Treffen mit dem Oberbürgermeister der Stadt Essen, so daß mit dem Vorzimmer ein Termin am späten Nachmittag vereinbart wurde.

Auf der Fahrt versuchte Dragovich noch einmal zu rekapitulieren, was Nelly ihm zuletzt gesagt hatte. Auf einmal rief er: »Lahrmann ist nicht nur der Anführer der Jakobiner, er war auch definitiv der Kopf der Gruppe, die Nelly vergewaltigt und geschlagen hat, nachdem ich bewußtlos geworden war!« Ihm war nämlich plötzlich in den Sinn gekommen, daß der Wortführer jener Männer laut Aussage der ermordeten Prostituierten seine Wollmütze auffällig schief über das Gesicht gezogen hatte. Und zwar so, daß eines der Augenlöcher eigentlich an der falschen Stelle saß, zu hoch eben. So etwas konnte nur einem Einäugigen passieren.

Dr. Krakauer kam ihnen auf dem Flur entgegen, nachdem er von seinem Sekretariat über ihre Ankunft informiert worden war. Er empfing sie mit geschäftsmäßiger Freundlichkeit und eilte dann voraus zu den Untersuchungsräumen, der offene Kittel wehte gleichsam hinter ihm her. In seinem Reich angekommen, nahm er noch schnell einen Schluck Milchkaffee aus einem breiten Reagenzglas, welches er dann so wuchtig auf die Seitenanrichte setzte, daß die Flüssigkeit herausschwappte. Der Gerichtsmediziner kümmerte sich indes nicht darum und wandte sich zwei fahrbaren Metalltischen zu, die er nebeneinander in die Mitte des Raumes geschoben hatte. Thorsten Fellmich folgte ihm, Milan Dragovich hielt sich ein wenig zurück und machte auch eine Geste in Richtung Cigdem Flick, seinem Beispiel zu folgen. Auf jedem der Tische lag offenbar ein menschlicher Körper, noch abgedeckt mit einem grünen Tuch. »Ja, der linke kommt aus dem Kühlschrank, das ist der gute Krowka!« Der Gerichtsmediziner drehte sich zu der jungen Kommissarin und konnte dabei ein Grinsen kaum unterdrücken. »Nun, Frau … äh …«

»Frau Flick«, half diese nach.

»Also, Frau Flick, in Ihrem Job muß man sich natürlich auch sowas ansehen. Aber das müssen Sie schon selbst wissen, ob Sie sich das zumuten wollen.«

Die Kommissarin schluckte. »Die Fotos habe ich mir schon genau angeschaut …«

Die Augen Krakauers huschten belustigt hin und her. »Jaja, Fotos … ist aber schon ein Unterschied, wenn man das dann direkt sieht!« Dr. Krakauer schlug zunächst das Tuch über dem linken Körper bis zur Hälfte zurück, dann über dem rechten. »Und hier haben wir den Neuzugang von heute. – Meine Dame, meine Herren, darf ich Sie auf einen außergewöhnlichen Umstand hinweisen?«

Milan Dragovich spürte, wie Zornesröte in ihm aufstieg. »Sie sollten nicht so despektierlich über die Toten reden, die Ihnen hier anvertraut sind. Es handelt sich immerhin um Menschen, die Opfer von schrecklichen Verbrechen geworden sind!« Er trat zwei Schritte vor, und da er einen leichten Schwindel bemerkte, stützte er sich mit der linken Hand am Ende des Tisches ab, auf dem Nellys Leichnam lag.

»Schon gut, schon gut, was ist denn heute mit Ihnen los? Sonst sind Sie doch auch schon mal einem flapsigen Spruch nicht abgeneigt. Wie soll ich das denn mit all den Toten hier unten sonst aushalten?«

Dragovich wollte die Lage nicht eskalieren lassen und schwieg.

Dr. Krakauer sah ihn mißmutig an, dann lockerte sich seine Miene etwas. »Aha, verstehe, Sie kannten die Verstorbene wohl?«

»Das ist vollkommen richtig«, entgegnete der Hauptkommissar tonlos.

»Also, was wollen Sie uns zeigen?« beendete Thorsten Fellmich die Friktion.

»Schauen Sie, die Schnitte verlaufen in ganz ähnlicher Form, nahezu identisch. Beide an der rechten Halsseite, praktisch vom Ohr schräg herunter bis zum Kehlkopf. Nur daß der Schnitt bei der Frau mit dem Schlachtermesser sauberer und tiefer ist als der bei Herrn Krowka. Der Schnitt dort ist unregelmäßig und unsauber, der Täter hat ja hier statt eines Messers auch eine abgebrochene Bierflasche benutzt.«

Cigdem Flick, die bislang hinter den beiden männlichen Kommissaren gestanden hatte, wagte sich nun beherzt zwischen ihnen nach vorn. Mit halb zugekniffenen Augen sah sie auf die klaffende Wunde in Nellys Hals und merkte schon hier, wie sie von einer gewissen Übelkeit befallen wurde. »Geschächtet ...« flüsterte sie. Dann wandte sie den Kopf vorsichtig zu den sterblichen Überresten von Stanislaus Krowka. Leider hatte Dr. Benjamin Krakauer Recht. Kein Foto konnte sie auf das Entsetzliche vorbereiten, was sich ihr hier nun bot. Der Täter hatte seinem Opfer mit dem Glas der abgebrochenen Flasche nicht nur den furchtbaren Riß im Hals zugefügt, sondern mehrfach in den Wundbereich hineingebissen. Wie ein Raubtier, das seine Zähne im Hals des Opfers vergräbt und nicht eher los läßt, als bis dieses erlegt ist. Doch nein, so grausam war ein Tier in der Natur wohl nicht. Wahrscheinlich biß es auch nur einmal und nicht gleich mehrfach zu. Wer wußte das schon? Aber wie konnte ein Mensch das einem anderen antun? Der Täter mußte wahnsinnig sein, es gab schlichtweg keine andere plausible Erklärung. Ein totaler Psychopath, der für immer weggesperrt gehörte. Dies alles dachte sie in Bruchteilen von Sekunden, dann merkte sie, wie sich ihr Magen zusammenzog und sie sich erbrechen mußte. Geistesgegenwärtig hatte der Gerichtsmediziner die Lage erkannt und ihr blitzschnell mit dem Fuß einen Metalleimer zugeschoben. Dragovich stützte sie am Arm, Fellmich reichte ihr Papiertaschentücher. Ihre Kollegen begleiteten sie zur Anrichte, wo sie sich am dort eingelassenen Waschbecken kurz über den Mund wischen konnte. Dr. Krakauer bot ihr einen Stuhl an, auf den sie sich dankbar setzte. Nachdem sie beteuert hatte, daß es ihr etwas besser ginge, betonte der Gerichtsmediziner mit nunmehr gedämpfter Stimme gegenüber den Hauptkommissaren noch einmal die Ähnlichkeit der Schnittwunden. »Wenn ich nicht wüßte, daß der Kraft schon hinter Schloß und Riegel sitzt, hätte ich gewettet, daß diese Frau auch auf sein Konto geht. Seltsam ist es allemal …« Die Kriminalisten nickten. Dann wollte Dragovich wissen, ob Nelly noch weitere Verletzungen zugefügt worden waren. Dr. Krakauer zog das grüne Tuch über dem Leichnam ganz zurück. »Offene nicht, aber es gibt hier eine ganze Reihe von Prellungen und Blutergüssen.«

Dragovich schluckte. »Man hat sie doch wohl nicht … gefoltert?«

Der Gerichtsmediziner kratzte sich am Hinterkopf. »Schwer zu sagen, auf jeden Fall hat man sie geschlagen. Einige der Prellungen sind allerdings schon ein paar Tage alt. – Anders als bei Krowka sind bei ihr übrigens keinerlei Betäubungsmittel nachzuweisen.«

Als sie das Institut für Rechtsmedizin verließen, hatte es zu regnen aufgehört. Die Sonne brach hier und da durch die Wolken, der Asphalt dampfte. Auf der Rückfahrt zum Präsidium schwiegen alle. Cigdem schämte sich, daß sie den Brechreiz nicht unterdrücken konnte. Was sollten die Kollegen nur von ihr denken? Milan Dragovich zermarterte sich in Selbstvorwürfen. Hätte er Nellys Ermordung vielleicht verhindern können? Auf der einen Seite fragte er sich, ob sie unter den Schlägen nicht vielleicht doch zugegeben hätte, über was sie ihn alles informiert hatte. Oder ob sie vielleicht diesen gewaltsamen Tod hatte sterben müssen, weil sie standhaft geblieben war und ihn nicht verraten hatte? Er wühlte mit den Fingern der rechten Hand in seinem Schnäuzer, und sollte sich auf der kurzen Strecke bis zum Präsidium manches Barthaar ausgerissen haben. Thorsten Fellmich überlegte indes fieberhaft, welche Schritte am geeignetsten wären, die Mörder der Prostituierten zu stellen und dingfest zu machen. Gleichzeitig trieb ihn die Sorge vor einem möglichen Aufstand in der Zeltstadt um. Darauf wäre niemand ernsthaft vorbereitet.

Netzthal hatte sie schon ungeduldig erwartet. Der Termin beim Oberbürgermeister war kürzer gewesen als angenommen und alles andere als angenehm.«»Meine Herren, Frau Flick, ich will den Druck ungern weitergeben. Aber der Oberbürgermeister drängt auf schnellste Ermittlungserfolge. Haben Sie die Nachrichtenportale gesehen?« Er deutete auf das HyperBoard an einer Wand seines Büros, auf das eine Zusammenstellung der aktuellen Schlagzeilen gespielt worden war. »Mordstadt Essen« lautete eine. »Zweiter Halsabschneider unterwegs« eine andere. »Terror aus der ZZZ« eine dritte. Man riet vor allem jungen Leuten, sich nur in Gruppen zu bewegen. »Wie sieht die Beweislage im Fall Kraft/Krowka aus? Wir müssen schleunigst Anklage erheben. Habe schon mit Gatz gesprochen, wir warten nur auf Sie!«

»Vielleicht können wir uns setzen?« fragte Fellmich höflich. »Es gibt durchaus einiges, was wir Ihnen jetzt zu berichten haben.«

Netzthal beruhigte sich etwas und bat die Kommissare an seinen Besprechungstisch. Auf einen Wink brachte seine Sekretärin den schon vorbereiteten Kaffee. Auf ihren Wunsch hin erhielt Cigdem Flick einen Tee.

Nachdem die drei mit ihrem Bericht geendet hatten, war der Polizeipräsident für einen Moment sprachlos. Dann fing er sich. »Sehr gute Arbeit bis jetzt, die nächsten Schritte wollen nun gut überlegt sein. Ich werde sofort mit Hammerfest sprechen, das ist der Chef des SEK, falls Sie den noch nicht kennen sollten, Frau Flick. Wir brauchen auch Pläne der Schachtanlage, es wäre Wahnsinn, da unvorbereitet hineinzulaufen. Dazu muß Gatz für alle nötigen Papiere sorgen. Wohl oder übel werde ich auch das Innenministerium informieren müssen. Wer weiß, was diese Revoluzzer vorhaben! Nicht, daß es hier zu irgendeinem Flächenbrand kommt!« Fellmich und Dragovich wollten wissen, ob sie weiter in der Zeltstadt ermitteln sollten. Der Polizeipräsident schüttelte den Kopf. »Wir haben die ZZZ hermetisch abgeriegelt und drehen jetzt verstärkte Runden mit der regulären Polizei, damit dort niemand den Eindruck hat, schutzlos zu sein. Aber wir wollen auch keine Überpräsenz, damit das Ganze nicht ins Gegenteil kippt. Dies umso mehr nach Ihrem Lagebericht. Kann man noch etwas aus unseren Informanten herausholen?« wollte Netzthal wissen.

»Im Moment wohl eher nicht«, meinte Fellmich. »An Nelly ist ein Exempel statuiert worden, da wird man sich dreimal überlegen, ob man uns auch nur noch den kleinsten Hinweis gibt.«

Der Polizeipräsident nahm einen Schluck Kaffee und nickte bedächtig. »Jetzt ist erstmal Wochenende. Wir arbeiten zwar weiter, aber etwas Erholung muß sein«, sagte er mit Blick auf Dragovich und Cigdem Flick. »Zumindest Sie beide müssen sich etwas ausruhen – na, morgen können Sie ja mit Ihrem neuen Stunner ein paar Übungen bei Herrn Ritter machen«, sagte er augenzwinkernd. »Und am Montag besuchen Sie Kraft in der Krawehlstraße und konfrontieren ihn mit den Verletzungs-Parallelen. Formal werden wir noch am gleichen Tag Anklage erheben!« Als sie sich erhoben, schloß Netzthal mit den Worten: »Den Lahrmann schreiben wir natürlich sofort zur Fahndung aus – machen Sie sich keine Sorgen, Herr Dragovich. Wir wissen ja schon, wer der Haupttäter ist. Wir kriegen ihn, und seine Helfershelfer auch.«

Flick Chick und der alte Wolf

»Netzthal hat Recht«, meinte Fellmich nachdem sie dessen Büro verlassen hatten. »Ihr beide seht wirklich fertig aus, jetzt ist wohl wirklich mal 'ne Runde Schlaf angesagt!« Der Leiter der Mordkommission hätte seine Kollegen von der Altenkriminalität zwar gerne zuvor auf ein Glas Bier eingeladen, doch die beiden hatten abgewunken. Sie waren noch kurz in ihr Büro gegangen, hatten das HyperBoard ausgeschaltet und ihre Taschen geholt. Milan Dragovich wollte Cigdem fragen, ob sie noch böse auf ihn sei, fand diese Idee dann aber nicht wirklich überzeugend. Ihre Blicke trafen sich flüchtig, die beiderseitige Unsicherheit bezüglich ihrer Beziehung lag förmlich in der Luft. Mit einem angedeuteten Lächeln versuchten sie die Situation zu überspielen. Dragovich hoffte inständig, Cigdem möge sein Verhalten nicht dahingehend deuten, daß sie ihm nicht gefallen würde. Das Problem war eher, daß er sie vielleicht zu sehr mochte. Bevor sie das Kommissariat verließen hatte sich Dragovich noch versichert, ob Dan Ritter wirklich am Wochenende arbeiten würde, was ihm ungewöhnlich vorgekommen wäre. Doch jener hatte das bestätigt. Man habe ihm soeben eine Sonderschicht aufgebrummt, er solle alle Waffen durchsehen, sowohl die Stunner als auch die Impuls-Gewehre. Falls er und seine neue Kollegin Lust hätten, könnten sie jederzeit für die notwendigen Übungen vorbeikommen. Netzthal habe übrigens den Austausch seines Stunners ohne Nachfrage abgesegnet.

Draußen vor dem Polizeipräsidium gab Milan Dragovich Cigdem die Hand, was seltsam war insofern, als sie sich noch nie so verabschiedet hatten. Dadurch, daß er ihre Hand dabei einen Moment länger und intensiver als erwartet in der seinen halten konnte, bekam er die Gelegenheit ihr zu zeigen, wieviel ihm doch an ihr lag. »Morgen früh gehe ich ins Schwimmbad«, sagte er und war von seiner eigenen Spontaneität überrascht. »Vielleicht hast Du Lust, mitzukommen …?«

»In welches denn?« wollte seine junge Kollegin wissen.

»Na, da ist doch gleich eines bei mir um die Ecke in der Von-Einem-Straße!«

»Und um wieviel Uhr?«

»Sagen wir um 10 Uhr. Danach können wir ja einen Brunch machen!«

Zum ersten Mal seit jener Nacht lächelte Cigdem Flick wieder. »Okay, dabei können wir ja das weitere polizeiliche Vorgehen besprechen …«

Das klang bedingt ernst, bedingt aber auch nicht. Milan Dragovich sah sie an und als sie ihre linke Augenbraue ein wenig hochzog und dabei den Kopf zur Seite legte, wußte er, daß ihre schelmische Ader zurückgekehrt war.

»10 Uhr also«, sagte sie und stapfte los zur Haltestelle Landgericht, während er sich zu Fuß auf den kurzen Heimweg machte.

War das jetzt eine vernünftige Entscheidung gewesen? Er wußte es nicht, ihm war nur klar, daß er wieder etwas gutmachen mußte. Cigdem Flick war zwar eine hochintelligente Frau, doch Intelligenz hatte bekanntlich mit Gefühlen nicht viel zu tun. Selbst wenn es ihr jetzt einleuchten sollte, daß er nur aufgrund ihres dienstlichen Verhältnisses auf Distanz gegangen war, hatte sie sein Verhalten als Zurückweisung empfinden müssen. Wie es jetzt weitergehen würde, konnte er im vorhinein auch nicht sagen. Er wollte es genaugenommen auch gar nicht wissen, da er sich über seine eigenen Gefühle noch nicht im klaren war. Zuhause warf er sich erst einmal aufs Sofa, alles kreiste in seinem Kopf. Die Schuldgefühle wegen Nelly drückten ihn schwer. Er konnte sich das schönreden wie er wollte, aber immer wieder kam ihm in den Sinn, daß er sie im Stich gelassen hatte. Zwar wollte ihm nicht einfallen, in welcher Weise dies hätte geschehen können, und doch glaubte er, daß es irgendeine Chance für ihre Rettung hätte geben können. Nach wie vor konnte er auch nicht richtig einschätzen, ob es gut gewesen war, überhaupt mit ihr mitzugehen. Wäre er ihr nicht gefolgt, hätte er nie von dem geheimen Zugang in das Stollensystem und dessen aktiver Nutzung erfahren. Auch wenn es nicht zum wirklichen Vollzug des Aktes gekommen war, so schämte er sich doch, sich mit einer Prostituierten eingelassen zu haben. Nicht so sehr, weil er das noch nie in seinem Leben zuvor getan hatte, sondern vor allem in Hinblick auf Cigdem. Die junge Kriminalbeamtin hatte in ihrer Ausbildung sicher schon einiges erfahren und mußte nun gerade im Zusammenhang mit ihren ersten Mordfällen sehr unschöne Dinge erleben. Cigdem kam ihm wie ein Ausbund an Reinheit vor, während er sich selbst – aus welchen Gründen wußte er nicht genau, vielleicht wegen des Kontaktes zu Nelly – schmutzig fühlte. Ihm war nicht wohl dabei, wenn er erst daran und dann im nächsten Moment an Cigdem dachte. Unabhängig von ihrem dienstlichen Verhältnis, was vielleicht eine romantische Beziehung erst einmal ausschloß, fühlte er, daß es maßgeblich der erotische Kontakt zu Nelly war, der ihn in

seinem Handeln beschränkte. Er stand auf, holte das ver-
korkte Bier aus dem Kühlschrank und spülte es in einem Zug
herunter. Er nahm eine neue Flasche, öffnete sie und trank
dann genußvoller, legte zwischen den Schlucken größere Pau-
sen ein. Schließlich ließ er sich wieder auf dem Sofa nieder,
und die Erinnerung an den Besuch in der Gerichtsmedizin
stieg erneut in ihm auf. Er sah die Wunden in den Hälsen der
Mordopfer und schüttelte sich. Krakauer hatte Recht: Die
Schnitte wiesen eine erstaunliche Ähnlichkeit auf. Mit diesem
Gedanken schlief er ein.

Einfach Schwimmen

Am nächsten Morgen hätte er fast verschlafen, er wachte erst
um 9:30 Uhr auf. In Windeseile packte er seine Badesachen,
faltete die Decke auf dem Sofa noch ordentlich zusammen und
eilte zum Schwimmzentrum. Der Andrang war groß, doch
nicht ganz so schlimm, wie er es befürchtet hatte. Die Chip-
münze kostete 15 DM, das war ganz schön happig. Aber hin
und wieder konnte man sich das als Single bei seinem Gehalt
leisten. Er duschte, zog seine Badehose an und begab sich in
die Schwimmhalle. Alte Menschen waren so gut wie überhaupt nicht zu sehen. Er mußte daran denken, wie diese in seiner Kindheit die Schwimmbecken bevölkert hatten. Mit ulki-
gen Badekappen sowie farblich und vom Muster her häufig
verwegenen Badeanzügen hatten vor allem reifere Damen als
rechte Spaßbremsen gewirkt. Wie außerirdische Enten hatten
sie ihre geraden Bahnen gezogen und sich über jeden Platscher
oder Spritzer eines Kindes oder Jugendlichen mit großem Ge-
meckere beschwert. Dennoch dachte er mit einer gewissen
Wehmut an diese Zeit zurück. Irgendwie hatten sie doch zur
Schwimmbadatmosphäre gehört, diese Alten. Für den Großteil der Rentner war es jetzt jedoch ausgeschlossen, an Ver-
gnügungen wie das Hallenbad zu denken. Als er sich gerade
umdrehte, um über eine der Leitern ins Becken zu steigen,

spritzte ihn jemand von hinten kräftig an. Er schrak zusammen und krallte sich an der Leiter fest, sicher eines der zu stürmischen Kinder. Doch dann schaute er sich um und gewahrte Cigdem, die lachend davonschwamm. »Warte, ich kriege dich!« rief er und ließ sich ins Wasser fallen. Mit kräftigen Armschlägen versuchte er die junge Kollegin einzuholen, aber er hatte keine Chance. Ihre schnellen und gleichmäßigen Kraulbewegungen machten sie für ihn uneinholbar. Tja, so war das wohl, wenn man frisch von der Polizeischule kam! Er besann sich darauf, unter Wasser die Luft ziemlich lange anhalten zu können, und tauchte ab. Bald hatte er ihren makellosen Körper entdeckt und schoß auf sie zu, ergriff sie von unten und warf sie hoch wie ein Schwertwal eine Robbe. Wild um sich schlagend klatschte Cigdem zurück ins Wasser, schluckte, hustete und prustete. Er faßte sie sofort an den Oberarmen um sie zu stabilisieren. Gut fühlte sich das an. Das Husten ging allmählich in ein Lachen über, sie machte sich los und schlug ihm scherzhaft mit den Fäusten auf die Schultern. »Also so was – das ist doch das letzte!«

Er lachte mit. »So ist es eben in der Natur: die Jungen sind schneller, und die Älteren nun mal erfahrener. Man kann sich insofern also ganz gut ergänzen!« Sie schwammen noch ein paar Runden, zum ersten Mal seit Beginn ihrer Zusammenarbeit fühlten sie sich losgelöst und frei vom Druck ihres Berufsalltags. Dann war Milan Dragovich dankbar, daß sich bei seiner Kollegin der Hunger meldete.

Auf dem Weg zu seiner Wohnung besorgten sie bei einem Discounter Brötchen aus dem Automaten. Das war nichts Neues, außer daß man seine Bestellung schon vom EDPP aus aufgeben konnte. Sämtliche Bäcker in seinem Wohnviertel hatten bereits vor Jahren dichtgemacht. Im Gegensatz zu den Brötchen schmeckte wenigstens der Kaffee noch so ähnlich wie früher, auch wenn das Pulver im Verhältnis zu Alkohol ziemlich teuer war. Eigentlich war fast alles im Verhältnis zu Alkohol teuer, auch der Käse, die Wurst und die Nuß-Nougat-Creme, die sie noch einkauften.

Das tat der guten Laune aber keinen Abbruch. Sie frühstückten ausgiebig, Cigdem erzählte dabei von ihren frechen und gleichzeitig liebenswerten Brüdern, auch von ihrem deutschem Vater und ihrer türkischen Mutter, die inzwischen in Istanbul lebten. Milan Dragovich hörte aufmerksam zu, mit einer Familie, in der es ähnlich viel Liebe gegeben hatte, konnte er nicht aufwarten. Immer wieder ergriffen sie über dem Frühstückstisch wie zufällig ihre Hände, die sie unterschiedlich lang festhielten.

Auf Dauer gelang es ihnen aber nicht, die Gedanken an die Aufklärung der schrecklichen Taten zu verdrängen. Fast gleichzeitig verspürten sie den Drang, noch einmal ins Präsidium zu gehen und sich mit allen bisher bekannten Details auseinanderzusetzen. Die Sonne schien von einem strahlendblauen Himmel, sie beschlossen, das Licht und die wärmenden Strahlen auf dem Weg noch voll zu genießen und zu schweigen, jedenfalls erst am Arbeitsplatz wieder dienstlich zu werden. Sie schlenderten, wie es Spaziergänger tun. Ab und zu ergriffen sie ihre Hände und schwenkten diese zwischen sich vor und zurück.

In ihrem Büro angekommen fuhren sie das HyperBoard hoch und gingen noch einmal alle Beweismittel durch. Zum zweiten Mal nahm sich Dragovich die Sachen vor, die Michael Kraft am Tattag getragen hatte. Auch das Portemonnaie öffnete er wieder und zählte das Geld darin mit dem gleichen Ergebnis wie beim letzten Mal. »Ich glaube, Netzthal hatte irgendwie Recht. Weitere Befragungen im Zeltlager führen vermutlich in der aktuellen Situation zu nichts mehr.«

Cigdem nickte. »Sehe ich genauso. Die Menschen sind doch völlig verängstigt, und mittlerweile wird uns sowieso jeder kennen.«

Dragovich räusperte sich. »Nun, mich kannten viele ja auch schon vorher ...«

»Das ist richtig, das war aber bevor diese Morde passiert sind.«

Der Hauptkommissar für Altenkriminalität seufzte. »Wir müssen in die Stollenanlage. Da glaube ich mehr dran als an

Befragungen. Am besten geht man von zwei Seiten rein. Vielleicht haben Netzthals Experten ja schon zwischenzeitlich Pläne ausfindig gemacht.«

Cigdem Flick legte die Stirn in Sorgenfalten. »Aber wer weiß, was einen da erwartet. Ein Blutbad will man ja in jedem Fall vermeiden.«

Milan Dragovich nickte. »Trotzdem werde ich das Gefühl nicht los, daß Lahrmann und seine Konsorten sich irgendwo da unten aufhalten. Oben in der ZZZ ist das Risiko viel zu groß.«

Die junge Kommissarin mußte ihm beipflichten. »Es kann natürlich sein, daß er das Stadtgebiet von Essen längst verlassen hat.«

Ein bibelfester Waffenmeister

Da sie nicht wirklich weiterkamen beschlossen sie, Dan Ritter aufzusuchen und die notwendigen Übungen mit dem Stunner durchzuführen. Der Deutsch-Amerikaner begrüßte sie herzlich und schäkerte dann etwas mit Cigdem herum, während er die notwendigen Übergabeprotokolle ausfüllte und schließlich die Waffen aushändigte. Während er die beiden in die Schießanlage führte, kam Dragovich noch einmal die Geldbörse des mutmaßlichen Mörders von Stanislaus Krowka in den Kopf. »9,48 Mark, irgendwie ein seltsamer Betrag …«

Als er diese Summe hörte, horchte Dan Ritter auf. »Mark 9,48, das kenne ich aus der Bibelstunde. ›The worm does not die, and the fire is never quenched.‹«

»Das klingt ja heftig!« zeigte sich Cigdem beeindruckt.

Auch Dragovich zollte ihm Anerkennung.

»Ja, ich wurde als Junge in so evangelistische Camps geschickt, habe ich meinen Eltern nie verziehen. Zum Glück haben sie sich nach dem Umzug nach Europa etwas entreligiösiert. Also, das ist aus dem Evangelium nach Markus, Kapitel 9 Vers 48. ›Wo der Wurm nicht stirbt, und das Feuer nicht gelöscht wird‹ – das ist die Hölle!«

Cigdem wurde völlig nervös. »Ja ist das jetzt ein reiner Zufall, oder eine Botschaft von Michael Kraft?«

Der Hauptkommissar versuchte ruhig zu bleiben. »Je mehr ich mich mit dem Fall beschäftige, desto weniger glaube ich an Zufälle. Vielleicht ist das Ganze ein Hinweis darauf, wie sehr es im Untergrund brodelt. Daß dort bereits ein Feuer brennt, das gar nicht mehr gelöscht werden kann.«

Seine junge Kollegin dachte angestrengt nach. »Aber könnte dieses Bibelzitat nicht auch bedeuten, daß die Taten zusammenhängen? Oder zumindest die Annahme unterstützen, daß Kraft nicht allein gehandelt hat?«

Dragovich nickte, korrigierte aber leicht: »Was Nelly angeht, war dies keine Annahme, sondern eine Aussage. Sie war fest davon überzeugt, sie wußte es.«

Die ganze Zeit über hatte Dan Ritter abwechselnd zu den jeweils sprechenden Kommissaren gesehen. Nun verlor er die Geduld: »Meine Herrschaften, so geht das nicht! – Sie müssen jetzt wirklich etwas trainieren, sonst kann ich Ihnen die Stunner nicht übergeben …« Die beiden nickten verständnisvoll und vereinbarten, die Diskussion später unter sich im Büro fortzuführen. Sie folgten nun konzentriert den Instruktionen des Waffenmeisters.

Am Abend war Cigdem einer Einladung ihres jüngsten Bruders gefolgt, der mit ein paar Freunden seinen Geburtstag feierte. Milan Dragovich war dankbar gewesen, sich ein wenig zurückziehen zu können. Vielleicht brauchten sie etwas Zeit, um sich über ihre wahren Gefühle füreinander klar zu werden. Er hatte den Tatort-Kanal eingeschaltet, zu seiner Freude ermittelte sein Lieblingsteam, die Duisburger Cao Cao und Liu Bei. Und diesmal waren sie auf Exkursion, es galt den Mord an einer Krankenschwester im Essener »Hospital Neue Mitte« aufzuklären. Damit demonstrierten die Chinesen ihren Hegemonialanspruch über das Uni-Klinikum, das sie als Exklave der Ruhrort-Stadt betrachteten. Dragovich war überrascht, denn er wollte gar nicht glauben, daß eine polizeiliche Zuständigkeit der Duisburger den rechtlichen Fakten entsprach. Als man Ende der zwanziger Jahre vorübergehend die aktive Sterbehilfe erlaubt hatte, war er ein paarmal mit Fellmich wegen jeweils verdächtiger Todesfälle dort gewesen. Bei etwa einem Drittel der Fälle hatte es sich tatsächlich um Totschlag oder gar Mord gehandelt und da dies vielerorts im Lande ähnlich aussah, war das entsprechende Gesetz wieder abgeschafft worden. Seitdem hatte er das Klinikgelände nur noch zum Besuch in der Rechtsmedizin betreten. Mochte sein, daß sich wirklich etwas geändert hatte. Darauf mußte er unbedingt Gatz ansprechen, vielleicht in scherzhafter Weise, um sich keine Blöße zu geben. Oder Krakauer, vielleicht hatte der ja inzwischen auch für die Duisburger zu sezieren.

Man sollte es nicht glauben, aber der Täter war diesmal tatsächlich selbst ein Chinese. Allerdings stammte er von der abtrünnigen Insel Taiwan. Er hatte die Pflegerin nur scheinbar aus Eifersucht getötet, die Tat sollte eigentlich verhindern, daß der Schmuggel hochwertiger Medikamente in seine Heimat aufgedeckt wurde. Etwas hanebüchen war das schon. Dragovich fiel vor allem auf, daß nur maximal die Hälfte der das Klinikpersonal mimenden Schauspieler und Laiendarsteller fernöstlicher Herkunft war. Da sah die Realität anders aus, doch die Chinesen waren eben schlau, zumindest was ihr Erscheinungsbild in der Öffentlichkeit anging. Am Ende gaben sich die beiden Kommissare die Hand und verbeugten sich voreinander. »Wieder ein Tag, an dem wir die Straßen Duisburgs sicherer gemacht haben«, meinte Liu Bei.

»Und diesmal auch Essens – Buddha sei Dank«, schloß sich Cao Cao an. »Und natürlich unserer weisen Führung …« In wie üblich unveränderter Form begann der Abspann mit der bekannten Musik, und so wie dieser verklungen war kam ihm sein eigener Fall mit voller Härte zurück ins Bewußtsein.

Den ganzen Sonntag über suchte, fand und verwarf er Strategien, wie man am besten vorgehen sollte, um Lahrmann und seine Helfershelfer zur Strecke zu bringen. Später gab es auch noch eine EDPP-Konferenz mit Fellmich und Netzthal, die aber ebenso ergebnislos verlief. Immerhin stand der Polizeipräsident schon im direkten Austausch mit der SEK-Einheit und hatte wohl auch schon alle notwendigen Papiere von der Staatsanwaltschaft. Angesichts der volatilen Situation in der Zeltstadt mahnte er zu absoluter Besonnenheit.

Im Anschluß an den Austausch versuchte Dragovich etwas abzuschalten und ging eine Runde um den Block. Ein kühler Wind wehte, das tat seinem Kopf gut. Wieder in der Wohnung begann er sich auf seinen für den nächsten Tag angesetzten Besuch bei Michael Kraft vorzubereiten. Dazu schlug er über sein HyperBoard die Bibelstelle nach, auf die sie Dan Ritter hingewiesen hatte. Auch den vorausgehenden Vers 47 im 9. Kapitel des Evangeliums nach Markus fand er interessant, stand da doch: »Ärgert dich dein Auge, so wirf's von dir! Es ist dir besser, daß du einäugig in das Reich Gottes gehest, denn daß du zwei Augen habest und werdest in das höllische Feuer geworfen.« Offenbar gehörten Vers 47 und Vers 48 zusammen. Das Wort »einäugig« machte ihn besonders stutzig. Konnte sich dies wiederum auf Lahrmann beziehen? Er würde auf jeden Fall nicht darum herumkommen, sich in diesen Lahrmann hineinzudenken. Was war der Plan des Einäugigen, und welche Geschichte hatte ihn dahin gebracht, wo er heute stand? Er dachte an Robespierre und wie dieser zunächst sicher aufrichtig versucht hatte, das Wohl des Volkes zu befördern und die Ideale von Freiheit, Gleichheit und Brüderlichkeit durchzusetzen. Den Tugendhaften hatte man ihn lange Zeit genannt. Irgendwann war ihm das ganze aber entglitten, im Durchsetzen seiner moralischen Ansprüche war er immer radikaler geworden, so daß sich einstige Weggefährten von ihm abwandten und alsbald mit äußerster Brutalität verfolgt wurden. Das Ganze endete im *Terreur*, der Schreckensherrschaft, die Robespierre ausdrücklich als notwendiges und richtiges Instrument bezeichnet hatte.

Es gab für Dragovich keinen Zweifel, daß Michael Kraft und Lahrmann sich erheblich besser kannten, als sie dies zugegeben hatten. Vor vielen Jahren waren sie am gleichen Gymnasium gewesen, und spätestens in der letzten Zeit ihres gemeinsamen Wirkens dort mußten sie sich nähergekommen sein. Vielleicht hatten sie bereits hier erste revolutionäre Ideen entwickelt, waren aber in der Schulöffentlichkeit bewußt auf Distanz zueinander gegangen, um nicht aufzufallen. Er las noch einmal über die Bibelstelle. Bedeutete das Münz-Zitat in Michael Krafts Portemonnaie, daß das Leben in der Zelt-stadt beziehungsweise die gesellschaftlichen Umstände, die einen dort hineingeführt hatten, als Hölle betrachtet wurden, aus der es kein Entrinnen gab? Oder wollte man anders herum als Reaktion auf die unhaltbaren sozialen Umstände die Hölle losbrechen lassen? Das Ausreißen des Auges, das einen vor der ewigen Verdammnis rettet, konnte vielfältig interpretiert werden. Eine Revolution der Alten konnte mit einem Aus-merzen des Bösen gleichgesetzt werden, oder anders, der Ver-nichtung derer, die sie für ihre Lage verantwortlich machten. Zusätzlich hatte sich Lahrmann diese Bibelstelle vielleicht vor vielen Jahren konkret zu Herzen genommen. Dragovich fing an, sich brennend dafür zu interessieren, wie der Anführer der Zeltstadt-Jakobiner seinerzeit sein Auge verloren hatte. Nicht auszuschließen, daß er es in einem Wahnanfall selbst zerstört hatte, um sich täglich an die Umsetzung seines selbstgesetzten ideologischen Auftrags zu erinnern. Er atmete tief durch und beschloß, Cigdem über seine neuesten Überlegungen zu in-formieren und damit den Besuch bei Kraft im Gefängnis an der Krawehlstraße vorzubereiten. Die junge Frau ging sofort an ihr EDPP, so als hätte sie schon auf seinen Anruf gewartet. Gespannt lauschte sie seinen Ausführungen. »Baby, Baby, Baby!« kommentierte sie, als er geendet hatte.

Der Vampir von Essen

Am nächsten Morgen trafen sie sich direkt am Eingang der Justizvollzugsanstalt. Während sie darauf warteten, daß die Personenkontrolle durchgeführt und die schwere Stahltür ge-öffnet wurde, fragte Cigdem Flick, woher das Surren in der Luft käme. Nun, das sei das Kraftfeld über den Gefängnismauern, sozusagen ein Riesen-Stunner. Nach dem Ersatz des alten Stacheldrahts durch diese Methode hatte es seines Wissens keine Kletterversuche mehr gegeben. Im Verhörraum warteten sie nur kurz, die junge Kommissarin gestand dem erfahrenen Kollegen, daß sie doch ein wenig nervös sei. So direkt habe sie noch niemandem gegenübergestanden, der einer so schrecklichen Tat verdächtigt werde. Beziehungsweise in diesem Fall wisse man ja, daß der Tatverdächtige auch tatsächlich der Mörder sei. Das wäre er erst, wenn der Richter ihn als solchen verurteilt hätte, gab Dragovich zu bedenken. Dann wurde Michael Kraft in Handschellen von zwei Beamten hereingeführt. Auf einen Wink des Hauptkommissars wurden ihm die Stahlfesseln abgenommen, und er nahm am Tisch gegenüber den Ermittlern Platz. Michael Kraft wirkte noch aufgeräumter als beim letzten Gespräch, seine Ruhe und vermeintliche Selbstsicherheit wirkten heute fast ein wenig arrogant. »Ich will gar nicht lange drum herumreden«, stieg Dragovich nach kurzer Begrüßung und Vorstellung seiner Kollegin sofort in den Kern der Sache ein. »Sie haben Stanislaus Krowka auf heimtückische und besonders brutale Art und Weise ermordet. Und wir wissen jetzt auch, daß Sie keinesfalls im Affekt gehandelt, sondern die Tat geplant haben.«

»Woher haben Sie denn diese Erkenntnis?« gab sich der ehemalige Lehrer überlegen.

»Das werden wir Ihnen gleich sagen, wichtig für Sie ist erstmal, daß die Anklage auf Mord lauten wird. Dazu wird unweigerlich die Feststellung einer besonderen Schwere der Schuld gehören. Mit anderen Worten, falls Sie nicht verlegt werden, werden Sie diese Mauern nicht mehr lebend verlassen.«

Michael Kraft lehnte sich zurück und versuchte, sich unbeeindruckt zu zeigen.

Doch Cigdem, die ihn genau beobachtete, entging ein gewisses Zucken in seinen Augen nicht. Zwar mochte er tatsächlich diese Konsequenz seiner Tat durchdacht haben, sie aber so offen formuliert zu hören schien ihn doch zu berühren.

»Wir wissen noch viel mehr.« Milan Dragovich dachte an Nelly und ihre letzten Worte. »Sie waren das gar nicht allein. Das sollen wir nur denken …«

Der ehemalige Lehrer fand zu seiner alten Verfassung zurück. »Wer hat Ihnen das denn gesagt? Das ist ja vollkommen absurd!«

»Nun, wir haben dazu mehrere Zeugenaussagen.«

Kraft lachte kurz auf. »Tote haben vor Gericht einen schwachen Stand, ihnen fehlen gewissermaßen die Ausdrucksmöglichkeiten!«

Dragovich und Cigdem Flick schraken innerlich zusammen. Wußte ihr Gegenüber nicht nur von Nellys Tod, sondern auch davon, daß sie ihm ihren Verdacht mitgeteilt hatte? Durchaus möglich. Doch vielleicht bezog sich der Ex-Lehrer nur auf das Umfeld des Mordes an Krowka. Eventuell hatte er auch noch andere Tote vor Augen. Cigdem dachte an den verstorbenen Flaschensammler aus Antons Zelt. Vermutlich war jener ja auch nicht auf natürliche Weise aus dem Leben geschieden. Dragovich räusperte sich. »Es stimmt auch nicht, daß Sie Lahrmann so gut wie gar nicht kannten. Das Gegenteil ist der Fall. Sie standen sich tatsächlich sehr nahe und haben nicht nur den Mord geplant. Da geht es noch um etwas ganz anderes!«

Michael Kraft stutzte, sagte aber dann: »Warum sollte ich eigentlich mit Ihnen reden? Wenn Sie Recht haben, und ich hier nicht mehr lebend herauskomme, welchen Sinn hat dann unsere Unterredung hier?«

Cigdem Flick rutschte ungeduldig auf ihrem Stuhl hin und her. Es konnte doch nicht sein, daß sie hier nur als stumme Beisitzerin saß. Schließlich faßte sie sich ein Herz, und ihr Mund brachte das hervor, was sie am meisten beschäftigte: »Warum haben Sie Ihrem Opfer, das heißt Stanislaus Krowka, nicht nur den Hals aufgerissen, sondern sich dann noch regelrecht in der Wunde verbissen? Das ist doch krank!«

Um sie zu bremsen legte ihr Milan Dragovich unter dem Tisch ganz kurz die Hand auf den Oberschenkel, zog diese aber sogleich zurück. Sie war stolz, daß sie das gesagt hatte, gleichzeitig aber ärgerte sie sich ein wenig über den impulsiven Auftritt. Und darüber, daß ihre Stimme leicht geflattert hatte. Nun, mit etwas Glück war das gar nicht aufgefallen.

Michael Kraft versuchte ein Grinsen, was aber mißlang. »Vielleicht bin ich ja ein Vampir. Der Vampir von Essen!«

Ein (fast) vermasseltes Verhör

Das Verhör hatte unterbrochen werden müssen, da auf Dragovichs EDPP ein durch Doppelvibration als wichtig gekennzeichneter Anruf eingegangen war. Es war Thorsten Fellmich, dem soeben neue Rechercheergebnisse in Bezug auf Lahrmanns Vergangenheit und seine mögliche Verbindung zu Michael Kraft vorlagen. Diese waren in der Tat ebenso überraschend wie überaus brauchbar für die Fortsetzung der Befragung. Die beiden dankten dem Leiter der Mordkommission, der noch ein paar Dokumente an ihre EDPPs sandte. Anschließend überlegten sie rasch, wie man die neuen Erkenntnisse taktisch einbauen konnte.

Während der kurzen Pause hatte man für alle drei Kaffee in den Interrogationsraum gebracht, Kraft hatte seinen noch nicht angerührt. Milan Dragovich ermunterte ihn dazu und fuhr dann fort: »Herr Kraft, wir wissen definitiv, daß Ihre Bekanntschaft mit Ihrem Ex-Kollegen Lahrmann keineswegs so oberflächlich war oder ist, wie Sie uns das glauben machen wollen.«

»Ach ja?« Die schnelle Reaktion des ehemaligen Lehrers auf die Aussage des Kriminalhauptkommissars klang eher spöttisch als überrascht.

»Spätestens seit sowohl die Lage am Gymnasium als auch Ihre persönliche Situation immer schwieriger wurde, näherten sie sich einander an. Und diese Freundschaft setzte sich fort, als Sie beide in die Zeltstadt umgezogen waren.«

Cigdem Flick hielt ihm ihr EDPP hin, in dem die Meldeeinträge für Lahrmann und Kraft nebeneinandergestellt waren und kommentierte: »Zufällig im gleichen Monat.«

Der Tatverdächtige beugte sich vor, um die Einträge zu vergleichen. »Zufällig – genau wie Sie sagen. Ich habe keine Freunde.«

Völlig unbeeindruckt fuhr Milan Dragovich fort. »In Lahrmann fanden Sie jemanden, der Sie in Ihren Wahrnehmungen unterstützte. Er vertrat die gleichen Positionen, war aber von jeher radikaler.«

Kraft lehnte sich wieder zurück. »Was heißt das bitteschön?«

»Während Sie nur Frustration und Ohnmacht gegenüber den gesellschaftlichen wie privaten Entwicklungen empfanden, drängte Ihr Ex-Kollege zum Handeln. Zu Reaktion und Aktion.«

»Ich weiß nicht, wovon Sie sprechen. Aber fabulieren Sie nur, wenn Ihnen das guttut.«

Die junge Kommissarin räusperte sich. »Wir haben da mal ein wenig recherchiert. Lahrmann ist ja an Ihr Gymnasium strafversetzt worden. Warum? Nun, weil er zum einen schon an seiner alten Schule versucht hatte, das Kollegium gegen die Leitung aufzusetzen. Zum anderen hatte er auch einen Club gegründet, in dem sich Lehrkräfte gegenseitig unterstützten, um sich Eltern entgegenzustellen, die ungerechtfertigt gute Noten für ihre Kinder erzwingen wollten. Oder um dem ungezogenen Auftreten von Schülern Paroli zu bieten.« Cigdem Flick wunderte sich, warum sie das Wort »ungezogen« benutzte. So hätte sich wohl eher ihre Großmutter ausgedrückt. Aber irgendwie fand sie die Bezeichnung passend und eine andere war ihr spontan nicht eingefallen. »Man hat ihm ja auch unterstellt, daß er ein Faible für junge Mädchen hatte. Angeblich hatte er ein Auge auf ein bestimmtes Mädchen in der zehnten Klasse geworfen.« Die Kommissare pausierten und beobachteten ihren Gegenüber dabei gespielt neutral. Dieser rutschte zwar ein wenig auf seinem Stuhl hin und her, zeigte ansonsten aber keinerlei Reaktion. »An der Sache muß aber tatsächlich irgendetwas gewesen sein. Wahrscheinlich litt Ihr Kollege so sehr unter der nicht auslebbaren Leidenschaft, daß er sich deshalb mitten in einer Konferenz seinen Füllfederhalter ins Auge stieß.«

»Das ist nicht wahr!« entfuhr es Michael Kraft. »Er hat es getan, um ein Zeichen gegen die Verleumder zu setzen, denn er war ja unschuldig!«

Die Kommissare nickten einander zu. »Aha, da kennen Sie den Lahrmann aber wohl doch ganz gut!« meinte Dragovich.

Michael Kraft wurde blaß, er merkte, daß er einen Fehler gemacht hatte. »Das hat er mir irgendwann mal erzählt«, stammelte er.

»So, irgendwann ... noch am Gymnasium oder hier im Lager?«

»Weiß ich nicht mehr, ich kann mich nicht mehr genau erinnern.« Das selbstsichere Auftreten des Inhaftierten hatte einen spürbaren Einbruch erlitten. Jetzt mußte man schnell nachlegen.

»Genützt hat ihm die Selbstverstümmelungs-Aktion indes nichts. Sie markierte im Gegenteil das Ende an jener Schule und den Wechsel an die Ihre.«

Michael Kraft versuchte sich zu beherrschen, dennoch wirkte seine Stimme gepreßt. »Hat Ihnen das Direktor Petermann erzählt? Dieser schwächliche Schwätzer?«

»Nein, das hat er nicht getan. Der Schulleiter hat sich nur sehr unverbindlich geäußert. Von Ihnen sprach er allerdings recht positiv.«

»Recht positiv«, wiederholte Kraft, »da hätte er sich einmal vorher und anders zu mir verhalten müssen. Haben Sie ihn in seinem Häuschen in der Toskana erreicht? Recht positiver Stimmung sicher ...«

Milan Dragovich unterbrach ihn: »Kommen wir mal auf Lahrmann zurück. Radikal gegen sich selbst, radikal gegen andere. Ideale Voraussetzungen für eine Führerfigur, oder nicht?«

»Was soll das denn jetzt?« Michael Kraft schien seine Fassung langsam wiederzugewinnen.

»Herr Kraft, machen wir uns doch nichts vor! Sie sind ein kluger Mensch, aber ich mache diesen Job auch nicht erst seit gestern. Der Lahrmann leitet in der ZZZ diesen Polit-Club, dem Sie auch angehören. Und dieser Club ist kein Diskussionsforum für Senioren!«

Der Inhaftierte zuckte zusammen. »Woher … das ist doch absurd!« Gerade noch rechtzeitig fing er sich wieder.

Überrascht war auch Cigdem Flick. Sie war einerseits beeindruckt, wie es ihrem Chef gelang, sein Gegenüber immer wieder aus der Reserve zu locken. Obwohl sie verstand, daß es in einem so kritischen Punkt der Befragung besser war, wenn ein erfahrener Kollege die Gesprächsführung übernahm, behagte es ihr andererseits nicht, so zunehmend an den Rand gedrängt zu werden. Da ihr Vorgesetzter keine Anstalten machte, sie mit einzubeziehen, ergriff sie schließlich die Initiative. »Wo Sie so einen abgeklärten Eindruck machen, könnte man meinen, daß Sie zu der gemäßigten Fraktion gehören, die sich von den Jakobinern abgespalten hat. Aber das täuscht. Tatsächlich gehören Sie zum Kreis um Lahrmann. Den Mord an Stanislaus Krowka haben Sie entweder gemeinsam ausgeheckt, oder Lahrmann hat ihn beauftragt und Sie haben ihn ausgeführt.«

»Ich weiß überhaupt nicht, wovon Sie sprechen!« Michael Kraft hatte vollends zu seiner grundständigen Beherrschung zurückgefunden. Sehr ruhig fuhr er fort: »Sie sind ja wahnsinnig. Jetzt scheint die Phantasie vollends mit Ihnen durchzugehen! – Betrachten Sie das Gespräch als beendet. Ich sage jedenfalls kein Wort mehr!« Er lehnte sich zurück und schaute demonstrativ ins Leere.

Dragovich warf Cigdem Flick einen ebenso kurzen wie scharfen Blick zu. Das wäre es fürs erste. Sie konnten gehen. Er erhob sich, drückte auf den in den Tisch eingelassenen Sensorknopf und sagte: »Herr Kraft möchte in seine Zelle zurückgebracht werden!« Die Justizvollzugsbeamten öffneten die Tür, legten dem Tatverdächtigen wieder die Handschellen an und führten ihn ab.

Cigdem war außer sich vor Frust und Wut über sich selbst. »So ein Mist, das hab' ich jetzt wohl gründlich vermasselt! Hätte ich doch bloß den Mund gehalten!«

Dragovich nickte. Den Weg zurück zum Präsidium legten sie schweigend zurück, von einer negativen Spannung wie von einem unsichtbaren Dritten begleitet. Bevor sie in das Gebäude eintraten, meinte Dragovich dann aber: »Jetzt zerbrech' dir mal nicht zu sehr den Kopf. Kraft hätte wahrscheinlich so oder so zugemacht. Lag ja quasi in der Luft.«

»Aber ich war dennoch zu unbeherrscht. Ich habe einfach zu schnell zu viel gesagt«, haderte die junge Kommissarin mit sich selbst.

»Na, das war ja im Eifer des Gefechts. Etwas impulsiv eben. Bei einem anderen Kandidaten hätte das durchaus Erfolg haben können. Weiß man vorher nie so genau …«

Cigdem war dem erfahreneren Kollegen dankbar, daß dieser sie nicht völlig zusammenfaltete, sondern sie ihr Gesicht wahren ließ.

Dragovich fuhr fort: »Wahrscheinlich warst Du auch sauer, weil Du dachtest, daß ich dich nicht genügend in das Verhör miteinbeziehen würde.« Ohne ihre Antwort abzuwarten öffnete er die Tür, sie gingen an grüßenden Beamten vorbei zum Bereich der Mordkommission. Thorsten Fellmich hörte sich ihren Bericht aufmerksam an. »Aus dem holen wir im Augenblick nicht mehr heraus«, kommentierte er. »Fraglich, ob der Staatsanwalt meint, schon genügend für die Anklageerhebung beisammen zu haben.«

Indem klopfte es an der Tür, und ohne ein »Herein!« abzuwarten, trat Polizeipräsident Netzthal ein. Er schloß die Tür umgehend, so als wollte er verhindern, daß jemand Unbefugtes seine folgenden Worte hörte. Er nickte Milan Dragovich und Cigdem Flick, die er nicht in Fellmichs Büro erwartet hatte, kurz zu und meinte dann: »Meine Herren, meine Dame, es geht los! Wir haben mit Gatz und dem Leiter des SEK alles vorbereitet. Heute Nacht gehen wir ›Unter Tage‹.«

Unter Tage

Die junge Kriminalkommissarin war völlig aufgeregt. Sie kannte bislang nur simulierte SEK-Einsätze von der Polizeischule. Lediglich einmal war sie vor Ort dabei gewesen, als in einem eskalierten Fall von häuslicher Gewalt mit Geiselnahme der Täter entwaffnet und dingfest gemacht werden mußte. Auch nicht ungefährlich, aber kein Vergleich mit einer so groß angelegten Aktion, wie sie nun bevorstand. Um sie etwas zu beruhigen und auch vor den kritischen Kommentaren der Kollegen zu schützen ging Dragovich mit ihr in den direkt gegenüber dem Eingang des Polizeipräsidiums liegenden Park auf dem Hamann-Platz. Es war ein warmer Spätherbsttag, nur wenige Wolken zogen über den blauen Himmel, und so setzten sie sich auf eine der Bänke. Obwohl ihr dies im Grunde natürlich selbst bekannt war, erklärte ihr der erfahrene Kollege noch einmal, daß sie beide zwar mit entsicherter Waffe mit dabei wären, aber gewissermaßen nur in zweiter, wenn nicht dritter Reihe. Das Kommando habe klipp und klar Hammerfest, seinen Anweisungen sei unmittelbar zu entsprechen. Selbst der Polizeipräsident habe während der Aktion so gut wie keinen Einfluß mehr auf die Entscheidungen des SEK-Chefs. Ginge irgendwie ja auch gar nicht anders. Während er sprach, hatte Cigdem ihre Haare zu einem Pferdeschwanz zusammengebunden, dann die Hände auf die Knie der ausgestreckten Beine gepreßt und dabei auf den Boden zwischen ihren Füßen gestarrt. Jetzt atmete sie mit einem Pfeifton lang aus, schüttelte dann den Kopf und sagte: »Baby, Baby, Baby!«

An Ruhe war fortan nicht mehr zu denken. Mit ebenso engagierter wie kontrollierter Betriebsamkeit wurde der Einsatz der das SEK-Team begleitenden Kriminalbeamten vorbereitet. Hammerfest und sein Führungsstab erläuterten die geplante Vorgehensweise und gaben Verhaltensmaßregeln. Eine kleinere Gruppe werde zu Beginn in Schacht 1/2/8 einsteigen, der sich nicht weit entfernt von der Essensausgabe in der ehemaligen Waschkaue im östlichen Teil des Geländes befand. Die dortige Situation wäre wegen des immer noch laufenden Wasserabpumpbetriebs nicht ganz ungefährlich, andererseits könnten hier eventuell eintreffende Flüchtige bestens gestoppt werden, sie hätten kaum eine Chance zu entkommen. Eine zweite größere Gruppe werde im Schacht 12, direkt unter dem Doppelbock-Förderturm am Ehrenhof, in das Stollensystem gelangen. Diese werde versuchen, die von hier ausgehenden Flöze so schnell wie möglich zu durchstreifen und zu sichern. Sehr gut möglich, daß man rasch auf den Versammlungsbereich der sogenannten Jakobiner, gegebenenfalls auch auf den der gemäßigten Abspalter treffen würde. Über das Ausmaß der internen Differenzen sei man sich überhaupt nicht im Klaren, zumindest bei der ersten Fraktion müßte man unter Umständen mit Feuergefechte rechnen. Die dritte Gruppe sollte schließlich von der Hintertreppe der Kohlenwäsche, oder besser des ehemaligen Ruhrmuseums, durch die versteckte Tür, von der Dragovich durch Nelly erfahren hatte, eindringen. Auch an dieser Stelle wäre die erste Aufgabe das Abschneiden eines Fluchtwegs, gleichwohl könnte ein Teil der SEKler von hier aus ausschwärmen und eventuell die Kollegen in der Mitte unterstützen. Hammerfest fand es am sinnvollsten, daß die Kommissare für Altenkriminalität diese dritte Gruppe unterstützten. Auf die Rückfrage, ob man nicht durch zum Teil noch existierende Flöze bis zum Schacht 4/9 in Katernberg, gleich neben der nun seit Jahrzehnten nicht mehr benutzten Trabrennbahn, oder zur Zeche Carl in Altenessen entweichen könne, meinte der Leiter der SEK, daß dies nicht völlig auszuschließen sei. Aber ihm stünden Spezialkräfte eben nicht in unbegrenzter Anzahl zur Verfügung, man müsse deshalb auf den Überraschungseffekt setzen. Das Stollensystem sei zwar gewaltig, aber viele Teile verschüttet oder verfüllt, stünden unter Wasser oder seien auf andere Weise unwegsam und lebensgefährlich. Seiner Ansicht nach dürfte nur ein überschaubarer Bereich über illegal betriebene Notbeleuchtung verfügen. Er könne sich nicht vorstellen, daß jedenfalls größere

Gruppen von Senioren nur mit Taschenlampen ausgestattet sich in eine solche Gefahr begeben würden.

Mit militärischer Präzision wurden anschließend die Einstiegszeiten kalkuliert. Der Beginn der Gesamtaktion wurde auf 10:00 Uhr abends festgelegt. Milan Dragovich und Cigdem Flick wurden mit ihrem Einheitsführer bekannt gemacht, man verständigte sich rasch über den konkreten Ablauf. Alle drei Gruppen des SEK standen permanent über signalstarke Mini-EDPPs in Verbindung, deren Frequenzen in raschen Abständen neu codiert wurden.

Cigdems Befürchtung, die Zeit bis zum Einsatz werde sich endlos dehnen, erfüllte sich nicht. Rascher als erwartet wurden die Mannschaftswagen bestiegen. Dann ging es ohne Blaulicht und Martinshorn zur Zeltstadt. Hammerfest hatte zwei Gruppen gebildet. Der erste Teil der Fahrzeuge sollte das Zollverein-Gelände in einem weiten westlichen Bogen umfahren und sich von Norden über die Bullmanaue Schacht 1/2/8 nähern, der Rest der Kolonne von Süden kommend in den Ehrenhof einfahren. Dort würden die Beamten je nach Einteilung in den Schacht 12 einsteigen oder, wie im Fall der jungen Kriminalkommissarin und ihres Chefs, über das ehemalige Ruhrmuseum zur getarnten Tür im hinteren Treppenhaus vordringen. Es war ein beachtlicher Troß, der sich da in Bewegung setzte, zumal auch mehrere gepanzerte Fahrzeuge und Wasserwerfer mitgeführt wurden. Angesichts der elektrischen Motorisierung ging das Ganze gleichwohl fast geräuschlos vonstatten. Natürlich gab es auch für LKWs Module mit Geräuschen ehemaliger Dieselmotoren der bekanntesten Hersteller. Im Polizeidienst wurden diese in erster Linie gewählt, um Passanten vor dem Herannahen der großen Fahrzeuge zu warnen. Im Rahmen von Fußballspielen oder Großveranstaltungen selektierte man besonders aggressiv klingende Motoren und stellte die Lautstärke nach oben, um entsprechenden Eindruck zu schinden. Für den jetzigen Einsatz hatte Hammerfest dagegen strikte Order gegeben, sämtliche Motorgeräuschmodule auszuschalten. So glitt die Kolonne lautlos durch die mondhelle Nacht – einen gespenstischen Eindruck mußte das auf Außenstehende machen.

Bald nachdem der erste Teil des Konvois für die Westumfahrung abgebogen war, erreichte der zweite den Haupteingang der ZZZ. Alle Polizisten entsicherten ihre Stunner, die Spezialkräfte ihre Stunner-Gewehre, die über eine besonders hohe Reichweite und Ladekapazität verfügten. Dazu wurden die Induktionsschleifen in den Plexiglas-Schilden eingeschaltet. Ein Kraftfeld entstand, das je nach Einstellung einen gegnerischen Impulswaffen-Angriff neutralisierte oder gar zurückwarf.

Die Wagen kamen zum Stehen, automatisch wurden die Türen geöffnet, und die Beamten sprangen heraus. Entsprechend ihrer Vorbereitung formierten sich die Gruppen für die jeweiligen Zugänge und eilten diesen entgegen. In der vordersten Reihe und an den Flanken liefen jeweils Schildträger. Von den Alten, die im Bereich des Ehrenhofes unterwegs waren, stürmten einige gleich davon, vermutlich in Richtung ihrer Zelte. Andere blieben angesichts der plötzlichen und massiven Polizeipräsenz wie angewurzelt stehen. Ihnen wurde bedeutet, sich still zu verhalten und sich sogleich in ihre Unterkünfte zurückzuziehen. EDPPs dürften nicht benutzt werden, ein Zuwiderhandeln könnte strafrechtliche Folgen haben. Die meisten der Alten befolgten die Anweisung, einige blieben aber nach wenigen Metern stehen oder folgten gar den Einsatztrupps in sicherem Abstand, um das Geschehen zu beobachten.

Das Team, dem Milan Dragovich und Cigdem Flick zugeteilt waren, stürmte die stillstehende Rolltreppe zum ehemaligen Foyer des Ruhrmuseums hinauf. Wie durch ein Wunder befand sich zu diesem Zeitpunkt kein Alter auf der ehemaligen Edelstiege. Oben aber stieß man auf die übliche Feiergesellschaft, wenngleich etwas weniger los war als sonst. Für Montage generell nichts Ungewöhnliches, da erholten sich viele noch von einem durchzechten Wochenende. Außerdem durfte vielen Alten die Ermordung Nellys in den Knochen stecken. Viele Gerüchte rankten sich um die Tat, doch genaues wußte man natürlich nicht. Zweifellos ging die Angst um.

»Aus dem Weg!« rief der Gruppenleiter, und die erschreckten Alten stoben auseinander, zum Teil ihre Getränke verschüttend. Auf die Idee, die Polizei zu verhöhnen, ansonsten ein beliebter und vielbetriebener Sport, kam diesmal niemand. Die Gespräche verstummten, man drängte sich so weit wie möglich an den Rand. Rechts und links löste sich jeweils ein Beamter von der Gruppe, um mögliche Gefahrenpotenziale auszuloten. Auf die Schnelle konnten auch die Kommissare für Altenkriminalität nichts entdecken, von seinen besonderen Bekannten sah Dragovich nur Hugo Cabernet, der sich hinter die Theke gerettet hatte und schützend die Hand über sein Rotweinglas hielt. Der Trupp stürmte nach rechts durch die Halle mit der großen Lore, erreichte das hintere Treppenhaus mit den orange-leuchtenden Umlaufbändern und war bald vor der versteckten Tür angelangt. »Zurücktreten!« befahl der Gruppenleiter, dann richtete einer der Beamten eine Sauerstofflanze auf den Schloßbereich, der in Sekunden schmolz. Die Tür ging darauf von selbst auf, und die Beamten drangen in den Tunnel ein. Schnell war die Gabelung erreicht, von der es nach links zu den parzellierten Schlafstellen abging und nach rechts in den größeren Stollen, der nach den bisherigen Erkenntnissen zum Versammlungsort der Jakobiner führte. Mehrere Beamte checkten den nach links abgehenden Teil, in zwei der Parzellen empfingen Prostituierte ihre Freier, in einer weiteren lag ein Alter im Drogenrausch. Die Hände dieser Personen wurden mit Kabelbindern arretiert. Während der Großteil des Teams nun in den rechten Stollen vorstieß, blieben vier Einsatzkräfte zurück, um vor allem den Eingangsbereich zu sichern. Der nach links abgehende Teil schien nicht weitläufig zu sein, offenbar handelte es sich nur um einen kleineren blinden Stollen.

Trotz des Ernstes der Lage fühlte sich Milan Dragovich an Action-Thriller erinnert, die er früher im Kino gesehen hatte und zum Teil auch heute noch in sein EDPP herunterlud. Die

Gesten der Gruppenführer, ob man ihnen zum Beispiel folgen oder sich in eine bestimmte Richtung bewegen sollte, kannte er eher von dort als aus dem Polizeitraining. War der Leiter des Kommissariats für Altenkriminalität trotz der Anspannung begeistert von der schieren Lautlosigkeit, mit der sich das Team bislang bewegte, schlug seiner jungen Kollegin das Herz bis zum Halse. Rechts voraus fiel aus einem Seitenraum Licht in den Stollen, man hörte Menschen in angeregter Unterhaltung. Der Gruppenleiter hob die rechte Hand, sofort stand das Team bewegungslos. »Eure Einsätze!«

Es folgt ein kurzer Moment der Stille, dann: »Nichts geht mehr!«

Illegales Glücksspiel, dachte Dragovich. Wie vermutet.

»Eure Einsätze!« rief jetzt auch der Gruppenleiter und sprang mit einem Satz zurück. Die Beamten drangen blitzschnell in den Raum vor, in dem sich vielleicht fünfzehn Personen um einen Roulette-Tisch gruppiert hatten.

»Nichts geht mehr! Hände hoch!« Der Gruppenleiter hatte offensichtlich Sinn für Humor. Die überrumpelten Spieler fügten sich in das Unvermeidliche, einer, der sich sogleich in die hinterste Ecke des Raumes verzogen hatte, griff jedoch in seine Innentasche und zog einen Klein-Stunner hervor. War das nicht Fred Carlsson?

»Achtung! Schußwaffe!« schrie Dragovich, der die Aktion seines guten Bekannten vielleicht als erster bemerkt hatte. Carlsson zielte mitten auf die Gruppe und drückte ab. Doch geistesgegenwärtig hatte eine der Sondereinsatzkräfte das Schild hochgerissen. Der Impuls wurde zurückgeworfen und erfaßte etwa die Hälfte der Spieler, die sofort zu Boden sank. Der Rest ließ sich widerstandslos festnehmen, wurde ebenfalls mit Kabelbindern arretiert. Ein Beamter blieb zur Bewachung zurück.

Weiter ging es in den Stollen, wobei sie zunächst zwei ähnliche, allerdings unbeleuchtete und unbenutzte Spielhallen passierten. Dann folgten einige kleinere Ausbuchtungen, die wie Verkaufsstände schienen. Es waren jedoch weder Verkäufer noch Waren zu sehen. Der Tunnelgang führte nun in einem Bogen nach links, in einiger Entfernung gewahrte man ein recht starkes Licht. Die Beamten pirschten sich weiter vor, dann gab der Gruppenleiter über Funk zu verstehen, daß er viele Personen reden höre, offenbar eine Versammlung. Man drückte sich entlang der Wände noch etwas näher heran und gewahrte, daß sich der Stollen in eine große unterirdische Halle öffnete. Unwillkürlich fühlte sich Dragovich an die Unterwelt der Arbeiter aus dem Stummfilm Metropolis erinnert, den er vor etlichen Jahren, zu Zeiten noch halbwegs regelmäßiger Vorführungen, einmal im Kino des Düsseldorfer Filmmuseums gesehen hatte. Begleitet auf der hauseigenen Welte-Orgel, die ihn immer an einen prähistorischen Synthesizer erinnert hatte.

In der Halle mochten sich etwa fünfzig bis sechzig Personen aufhalten, von denen sich viele zu zweit oder in kleinen Grüppchen in angeregtem Diskurs befanden. Auf einem erhöhten Podest am hinteren Rand, wo der Stollen wieder austrat, stand ein Redner vor einem Mikrophon, offenbar umgeben von engen Gefolgsleuten. Jetzt richtete er das Wort an die Anwesenden: »Wer nicht begreift, daß man mit ganzer Härte und aller Entschlossenheit gegen das System vorgehen muß, hat nichts verstanden. Nur die große Geste kann etwas bewegen. Die Kleingeistigen werden untergehen!« Diese Stimme erkannte Dragovich sofort. Der einäugige Lahrmann. Genau richtig erschlossen also. Ein größerer Teil der Versammlung johlte zustimmend, ein anderer murrte.

Da erhob jemand aus dem ihnen nächstliegenden Bereich der Halle die Stimme: »Schweig' stille! Ich kann dich nicht mehr ertragen, Du Mordbube!«

Cigdem schob sich dicht an Dragovich heran. »Das ist Danton, ich meine Anton.«

Der Hauptkommissar nickte. Sie blickten wieder zu Lahrmann, der den Angriff sogleich zurückwies. »Verräter haben in unseren Reihen nichts zu suchen. Sie erfahren nichts anderes als ihre gerechte Strafe!« Das klang tatsächlich wie Robespierre.

»Du hast uns etwas von Gerechtigkeit zu erzählen! Selbst-
gerechtigkeit, das ja. Durch deine Aktionen wird unsere Lage
nur noch viel schlimmer!« kommentierte Anton.

»Überspann' den Bogen nicht! Meine Geduld geht zu Ende
mit dir, Du versoffener russischer Pseudo-Demokrat!« don-
nerte der einäugige Lahrmann vom Podest herab.

»Verfluchter Demagoge, deine Tage sind gezählt«, polterte
sein Gegner zurück.

»Demagoge bedeutet im eigentlichen Sinne ›Führer des Volkes‹ und das bin ich gerne«, gab sich Lahrmann überlegen.

»Und im uneigentlichen Sinne heißt es ›Volksverführer‹.
Volksverhetzer!« Weiter kam Danton oder Anton nicht. Die
in Schacht 12 eingestiegene Hauptgruppe unter Führung von
Gesamteinsatzleiter Hammerfest stand im Stollen am anderen
Ende der Halle, mit dem Leiter ihrer eigenen Gruppe hatte
man sich darauf verständigt, die gesamte Versammlung in die
Zange zu nehmen. Hauptzielperson war natürlich Lahrmann,
entkommen sollte aber niemand. Unter dem Kommando
»Zugriff!« stürmten beide Teams mit gezogenen Stunnern in
die Halle. Dragovich durchzuckte einen Moment der Ge-
danke, ob »Zugriff« angesichts einer Gruppe von etwa sechzig
Personen der richtige Ausdruck war. Aber vielleicht war das
ja eher auf Lahrmann gemünzt. Sofort stellten sich weitere
Getreue um ihren Anführer, um diesen zu schützen. Viele
Mitglieder der Jakobiner-Fraktion zogen Stunner und richte-
ten diese auf die vorstürmenden Polizisten. »Na, Glück-
wunsch! Auf welcher Seite steht ihr denn jetzt, ihr Feig-
linge!?«

»Hände hoch, ergeben Sie sich! Dann wird Ihnen nichts geschehen!« rief Hammerfest über einen mitgeführten Flachlaut-
sprecher. Einige Beamte gingen zielstrebig auf Lahrmann zu.

»Tut etwas!« schrie dieser, worauf einige seiner engsten Ge-
folgsleute das Stunner-Feuer eröffneten. Die Polizisten hielten
zwar ihre Schilde vor sich, dennoch wurde einer getroffen und
zurückgeschleudert. In der Nahkampfsituation waren die
Schilde auf »Neutralisieren« eingestellt, um nicht versehent-

lich eigenen Kollegen Schaden zuzufügen. Nun machten auch die Beamten von ihren Dienstwaffen Gebrauch.

»Kommt Leute, das hat doch keinen Sinn! Laßt uns aufgeben!« versuchte sich Anton in der tumultartigen Situation Gehör zu verschaffen. Dies war umso schwieriger, als er im Gegensatz zu Lahrmann über kein Mikrophon verfügte. Er hob beide Hände, in der rechten seine Krücke, hoch über den Kopf und ging zur Seite, einige seiner Anhänger folgten ihm. Da traf ihn ein Impuls mit voller Wucht in den Rücken. Dragovich schaute zum umstellten Podest und fragte sich, ob einer von Lahrmanns Getreuen oder dieser selbst der heimtückische Schütze war. Einige Beamte bildeten darauf sofort einen Schutzwall aus Schilden für die sich Ergebenden. Leider entschlossen sich ein paar von Antons Anhängern im Licht der großangelegten Polizeiaktion, den radikalen Jakobinern beizustehen. Dabei vor allem sicher jene, die nicht mitbekommen hatten, was ihrem Führer gerade widerfahren war. Die Impulswellen gingen hin und her, doch schon jetzt war abzusehen, daß die Aufständischen keine Chance gegen die Spezialeinsatzkräfte haben würden. Eine unbändige Wut stieg in Dragovich auf. Der Kriminalhauptkommissar schob seine junge Kollegin mit der linken Hand hinter zwei schildbewehrte Beamten und bahnte sich dann seinen Weg in Richtung des Podestes. Das Bild der ermordeten Nelly vor Augen hatte er sich in den Kopf gesetzt, höchstpersönlich mit dem einäugigen Lahrmann abzurechnen. Doch dieser war gar nicht mehr zu sehen, komplett abgeschottet durch seine Getreuen und umstellt von Einsatzkräften.

»Dragovich, zurück!« rief Hammerfest. »Bleiben Sie hinter den Schilden der Kollegen!« Das war das letzte, was der Hauptkommissar für Altenkriminalität hörte. Cigdem schrie auf, als sie sah, wie ihr Kollege gleichsam von einer unsichtbaren Riesenfaust gepackt und nach hinten gerissen wurde. Obwohl sich alles in Sekundenbruchteilen abspielte, nahm Dragovich selbst noch wahr, wie er in die Luft geschleudert wurde. Den Aufprall am Boden spürte er dagegen schon nicht mehr.

Aufenthalt im Klinikum

Es war gegen 8:00 Uhr am Morgen des nächsten Tages, als Milan Dragovich in der Neurologie des Klinikums »Neue Mitte« wieder zu sich kam. Die Sonne schien ins Zimmer, in weiter Ferne zwitscherten Vögel. Jemand hielt seine rechte Hand, das fühlte sich gut an. Er hob den Kopf ein wenig und sah, daß Cigdem neben seinem Bett saß. Er blinzelte und versuchte ein Lächeln. Seine Kollegin lächelte zurück, sie sah völlig übernächtigt aus. »Da haben Sie aber großes Glück gehabt … das war schon eine gewaltige Impulsladung!« Erst jetzt bemerkte der Kriminalhauptkommissar den jungen chinesischen Arzt, der zu seiner Linken stand und in einem Formular Eintragungen vornahm. Sein Deutsch war akzentgefärbt, aber ansonsten tadellos.

»Wir machen noch ein paar Tests, messen später auch noch einmal die Hirnströme. Aber ich habe ein gutes Gefühl. Heute Nachmittag kommt ja auch der Chefarzt wieder vorbei, Sie sind ja privat versichert. Wenn es keine Auffälligkeiten gibt, kommen Sie sicher morgen schon raus.«

Dragovich nickte freundlich und sagte: »Xiè xiè.«

Der Arzt, schon fast an der Tür, drehte sich hocherfreut um: »Bù yòng xiè, gern geschehen! Woher kennen Sie denn unser Wort für ›Danke‹?«

Sein Patient gestand, daß er Fan der Kommissare Liu Bei und Cao Cao aus dem Duisburger Tatort sei. Er auch, grinste der Mediziner und verließ grüßend den Raum.

»Mann, Du hättest tot sein können! Ich habe mir solche Sorgen um dich gemacht!« Dragovich zog die immer noch sichtlich geschockte Cigdem zu sich heran und drückte sie fest an sich. Sie schmiegte ihre Wange an die seine und gab ihm einen kurzen Kuß auf die Stirn. Verstohlen schaute sie zur Seite, so als könne sie jemand beobachten. Dabei lag der Beamte doch in einem Einzelzimmer. So vieles hatte sich in den letzten 20 Jahren verändert, dachte sie. Das Zweiklassen-

System bei der Krankenversicherung aber hatte sich erhalten. Nach wie vor erfuhren privat Versicherte eine bevorzugte Behandlung. Sie hatten Anspruch auf ein Einbett- oder zumindest Zweibettzimmer und vor allem auf Versorgung durch den Chefarzt. Sämtliche möglichen Untersuchungen und Maßnahmen wurden bei ihnen durchgeführt. Keine Frage, daß dies alles schon einmal über Leben und Tod entscheiden konnte, zumindest aber Einfluß auf die Art und Dauer der Heilung hatte. Der einzige Nachteil mochte sein, daß vielleicht auch überflüssige Untersuchungen, vor allem im Bereich der Gerätemedizin, durchgeführt wurden. Denn bei Privatpatienten klingelte die Kasse bei Krankenhäusern und Ärzten wie früher im Einzelhandel zur Weihnachtszeit.

Als erstes wollte Milan Dragovich von Cigdem wissen, ob Lahrmann gefaßt worden sei. Leider mußte sie dies verneinen. Als er zu Boden gegangen sei, habe es einen Durchbruch aus der umstellten Gruppe am Podest gegeben. Insgesamt drei Personen seien in den Stollen geflüchtet, aus dem Hammerfest mit seinen Leuten gekommen sei. Tatsächlich seien zwei von ihnen beim Versuch, über Schacht 1/2/8 zu entkommen, ergriffen worden. Insofern eine gute Idee der Einsatzleitung, dort Spezialkräfte zu positionieren. Der einäugige Lahrmann indes hielte sich entweder immer noch in der Schachtanlage auf, oder sei über einen bisher nicht identifizierten Weg entwichen. »Also alles umsonst«, sagte Dragovich gequält. Cigdem schüttelte den Kopf. Man habe schließlich alle Teilnehmer der Versammlung bis auf ihn inhaftieren können, sie würden nun vernommen, sicher werde man in Kürze über wertvolle Informationen verfügen, die schon zu seiner Ergreifung führen sollten. Der Club der radikalen Jakobiner sei durch den Einsatz erstmal gesprengt. Dragovich gab zu bedenken, daß Lahrmann, solange er sich auf freiem Fuß befände, weiterhin großes Unheil anrichten könne. Cigdem Flick aber wandte ein, daß der ehemalige Lehrer in der Vergangenheit aber offenbar nie allein gehandelt habe. In der

ZZZ sei er nach Aushebung des Widerstandsnestes jetzt völlig isoliert. Die Ermordung und Zurschaustellung Nellys sei bei den Bewohnern der Zeltstadt auf Entsetzen und äußerste Ablehnung gestoßen. Als nun offensichtlicher Urheber der Tat könnte Lahrmann trotz der fatalen Lage der Menschen auf Zollverein wohl kaum noch auf Unterstützung zählen. Der Hauptkommissar nickte und schaute kurz aus dem Fenster. Der stahlblaue Himmel, über den einzelne, kleine Schönwetterwolken zogen, konnte ihn wenig aufmuntern. Er war besorgt und frustriert. Ehrlicher gesagt, mehr frustriert als besorgt. Dann schaute er Cigdem in die Augen, drückte fest ihre Hand und bat sie, nun nach Hause zu gehen. Sie müsse sich dringend erholen. Seine junge Kollegin seufzte, drückte ihn nochmal zum Abschied und verließ den Raum. Kurz darauf rief Thorsten Fellmich an, um sich nach seinem Zustand zu erkundigen und gute Besserung zu wünschen. Dragovich dankte, irgendwie war ihm, daß sich sein Kollege von der Mordkommission seltsam distanziert anhörte. Nun, der war natürlich auch völlig übermüdet.

Am Nachmittag, nachdem alle Tests bereits stattgefunden hatten, schaute der Chefarzt vorbei. Schon in etwas fortgeschrittenerem Alter konnte sich der Professor für Neurologie, der gleichzeitig Lehrstuhlinhaber war, äußerliche Eigenheiten leisten. Er trug eine runde Hornbrille, wie sie Anfang des 20. Jahrhunderts im Reich der Mitte verbreitet war und ließ den dünnen Kinnbart lang wachsen. Auch die weißgrauen Haare waren für einen Chinesen in offizieller Position außergewöhnlich lang. Es hätte nur noch gefehlt, daß er sie zu einem Zopf gebunden hätte. Alle Resultate seien in Ordnung. Doch wolle er ihn zur Beobachtung noch zwei Tage auf der Station behalten. »Danke, Professor, aber ich fühle mich schon sehr viel besser. Kann ich nicht schon heute gehen?« Ein dunkler Schatten huschte über das Gesicht des Chefarztes. Nein, das ginge auf keinen Fall. Zumindest eine gewisse Weile müsse er noch beobachtet werden. Am Ende einigte man sich auf eine Entlassung am nächsten Tag.

Der alte Wolf an der kurzen Leine

Vom Klinikum »Neue Mitte« hatte sich der Hauptkommissar für Altenkriminalität zu Fuß auf direktem Wege zum Polizeipräsidium in der Büscherstraße begeben. Auf dem Weg zu seinem Büro schaute er zuerst bei Fellmich vorbei um herauszufinden, ob es etwas Neues in Bezug auf Lahrmann gäbe. Gefaßt habe man ihn nicht. Der befreundete Kollege wirkte immer noch distanziert, das hatte sich Dragovich also nicht eingebildet. Etwas Neues gebe es aber schon. Man habe unter der Bezeichnung »Soko Zyklop« ein Spezialteam zur Ergreifung des Flüchtigen gebildet. »Gut, da werde ich einen wertvollen Beitrag liefern können!« freute sich sein Kollege.

Thorsten Fellmich schaute zu Boden. »Das tut mir jetzt wirklich leid. Aber Du bist leider nicht dabei!«

Fassungslos sank Milan Dragovich auf den nächstbesten Stuhl.

»Netzthal meint, Du solltest dich jetzt mit deiner ganzen Energie auf den Prozeß gegen Michael Kraft konzentrieren …« Der Leiter der Mordkommission wirkte betreten.

»Das darf doch nicht wahr sein! Komm', sag' mir wirklich, was hier los ist!«

»Also, das hat Netzthal schon ernst gemeint. Aber okay, der Hammerfest hat sich wohl bei ihm über dich beschwert. Du hättest mit deiner, nun, unkontrollierten Aktion den ganzen Einsatz ein Stück weit gefährdet. Ohne deinen Ausraster wäre Lahrmann eventuell gar nicht entkommen.«

Dragovich schluckte schwer. »Das ist ja fein ausgedacht! Zu blöd, mit seinen Elite-Typen die Ausreißer gleich zu stoppen. Und das Verschwinden von Lahrmann dann ausgerechnet mir in die Schuhe schieben zu wollen. Mir, der überhaupt erst herausgefunden hat, daß der nicht nur der Rädelsführer des Aufstands, sondern auch der Hauptverdächtige im Mordfall Nelly ist, und mit Sicherheit auch mit der Ermordung von Stanislaus Krowka zu tun hat!«

Fellmich nickte. »Du hast ja Recht, aber am besten besprichst Du das selbst mit Netzthal ...«

Aufschieben half hier nichts, deshalb war Dragovich sogleich beim Kripochef vorstellig geworden. Netzthal versicherte ihn seiner Verdienste, versuchte abzuwiegeln. Ja, es stimme, Hammerfest habe irgendetwas von unprofessionellem Verhalten erzählt, aber er könne sich das nicht vorstellen und glaube das auch nicht.

Aber als Chef müsse er nun mal die Kräfte seiner Truppe so sinnvoll wie möglich einteilen. Und so sehr man daran interessiert sei, den Flüchtigen zu ergreifen, so wichtig sei es andererseits sowohl für ihn selbst als auch für die Öffentlichkeit, den Mörder des armen Stanislaus Krowka abgeurteilt zu sehen. Es half nichts, Milan Dragovich mußte sich in sein Schicksal fügen.

Verfahren und Verurteilung

Die nächsten Wochen vergingen mit der Vorbereitung des Prozesses gegen Michael Kraft. Dieser war zu keiner Aussage mehr bereit. Gemeinsam mit Cigdem Flick und Thorsten Fellmich trug der Leiter des Kommissariats für Altenkriminalität daher alle bislang gesammelten Fakten für die Anklageerhebung zusammen. Staatsanwalt Gatz, der mit seiner Behörde ja gleich gegenüber dem Polizeipräsidium residierte, war überaus freundlich und ausgesprochen dankbar für die enge Kooperation. Die »Soko Zyklop« konnte unterdes keine großartigen Ergebnisse vorweisen. Man habe die gesamte Schachtanlage durchkämmt, auch Schäferhunde eingesetzt. Dragovich mußte schmunzeln, als er das hörte. Immerhin hatten alle technischen Entwicklungen die vierbeinigen Polizeihelfer nicht ersetzen können. Lahrmann habe die ZZZ definitiv verlassen. Höchst unwahrscheinlich, daß er sich noch auf Essener Stadtgebiet aufhalte. Noch undenkbarer, daß er sich ins benachbarte Duisburg abgesetzt habe. Man sei im engen Kontakt mit allen Polizeidienststellen in NRW, Lahrmann sei natürlich bundesweit zur Fahndung ausgeschrieben. Auch die Benelux-Staaten seien alarmiert. Die vollends abgeschottete Schweiz, der sich Österreich schon vor 12 Jahren in einem losen Verband angeschlossen hatte, lehnte dagegen die Kooperation ab. Zur Polizei in Frankreich, seit vielen Jahren von einer rechtsautoritären Regierung beherrscht, gab es keine funktionierenden Kontakte mehr. Die Chinesen hingegen, die sich selbst in ihrer Exklave von Unruhestiftern wie dem ehemaligen radikalen Lehrer bedroht fühlten, hatten die Unterstützung ihres Geheimdienstes angeboten. Nach kurzer Rücksprache mit der Landesregierung war dieses Angebot jedoch abgelehnt worden.

Die Gerichtsverhandlung erwies sich als lang und zäh. Die Staatsanwaltschaft warf Michael Kraft vor, aus niedrigen Beweggründen und mit äußerster Heimtücke gehandelt zu haben. Nicht zuletzt, wenn man an die Bisse in die zugefügte offene Halswunde denke, auch zur Befriedigung eines wie immer gearteten perversen Triebes. Michael Kraft änderte sein Auftreten und seine Aussagen mit jedem Prozeßtag und verblüffte damit die Ermittler, die bald nach seiner Festnahme geglaubt hatten, einen vollständigen Eindruck von seiner Person gewonnen zu haben. Zunächst behauptete der Angeklagte, er sei von einem Düsseldorfer Serienmörder des frühen 20. Jahrhunderts inspiriert worden. Dies griffen die Medien sofort auf, und seitdem wurde Kraft nur noch »Der Vampir von Essen« genannt, obwohl er vehement abstritt, in irgendeiner Weise abartig triebhaft gesteuert zu sein. Bald erklärte er, er habe ein Verbrechen ohne Hintergrund und Motiv begehen wollen. Einziger Sinn sei eine »Bestrafung« der Gesellschaft gewesen, die sich in einer widerwärtigen Entwicklung befände, insbesondere was die Verelendung der Alten und deren Behandlung anginge. Dann korrigierte er sich selbst, das Wort »Strafe« sei zu emotional. Seine Tat müsse man eher als »Kommentar« zur Gesellschaft begreifen. Er sei dennoch einem plötzlichen Impuls gefolgt, Stanislaus Krowka sei ein reines Zufallsopfer gewesen, es hätte jeden anderen genauso treffen können. Im Ernst, er habe früher schon an sechs anderen Mülleimern Flaschensammler beobachtet und sich dann entschlossen, am siebten zuzuschlagen. Er habe sich gefreut, daß die Medien seinem Plan entsprechend lange Diskussionen über das Flaschensammeln geführt hätten. Wegen des Flaschenpfandes einen Menschen umzubringen, wäre ihm aber natürlich nie in den Sinn gekommen.

Die Staatsanwaltschaft blieb insgesamt unbeeindruckt. Gatz führte mehrfach aus, daß das, was als explosionsartiger Ausbruch von Gewalt erscheine, tatsächlich eine von langer Hand geplante, kaltblütig und ruhig ausgeführte Tat sei. Stanislaus Krowka sei eben kein Zufallsopfer. Das mit der erwünschten »Bestrafung« der Gesellschaft möge aus Krafts Sicht wohl stimmen. Stanislaus Krowka aber habe man zum einen nicht nur wegen seiner Altersarmut, sondern zum anderen auch wegen seiner – unter Umständen damit in Verbindung stehenden – tragischen Familiensituation dazu gebracht, seiner eigenen Ermordung zuzustimmen. Am Tattag habe man ihn mit starken Betäubungsmitteln derart vollgepumpt, daß er vermutlich kaum Schmerzen gespürt, ja, seinen eigenen Tod nicht einmal bewußt mitbekommen habe. Michael Kraft habe gezielt einen ihm ähnlichen Menschen ausgewählt, de facto aber ein noch viel ärmeres Schwein, um eine entsprechend große Empörung in der Öffentlichkeit auszulösen.

Angesichts der häufigen und mit ihm nicht abgesprochenen Wechsel in Krafts Darstellung hatte der Pflichtverteidiger seine liebe Not, eine Gradlinigkeit in der Person seines Mandanten zu vermitteln. So hielt er sich denn länger an dem Ausdruck »ärmeres Schwein« auf, für den die Staatsanwaltschaft sich schließlich entschuldigen mußte, was in der Sache aber zu nichts führte außer zu einer Verzögerung bei der finalen und gravierenden Unterstellung der Anklage, daß Michael Kraft überhaupt nicht alleine beziehungsweise ausschließlich aus eigenem Antrieb gehandelt habe. Vielmehr sei die ganze Tat ein Komplott zwischen ihm und dem einäugigen Lahrmann gewesen. Selbst die Art der Schnittwunde am Hals sei offenbar Stil des flüchtigen Aufrührers und vorgeplant gewesen, denn in exakt gleicher Weise sei ja auch später die Prostituierte Nelly getötet worden. Lediglich bei den nachträglichen Bissen, die es bei jener ja nicht gab, müsse von eigenem perversen Antrieb ausgegangen werden. Während der Pflichtverteidiger energisch protestierte, sein Mandant habe diese Handlung nur durchgeführt, um eine besondere Schockwirkung zu erreichen und keinesfalls aus abartiger Veranlagung heraus, beschloß der Angeklagte nun vollständig zu schweigen. Nur als Richter Ibrahim der Bedeutung der 9,48 Mark in Michael Krafts Portemonnaie nachging und mutmaßte, daß dieser seine Ergreifung, unter Umständen gar seine Tötung, geplant und mit dem Geldbetrag der Nachwelt einen Hinweis auf seine Handlungsmotivation, vor allem aber auf den Mittäter und möglicherweise Urheber des ganzen Verbrechens – Lahrmann –, habe geben wollen, hatte der Angeklagte gegrinst und gemeint: »Schön, daß Sie aus diesem reinen Zufall einen solchen Schluß ziehen wollen. Das ist ja wie Runen- oder Kaffeesatzlesen, und wirft wohl ein bezeichnendes Licht auf den ganzen Prozeß!« Milan Dragovich und Cigdem Flick konnten sich aber nicht des Eindrucks erwehren, daß Kraft tiefe Genugtuung über die Dechiffrierung seiner Botschaft verspürte. Offensichtlich hielt er das selbst für einen Geniestreich, war aber in keiner Weise bereit, den Anführer der radikalisierten Alten aus der Zeltstadt zu belasten.

Richter Ibrahim gab sich große Mühe mit der Befragung verschiedener Zeugen aus der ZZZ. So hörte er auf Vorschlag von Dragovich unter anderem die Ex-Versicherungsmaklerin Adele Kaiser an, aus der U-Haft bestellte er Fred Carlsson, der in Handschellen vorgeführt wurde. Auch Krafts geschiedene Ehefrau Anita Cervinski mußte aussagen. Alle Zeugen erklärten übereinstimmend, daß sie den Angeklagten stets als aufrechten Menschen gesehen hätten. Ja, er sei verbittert über seinen unaufhaltsamen Abstieg, habe an der Gesellschaft und sicher auch an sich selbst gezweifelt. Keiner der Befragten hatte sich jedoch vorstellen können, daß Michael Kraft zu einer solch schrecklichen Tat fähig gewesen wäre. Da müsse wohl ein Schalter umgeklappt sein, meinte Fred Carlsson. Milan Dragovich und Cigdem Flick hatten sich vielsagend angesehen. Welcher Schalter wohl bei Carlsson umgeklappt sein mochte, als er beim illegalen Glücksspiel unter Tage ertappt einen Stunner zog und auf die Polizisten anlegte? Richter Ibrahim wollte wissen, ob einer der Zeugen später noch etwas in Bezug auf die Hintergründe der Tat gehört hätte. Alle verneinten, bis auf Krafts Ex-Frau jedoch keiner ganz glaubhaft. Nach vier weiteren Verhandlungstagen wurde Michael Kraft wegen gemeinschaftlichen Mordes zu lebenslanger Haft verurteilt. Nicht zuletzt wegen der an den Tag gelegten Grausamkeit wurde eine besondere Schwere der Schuld festgestellt, anschließende Sicherheitsverwahrung angeordnet. Die Verteidigung wollte in die Revision gehen, sie rechnete sich gute Chancen aus, da es für das angebliche Komplott mit Lahrmann keine stichhaltigen Beweise gebe. Die Indizienlage sei doch recht dünn. Man müßte den Flüchtigen erst einmal ergreifen und ihm den Prozeß machen. Doch Kraft erklärte mit stoischer Miene, daß er auf eine Revision verzichte und das Urteil annehme. Er würde wohl nie wieder einen Schritt in Freiheit gehen.

Bemerkenswert fanden Milan Dragovich und Cigdem Flick, die ihrerseits auch mehrfach in den Zeugenstand gerufen worden waren, daß Anita Cervinski nach ihrer Befragung noch an zwei weiteren Tagen im Gerichtssaal anwesend war. Sie hatte jeweils in der hintersten Reihe gesessen und unablässig in ein Taschentuch geweint. Der pensionierte leitende Forstbeamte war indes nicht auszumachen gewesen. Und Kraft hatte kein einziges Mal in ihre Richtung geschaut.

Der Sonnenschein-Flöz

Während sich Cigdem Flick freute, daß ihr erster großer Fall trotz der tragischen Begleitumstände erfolgreich abgeschlossen war, blieb bei ihrem älteren Kollegen ein schales Gefühl zurück. Die Ermordung von Nelly, für die er sich mitverantwortlich fühlte, nahm seit längerem viel größeren Raum in seinem Denken ein als die gleichwohl schreckliche Tat von Michael Kraft. Diese war geschehen ohne sein Zutun, die Sache mit Nelly hätte er dagegen vielleicht verhindern können. Er bedauerte weiterhin zutiefst, daß er nicht der »Soko Zyklop« angehörte. Sollte er sich wirklich beim Einsatz in der Schachtanlage einen Fehler habe zuschulden kommen lassen, so hätte er gehofft, daß man ihm diesen angesichts seiner langjährigen Verdienste vergeben hätte. Dies hatte er auch Netzthal gesagt, der die beiden nach dem Urteilsspruch zu sich eingeladen und ihnen für die gute Arbeit gedankt hatte. Doch der Kripochef hatte gemeint, daß sein Verhalten unter Tage vielleicht zwar etwas unüberlegt gewesen sei, er ihm dies aber wie bereits mitgeteilt wirklich nie nachgetragen habe oder ihn gar hätte bestrafen wollen. Tatsächlich habe er ihm doch schon seit einiger Zeit gesagt, er müsse sich mal etwas rausnehmen. Schließlich habe er auch eine Fürsorgepflicht für seinen ja in besonderer Weise engagierten Kommissariatsleiter, und für die Polizei selbst wäre natürlich die langfristige Erhaltung seiner Arbeitskraft prioritäres Ziel. Nichtsdestotrotz sei er aber auch überzeugt gewesen, daß er sich gemeinsam mit Cigdem Flick ganz auf den Prozeß gegen Kraft hätte konzentrieren müssen.

Irgendwann hatte Hammerfest angerufen. Er wolle klare Verhältnisse. Ja, es stimme, er habe sich damals über das unüberlegte Verhalten geärgert. Dragovich horchte auf. Das war doch genau die gleiche Formulierung, die Netzthal zuletzt gewählt hatte! Jedenfalls habe er als damaliger Einsatzleiter nie angeordnet, Dragovich von der »Soko Zyklop« auszuschließen. Das hätte er formal auch gar nicht gekonnt. »Jaja«, sagte

Dragovich und dachte, daß er gleichwohl aber eine dringende Empfehlung gegen ihn abgegeben habe. Unaufgefordert und so, als wolle er damit etwas wieder gutmachen, berichtete Hammerfest dann davon, wie man die Schachtanlage auf Zollverein minutiös durchgekämmt habe. Dabei habe man einen gut getarnten Flöz entdeckt. Bis auf einen nicht einmal mannshohen Eingang, verschlossen mit einem in Kohle-Farbe gestrichenen Bauteil aus Holz und Styropor, wie es von einem Filmset hätte stammen können, sei der Stollen zugemauert gewesen. Der sagenumwobene Sonnenschein-Flöz. Gut möglich, daß Lahrmann hierdurch entkommen sei. Der Stollen ende an der Zeche Carl, wo der Ausgang ebenfalls getarnt gewesen sei. Im Nachhinein mache er sich Vorwürfe, dort nicht auch noch Einsatzkräfte postiert zu haben. Letztendlich habe aber er aber auch nicht unendlich viele Beamte zur Verfügung gehabt. Spannend und sicher interessant für ihn zu wissen, zumal in den Medien bislang noch nicht darüber berichtet worden wäre, sei der Fund mehrerer verschwundener Kunstschätze aus dem ehemaligen Ruhrmuseum gewesen. Dessen letzter Direktor, der sich nach allgemeiner Annahme an unbekanntem Ort im Ausland aufhalte, habe diese zum Teil in wohl absichtlich verrußten Holzkisten, zum Teil auch nur in einfachen Kohlesäcken verstaut. Alle beteiligten Einsatzkräfte seien zu striktester Geheimhaltung verpflichtet worden, und Dragovich möge die Information über den Fund und vor allem seine folgende Aussage als Beweis seines großen Vertrauens zu ihm werten: Man munkele nämlich, die Stadt wolle die Kunstschätze heimlich im Ausland versteigern.

Milan ohne Cigdem

Es verging kein Tag, an dem Milan Dragovich nicht an den Mörder Nellys dachte und daran, daß dieser immer noch auf freiem Fuß war. Er widmete sich anderen Fällen im Kommissariat mit gewohnter Routine, aber mit deutlich weniger Leidenschaft. Das fiel auch Thorsten Fellmich auf, der ihm eines Abends beim Bier sagte, daß er sich ein bißchen Sorgen um seinen Freund und Kollegen mache. Er wirke in letzter Zeit so grüblerisch. Der Fall Lahrmann sei jetzt jenseits seiner Kontrolle, damit müsse er sich nunmal abfinden. Hauptsache, dieser stifte nicht andere Alte an und beginge neue Verbrechen. Das wisse er schon, hatte Dragovich geantwortet. Er ziehe sich ja nicht wirklich zurück, sein Plan sei ohnehin gewesen, der jungen Kommissarin mehr Verantwortung zu übertragen.

Überhaupt seine Beziehung zu Cigdem Flick. Während des Prozesses hatten sie sich zwar täglich im Gerichtssaal oder Polizeipräsidium gesehen, hatten auch in kurzen Mittags- oder Snack-Pausen zusammengesessen. Privates aber war praktisch vollständig ausgeblendet worden. Die junge Kommissarin gab vor, sich intensiv um ihren jüngsten Bruder kümmern zu müssen, der unvermittelt größere schulische Probleme bekommen habe und wohl auch in Kontakt mit falschen Kreisen geraten sei. Seine angebotene Hilfe hatte sie abgelehnt. Ein Stück weit war ihr Sich-Zurückziehen Milan Dragovich sogar recht, denn so hatte er Zeit, sich Klarheit in Bezug auf seine Gefühle zu ihr zu verschaffen. Dachte er zumindest, denn tatsächlich kam es dazu nur bedingt. Er hing vielmehr weiter trüben Gedanken im Hinblick auf die Ermordung Nellys nach und zermarterte sich mit Selbstvorwürfen. Er schaute kaum noch fern, neue Duisburg-Tatorte gab es derzeit ohnehin nicht. Wenigstens las er, daß man gerade unter dem Titel »Mord im Yuxinou-Express« mit großem Aufwand eine Sonderfolge produziere, die in mehreren Ländern spiele. Darauf freute er sich schon sehr. Jetzt lief er nach Feierabend und an den Wochenenden viel draußen herum. Der Winter war mild, wie üblich fiel kein Schnee. Oft machte er sich auf in den völlig desolaten botanischen Garten im Gruga-Park, dessen morbide Stimmung seinen Gefühlszustand widerspiegelte.

Im Januar ging Cigdem Flick in Urlaub, sie reiste nach Istanbul, um ihre Eltern zu besuchen. Offenbar hatte sich die

Lage mit ihrem Bruder wieder entspannt. Dragovich erhielt eine Ansichtskarte. Schön sei es da unten, doch sie freue sich schon darauf, zurückzukommen.

Die Zeit ohne Cigdem wurde dem Leiter des Kommissariats für Altenkriminalität lang. In der Stadt war es ruhig gewesen, fast zu ruhig. Vergleichsweise waren es Bagatellfälle, mit denen er sich herumzuschlagen hatte. Offenbar hatte der Schock über Wirken und Taten des einäugigen Lahrmann tief gesessen. Eine gedrückte Stimmung prägte die ZZZ, die jetzt regelmäßig intensiv kontrolliert wurde. Erst allmählich stieg die Zahl dreisterer und brutalerer Verbrechen wieder an. Der Besuch Hugo Cabernets auf dem Revier war eine willkommene Überraschung. Zu berichten hatte der weinselige Franzose hingegen nichts von Wert, außer, daß er nichts von einer Neuformierung des Widerstandes wahrgenommen hätte. Die Dantonisten, die man auf freien Fuß gesetzt hätte, verhielten sich still. Bei den aus der U-Haft entlassenen Jakobinern, die man zwar als radikalisiert eingestuft, aber ungleich dem engeren Zirkel um Lahrmann als nicht für dessen Taten mitverantwortlich gemacht hatte, war es ähnlich. Dies hieße aber nicht, daß man nun von dauerhafter Ruhe ausgehen könne. Dafür würden die Lebensumstände schon von selbst sorgen.

Als Hauptanlaß für das Erscheinen Hugo Cabernets mußte das Einfordern der zweiten Flasche des kalifornischen »Valley Oaks, Special Selection« gelten. Dragovich hatte sie ihm ein paar Tage später am Hauptbahnhof übergeben. Dafür war ihm »als Dankeschön« eine abgenutzte Kunststoff-Tragetasche in die Hand gedrückt worden, in der sich seine in der ZZZ abhanden gekommene Ballonmütze befunden hatte. Ebenso ungläubig wie dankbar hatte er nach dem Wie und Woher gefragt, doch statt zu antworten war Cabernet mit einem vieldeutigen Lächeln von ihm geschieden.

Die Erziehung des Menschen

An einem ungewöhnlich warmen Montag im Februar, Dragovich war wegen eines Außentermins erst gegen Mittag zur Büscherstraße gekommen, sah er seine junge Kollegin auf einer Bank in dem kleinen Hamann-Park gegenüber dem Polizeipräsidium sitzen. Sie war in ein Buch vertieft und merkte erst spät, wie er sich näherte. »Schön, daß Du zurück bist! Ich habe dich vermißt …« Er lächelte dabei und merkte, wie sehr er sich freute, sie wiederzusehen.

»Na, ich dich auch!« sagte sie, schob die Sonnenbrille nach oben und blinzelte ihn an.

»Du liest ja ein richtiges Buch – daß es das noch gibt …«

Sie nickte. »Das habe ich zufällig in einem Antiquariat gefunden. Irgendwie hatte ich auch das Gefühl, daß es komisch wäre, wenn man das auf dem EDPP lesen würde.«

»Was ist es denn?«

»Nun, ›Über die ästhetische Erziehung des Menschen‹ von Friedrich Schiller. Muß sagen, daß ich noch nicht weit gekommen bin. Scheint ziemlich kompliziert, kommt mir fast wie Latein vor.«

Woher sie den Bezug zu Latein nahm, verstand ihr älterer Kollege nicht. Die Sprache war doch schon seit zehn Jahren von allen deutschen Schulen verschwunden und damit tatsächlich endlich tot. Wohl nur so eine Redewendung, so wie man früher einmal gesagt hatte »Das kommt mir spanisch vor«.

Cigdem blätterte suchend etwas hin und her. »Aber da stehen ganz gute einzelne Gedanken drin. Zum Beispiel hier: ›Der Mensch kann sich aber auf eine doppelte Weise entgegengesetzt sein: entweder als Wilder, wenn seine Gefühle über seine Grundsätze herrschen, oder als Barbar, wenn seine Grundsätze seine Gefühle zerstören‹.«

Dragovich nickte. »Sehr richtig!«

Sie fuhr fort. »Oder hier: ›Wahr ist es, das Ansehen der Meinung ist gefallen, die Willkür ist entlarvt, und obgleich noch mit Macht bewaffnet, erschleicht sie doch keine Würde mehr; der Mensch ist aus seiner langen Indolenz und Selbsttäuschung aufgewacht, und mit nachdrücklicher Stimmenmehrheit fordert er die Wiederherstellung in seine unverlierbaren Rechte. Aber er fordert sie nicht bloß; jenseits und diesseits steht er auf, sich gewaltsam zu nehmen, was ihm seiner Meinung nach mit Unrecht verweigert wird‹.« Sie runzelte die Stirn. »Ehrlich gesagt ist mir das ein bißchen zu hoch. Aber ich glaube, den Kern verstehe ich schon. Willst Du das Buch haben? Ich schenke es dir!«

Dragovich lehnte dankend ab. Er setzte sich einen Moment zu ihr und fragte sie nach ihrem Urlaub. Das hätte schon gut getan. Die Eltern hätten sie bestens verpflegt. Das türkische Essen sei eben nicht zu toppen. Jetzt müsse sie aber dringend abspecken. Ihr Kollege sah verstohlen auf ihren flachen Bauch und versuchte ein Grinsen zu unterdrücken. Sie müßten dringend mal wieder etwas gemeinsam unternehmen, hatte Cigdem dann gemeint. Milan Dragovich stimmte sofort zu. Man verständigte sich gleich auf den kommenden Samstag. »Laß' uns zum Baldeneysee fahren. Wir können ja etwas am Ufer spazierengehen und später noch einmal in dem Restaurant einkehren, wo wir damals gewesen sind.«

Das Restaurant am See

Dragovich hatte sie mit seinem E-Auto abgeholt. Cigdem hatte wissen wollen, ob sich richtige Volvos früher wirklich so angehört hätten, wie es einem die Soundmodule vormachen würden. Schon recht ähnlich, denn schließlich habe man ja echte Motorgeräusche eindigitalisiert. Seltsam sei das ganze natürlich schon, wenn ein kleines Auto mit Kunststoff-Karosserie wie ein schweres Kombifahrzeug klänge. Ob er das eigentlich schon mit Hannover gehört hätte? Nein, er habe heute noch nicht in sein EDPP geschaut. In der gigantischen Zeltstadt auf dem Gelände der Expo 2000 sei es zu schweren

Krawallen gekommen, man könne von einem regelrechten Aufstand reden. Mehrere Hundertschaften der Polizei seien im Einsatz, sogar mit Hubschrauberunterstützung. Dragovich war verblüfft, daß sie ihm dies nicht sofort gesagt hatte. Dann sei ihr offenbar etwas anderes noch wichtiger gewesen, hatte sie entgegnet.

Sie waren nur wenige Schritte gegangen, entlang der abgetakelten Anleger des nach englischem Vorbild vor über 130 Jahren gegründeten »Kruppschen Ruder- und Wassersportvereins«, den man später schlicht in »Ruderclub am Baldeneysee« umbenannt hatte.

Dann hatten sie sich zum Restaurant begeben und sich wieder an den gleichen Tisch gesetzt wie beim letzten Mal. Wieder bestellten beide eine Cola light. Noch nichts zu essen, vielleicht später. Das Wetter hatte sich gehalten, der Himmel war wolkenlos. »Fast ein unverschämtes Blau«, dachte Dragovich. Er schaute hinaus auf den Baldeneysee und beobachtete die Fischer in ihren zum Teil seltsamen Wasserfahrzeugen. Wie üblich erschollen von einzelnen Booten Flüche, wenn er das richtig verstand, mußte das Russisch sein. Eventuell auch Polnisch, aber nein, doch eher Russisch. »Ich habe mit Nelly geschlafen«, sagte er unvermittelt.

Cigdem sog scheinbar reaktionslos an ihrem Strohhalm. »Ich weiß ...«

Dragovich blickte sie verdutzt an. »Also eigentlich nicht wirklich. Richtig dazu ist es gar nicht gekommen.«

Cigdem starrte auf den See. »Bitte keine Details!«

»Na, ich will das gar nicht schönreden. Ich habe mich darauf eingelassen, und wäre ich nicht bewußtlos geworden, wäre es wohl auch so richtig passiert.«

Cigdem schwieg und sog wieder an ihrem Strohhalm.

»Wahrscheinlich hilft es auch nichts, daß wir uns zu dem Zeitpunkt ja noch gar nicht gut kannten.«

Cigdem sagte nichts.

Er fühlte sich grauslich. Als die Kellnerin wieder in ihrer Nähe war, hob die junge Kommissarin die Hand. Dragovich biß sich auf die Lippe. Jetzt würde sie die Rechnung verlangen, und das wäre es dann gewesen. Wahrscheinlich ließe sie sich auch in ein anderes Kommissariat versetzen. Wäre ja nachvollziehbar.

Dann war die Bedienung am Tisch. »Bringen Sie mir Pommes rot-weiß, aber den Teller richtig schön voll machen!«

»Und Sie?«

Milan Dragovich befürchtete, daß die Bedienung hörte, wie er laut aufatmete. »Pommes mit Balkansoße. Dazu eine Currywurst. Und den Teller richtig schön voll machen – ich zahle extra!«

Die Kellnerin drehte ab. »Schön voll machen«, wiederholte sie schnippisch.

Die beiden sahen ihr nach, bis sie im Gebäude verschwunden war. Dann trafen sich ihre Blicke, und sie mußten losprusten.

Inhalt

Bernd Desinger
… durch's Jahr kommen
365 Aphorismen und Sinnsprüche
Mit einem Zusatz-Aphorismus
für Schaltjahre
104 Seiten · Broschur
€ 7,90 · ISBN 978-3-89978-188-5

Erhellend und erheiternd führen die
Aphorismen durch das Jahr. Sie bieten
Rat in allen Lebenslagen. Oft stellen die
Sinnsprüche vermeintliche Selbstver-
ständlichkeiten in Frage: »Paß auf, was
Du Dir wünschst – Du könntest es be-
kommen.«

Ulrich Harbecke
Ruhrgebiet-Quiz
103 Kärtchen in einem Schmuckkästchen
Stülpkarton · Format: 8 × 8 × 3 cm
€ 11,90 · ISBN 978-3-89978-078-9

Birgit Poppe
Ruhrgebiet-Quiz - 100 neue Fragen
103 Kärtchen in einem Schmuckkästchen
Stülpkarton · Format: 8 × 8 × 3 cm
€ 11,90 · ISBN 978-3-89978-126-7

Andreas Zeising
Dortmund-Quiz
103 Kärtchen in einem Schmuckkästchen
Stülpkarton · Format: 8 × 8 × 3 cm
€ 11,90 · ISBN 978-3-89978-127-4

Beate Schlanstein
Essen-Quiz
103 Kärtchen in einem Schmuckkästchen
Stülpkarton · Format: 8 × 8 × 3 cm
€ 11,90 · ISBN 978-3-89978-117-5

Grupello Verlag · www.grupello.de

Roland Günter
Im Tal der Könige
Ein Handbuch
für das Ruhrgebiet
Mit zahlreichen Fotos
von Roland Göhre,
Günter Mowe
und Hilmar Pabel
592 Seiten · Broschur
€ 19,90
ISBN 978-3-89978-123-6

Trotz der Größe und Qualität der Bibliothek über das Ruhrgebiet fiele die Entscheidung leicht, dürfte man nur ein einziges
Buch empfehlen oder mit auf eine Reise ins Revier nehmen. Kein
Zweifel, das wäre Roland Günters »Im Tal der Könige«. Es gibt keinen
besseren Kenner des Ruhrgebiets als den in der Oberhausener Sied-
lung Eisenheim lebenden Günter. Der 1. Vorsitzende des Deutschen
Werkbundes, Hochschullehrer und publizistische Begleiter der
Internationalen Bauausstellung (IBA) Emscher Park, der als einer
der Erfinder der Industriekultur gelten darf, hat 1994 erstmals dieses
»Handbuch für Reisen zu Emscher, Rhein und Ruhr« vorgelegt. In
der erweiterten Neuauflage heißt es nur noch schlicht: »Ein Handbuch für das Ruhrgebiet«. Und mit einem Reiseführer im geläufigen
Sinne hat es auch wenig gemein. Man kann dem Buch weder die Öff-
nungszeiten des Ruhr Museums entnehmen, noch Empfehlungen
für italienische Restaurants in Rüttenscheid.

Roland Günter bietet dem Leser aber nicht weniger als eine um-
fassende Darstellung, wie das Ruhrgebiet zu dem wurde, was es
heute ist – wie die Geschichte der Industrialisierung die einzigartige
Struktur der »Gemenge-Stadt« hervorbrachte, wie die Konzeption
des Gartenstadt prägend wurde, wie die Stadtplanung in der Nach-
kriegszeit wütete, wie schließlich umgesteuert wurde und die IBA
Weichen für die Zukunft stellen konnte. *Florian Neuner, LAB*

Grupello Verlag · www.grupello.de

Wolfgang Frings
Nie wieder arm
Roman
200 Seiten · Broschur
€ 12,90
ISBN 978-3-89978-236-3

M an lebt nur einmal und riskiert darum alles. Und wenn man im richtigen Moment den Falschen trifft sagt der »Ich hab' da 'ne Idee, mein Lieber!« Dieser Wirtschaftsroman zwischen Dax-Konzernen und Knast erzählt, wie bereitwillig sich die »feine Gesellschaft« mit Schauspieltalent und Kaltschnäuzigkeit betrügen läßt. Roman? Ja! Aber ganz nah an der Realität. Und wenn Ihnen die Story bekannt vorkommen sollte, dann ist das eben so. Sowas passiert!

Wolfgang Frings arbeitete für das WDR-Fernsehen, den NDR und die ARD als Filmautor, Redakteur und Moderator. Neben Buntem und Glossen waren Wirtschaftsthemen Schwerpunkt seiner Filme. Er erhielt dafür den Ernst-Schneider-Preis der deutschen IHKs.

»Für die Düsseldorfer spannend wird bei all dem aber, wer außer von Bargen (der mit seinem vollen Namen erscheint) noch so vorkommt und welche echten Personen sich also hinter den geschickt abgewandelten Namen verbergen. Da gibt es einen »OB Ernst« und seine Vertraute »Bissich«, den ehemaligen Boulevardjournalisten »Platzberg«, der den „Standpunkttreff" veranstaltet, und Staatsanwalt »Mannsmüller«, der gegen von Bargen ermittelt. »Wer sich in dem Roman nicht wiederfindet, der hat in der Stadt nichts zu sagen«, kommentiert der Verleger des Buches, Bruno Kehrein vom Grupello Verlag.« *Michael Kerst, Express*

Grupello Verlag · www.grupello.de